锐眼撷花
文丛

野莽 —— 主编

筷子扎根

孙春平 著

SH 中国言实出版社

图书在版编目（CIP）数据

筷子扎根 / 孙春平著 . -- 北京 : 中国言实出版社，
2020.9
（"锐眼撷花"文丛 / 野莽主编）
ISBN 978-7-5171-3532-6

Ⅰ . ①筷… Ⅱ . ①孙… Ⅲ . ①中篇小说—小说集—中
国—当代②短篇小说—小说集—中国—当代 Ⅳ . ① I247.7

中国版本图书馆 CIP 数据核字（2020）第 148376 号

出 版 人　王昕朋
责任编辑　史会美
责任校对　王建玲

出版发行　中国言实出版社
　　　　　地　　址：北京市朝阳区北苑路 180 号加利大厦 5 号楼 105 室
　　　　　邮　　编：100101
　　　　　编辑部：北京市海淀区花园路 6 号院 B 座 6 层
　　　　　邮　　编：100088
　　　　　电　　话：64924853（总编室）　64924716（发行部）
　　　　　网　　址：www.zgyscbs.cn
　　　　　E-mail：zgyscbs@263.net

经　　销　新华书店
印　　刷　北京中科印刷有限公司
版　　次　2021 年 1 月第 1 版　　2021 年 1 月第 1 次印刷
规　　格　880 毫米 ×1230 毫米　1/32　10.625 印张
字　　数　216 千字
定　　价　42.80 元　　　ISBN 978-7-5171-3532-6

山花为什么这样红

——「锐眼撷花」文丛总序

在花开的日子用短句送别一株远方的落花，这是诗人吟于三月的葬花词，因这株落花最初是诗人和诗评家。小说家不这样，小说家要用他生前所钟爱的方式让他继续生在生前。我从很多的送别文章里也像他撷花一样，每辑选出十位情深的作者，将他生前一粒一粒摩挲过的文字结集成一套书，以此来作别样的纪念。

这套书的名字叫"锐眼撷花"，"锐"是何锐，"花"是《山花》。如陆游说，开在驿外断桥边的这株花儿多年来寂寞无主，上世纪末的一个风雨黄昏是经了他的全新改版，方才蜚声海内，原因乃在他用好的眼力，将好的作家的好的作品不断引进这本一天天变好的文学期刊。

回溯多年前，他正半夜三更催着我们写个好稿子的时候，我曾写过一次对他的印象，当时是好笑的，不料多年后却把一位名叫陈绍陟的资深牙医读得哭了。这位牙医自然也是余华式的诗人和作家：

"野莽所写的这人前天躺到了冰冷的水晶棺材里，一会儿就要火化了……在这个时候，我读到这些文字，这的确就是他，这些故事让人忍不住发笑，也忍不住落泪……阿弥陀佛！""他把荣誉和骄傲都给了别人，把沉默给了自己，乐此不疲。他走了，人们发现他是那么的不容易，那么的有趣，那么的可爱。"

水晶棺材是牙医兼诗人为他镶嵌的童话。他的学生谢挺则用了纪实体："一位殡仪工人扛来一副亮锃锃的不锈钢担架，我们四人将何老师的遗体抬上担架，抬出重症监护室，抬进电梯，抬上殡仪车。"另一名学生李晁接着叙述："没想到，最后抬何老师一程的是寂荡老师、谢挺老师和我。谢老师说，这是缘。"

我想起八十三年前的上海，抬着鲁迅的棺材去往万国公墓的胡风、巴金、聂绀弩和萧军们。

他当然不是鲁迅，当今之世，谁又是呢？然而他们一定有着何其相似乃尔的珍稀的品质，诸如奉献与牺牲，还有冰冷的外壳里面那一腔烈火般疯狂的热情。同样地，抬棺者一定也有着胡风们的忠诚。

一方高原、边塞、以阳光缺少为域名、当年李白被流放而未达的，历史上曾经有个叫夜郎国的僻壤，一位只会编稿的老爷子驾鹤西去，悲恸者虽不比追随演艺明星的亿万粉丝更多，但一个足以顶一万个。如此换算下来，这在全民娱乐时代已是传奇。

这人一生不知何为娱乐，也未曾有过娱乐，抑或说他的娱乐是不舍昼夜地用含糊不清的男低音催促着被他看上的作家给他写稿子，写好稿子。催来了好稿子反复品咂，逢人就夸，凌晨便凌晨，半夜便半夜，随后迫不及待地编发进他执掌的新刊。

这个世界原来还有这等可乐的事。在没有网络之前，在有了文学之后，书籍和期刊不知何时已成为写作者们的驿站，这群人暗怀托孤的悲壮，将灵魂寄存于此，让肉身继续旅行。而他为自己私订的终身，正是断桥边永远寂寞的驿站长。

他有着别人所无的招魂术，点将台前所向披靡，被他盯上并登记在册者，几乎不会成为漏网之鱼。他真有一双锐眼，撷的也真是一朵朵好花，这些花儿甫一绽放，转眼便被选载，被收录，被上榜，被佳评，被奖赏，被改编成电影和电视，被译成多种文字传播于全世界。

人问文坛何为名编，明白人想一想会如此回答，所谓名编者，往往不会在有名的期刊和出版社里倚重门面坐享其成，而会仗着一己之力，使原本无名的社刊变得赫赫有名，让人闻香下马并给他而不给别人留下一件件优秀的作品。

时下文坛，这样的角色舍何锐其谁？

人又思量着，假使这位撷花使者年少时没有从四川天府去往贵州偏隅，却来到得天独厚的皇城根下，在这悠长的半个世纪里，他已浸淫出一座怎样的花园。

在重要的日子里纪念作家和诗人，常常会忘了背后一些使其成为作家和诗人的人。说是作嫁的裁缝，其实也像拉船的纤夫，他们时而在前拖拽着，时而在后推搡着，文学的船队就这样在逆水的河滩上艰难行进，把他们累得狼狈不堪。

没有这号人物的献身，多少只小船会搁浅在它们本没打算留在的滩头。

我想起有一年的秋天，这人从北京的王府井书店抱了一摞西书出来，和我进一家店里吃有脸的鲽鱼，还喝他从贵州带来的茅台酒。因他比我年长十岁，我就喝了酒说，我从鲁迅那里知道，诗人死了上帝要请去吃糖果，你若是到了那一天，我将为你编一套书。

此前我为他出版过一套"黄果树"丛书，名出支持《山花》的集团；一套"走遍中国"丛书，源于《山花》开创的栏目。他笑着看我，相信了我不是玩笑。他的笑没有声音，只把双唇向两边拉开，让人看出一种宽阔的幸福。

现在，我和我的朋友们正在履行着这件重大的事，我们以这种方式纪念一位倒下的先驱，同时也鼓舞一批身后的来者。唯愿我们在梦中还能听到那个低沉而短促的声音，它以夜半三更的电话铃声唤醒我们，天亮了再写个好稿子。

兴许他们一生没有太多的著作，他们的著作著在我们的著作中，他们为文学所做的奉献，不是每一个写作者都愿做和能做到的。

有良心的写作者大抵会同意我的说法，而文学首先得有良心。

野莽

2019 年 9 月

目 录

拆了墙是一家

　　夏嫂好骂，也善骂，站在家门前，一手叉腰，一手抡舞，唾沫星子满天飞，骂上半天不觉累，骂上半天还不重样，真是本事！特别是，夏嫂骂得好听，有点坦儿，还有点艮，有如滦河之水波涛滚滚，又似燕山峰峦奇峭起伏，荦荦素素之中还不时闪出几句令人发笑的俏皮，让人想起评剧《花为媒》里的那个阮妈。那个阮妈当年不过是陪衬新凤霞的一片绿叶，几十年后竟成了红遍全国令人尊敬的笑星。如果阮妈当年就红了，人们会不会劝说夏嫂也去演评剧呢？

　　夏嫂一开骂，隔壁的耿嫂就把儿子们往屋里推，或者轰几个秃小子去远处玩，不许旁观，更不许助阵，自己也躲进屋里去。

估计骂得差不多了，耿嫂推门出来，隔着半人高的土墙递过去凉水瓢，侉声侉气地说，中了吧，润润嗓子，歇歇。夏嫂正骂在兴头上，那根舌头就像抓在她手里的竹竿子木棒子，回身横扫而来："滚犊子，黄狼子（黄鼠狼）下个豆鼠子，你也不是什么好东西！"又惹得人们一片大笑。

夏嫂也不是什么时候都骂。当家的夏天雷在家时，她就忍着，轻易不敢动蛮耍飙。有一天，鸡窝里的引蛋（主人放进鸡窝里的蛋，据说有引诱母鸡多下蛋和别去外家下蛋的功效）不见了，夏嫂按住老母鸡摸屁股，验证晨起时的勘查，立时就炸了，跳起脚叫骂。夏嫂忘了家里还有人，等夏天雷冲出来时，已经晚了。夏天雷揪住夏嫂的头发就往屋里拖，碗大的拳头不顾头不顾腚地跟上去。应声跨墙而去的是耿嫂，一把抓住夏天雷的胳膊，厉声喝道："跟家里的老娘儿们抢拳头算什么本事，住手！"夏天雷果然就住手了，摔了院门悻悻远去。

耿嫂是河南人，老家在黄河边上，正宗的中原大地。人们只是奇怪，耿嫂如此护着夏嫂，夏嫂怎么竟连她也骂，挨过骂后的耿嫂却又不躁不恼，宛若清风拂过，及至风平浪静时，两人又坐在了一起，絮絮叨叨，家长里短，好得竟如亲姐妹一般。

挨饿那年，一群逃难的民众被车站上的人从运煤车上赶下来，煤黑子样蹲坐在卧虎营车站站台上，一个个衣衫褴褛，蓬头垢面，弱不禁风，比喻成叫花子可能更准确。上头有了严厉的通知，命令各地采取一切措施，坚决阻止饥民盲目流窜。铁路上的车站和列车是落实通知精神的前哨阵地，所以这些人才被拦阻在这里。可饥民们不想回去，也不敢回去，都说关东是片能活人的好地方，既已到了这里，怎能再走回头路呢？

大日头已压了西山，卧虎营子养路工区工长王大年带着他的十余个兵勇下工回家，一个个肩扛手提着撬棍和洋镐（丁字镐），正好从站台上经过。一站之长在叽里呱啦地演说，蹲坐在站台上的一些女人在滴里秃噜地哭泣，王大年站住脚，听了一会儿，看了一会儿，便一切都明白了，他吩咐跟在身边的工友说："去把吓一跳和大利整给我叫回来，哦对了，多跑两步，把我家的那个老𢷬也叫过来，叫他们都麻溜儿的，要快。"

老𢷬是东北大秧歌里的一个角色，女性，丑角，往往是由天性快乐又有了一把子年纪的男人乔装充任，披红挂绿，头盘鬏髻，脸蛋子又抹成老猴腔，一出场还搔首弄姿，不能不引人发笑。因这又老又丑，中年以上的东北男人便常把自己的老婆称作老𢷬，含着自谦，还透着调侃。吓一跳就是夏天雷，夏天雷的名字起得怪，夏天的雷，咔嚓一声，当头炸响，岂不真就吓人一跳？大利整叫耿玉林，当兵转业都回来好几年了，还把自己的行李叠得有棱有角豆腐块似的，确也利整得有些过分。养路工区里的人都有外号，也算是一种特色吧。

几个人很快都来了。其实王大年的媳妇才三十多岁，模样也周正，哪里就成了老𢷬？王大年先跟媳妇嘀咕，说我看那堆人里有几个丫头长得不错，你看给吓一跳和大利整挑挑，留下当媳妇行不？王大嫂在那群人中撒目，说谁知人家肯不肯呀？王大年说，这是一条活命的路，挑了谁，还不乐疯了她？王大嫂说，我是说不知这俩小子啥想法？王大年说，我再问嘛。听说皇上选妃，都是娘娘先过眼，今儿你就是娘娘。王大嫂撇嘴坏笑，说我也给你选一个？王大年郑重点头，说正合朕意，爱妃贤德。王大嫂笑骂，那你可是个亡国的昏君。

王大年又去问夏天雷和耿玉林，两人脸一红，又一笑，眼见心里都乐开了花。夏耿二位都是转业兵，家在农村，转业后被分配到养路工区，心里本急着想娶个媳妇，可养路工区位处深山老峪，城里的姑娘不肯来，邻近的村姑又要彩礼，狮子大开口，早吓住了两个穷工人。今天有这等美事，哪会不高兴？

王大嫂从人群中挑出两位姑娘来，悄声把意思一说，那俩姑娘立刻抓紧了王大嫂的胳膊，眼含热泪洋镐夯道碴样重重点头，看样子都要喊菩萨叫亲娘了。王大嫂又把夏天雷和耿玉林扯到一边，说好好看看那两个丫头，别看眼下都瘦得脱了相，几天饱饭供上，保证都水水灵灵的。我摸了两人的手腕子，都挺宽厚，骨架大，日后干活肯定是把好手。再看看那俩丫头的胯骨，大屁股，日后肯定能生养，还能生小子。看眉眼也顺溜，虽说不上怎么漂亮，可实诚，心实，善相。我还给你们保证，这两个肯定还都是黄花大闺女。

夏天雷笑："嫂子，你连这个都看得出呀？"

王大嫂也笑，说："八九不离十吧，用不了几年，你媳妇也会看。"

耿玉林说："中，我听嫂子的，就挑那个个子小一点的，不然我怕以后吓唬不住她。不像天雷，把谁都能吓一跳。"

夏天雷却闪到了王大年身边，问："工长大哥，那我自己选一个，再请你和大嫂把关行不？"

王大年忙点头："那咋不行，这个事，你是司令，自己说了算。我和你大嫂充其量是个参谋长，放屁都不响。"

夏天雷自己选的就是后来的夏嫂。夏嫂高高挑挑的个儿，匀称，脸蛋也漂亮，尤其是那双眼睛，忽闪忽闪的，会说话。当夏天雷把逡巡的目光投向人群时，女孩子们知道逃离饥饿与死亡的机遇来了，急着擦抹脸上的煤灰子，夏嫂不忙着擦脸，却把会说话的目光投向了夏天雷。那天，王大年夫妇回到家里时，王大嫂还恨恨地说，这个吓一跳呀，就知图漂亮，有他日后咧大嘴活号的时候。王大年说，你就说，他选中的是不是个顶花带刺的黄瓜？王大嫂说，那倒没差。王大年说，这就中了呗，花钱买屁吃，人家得意这一口，你还瞎嘚嘚个球。

卧虎营车站是个四等小站，四面都是大山，因山坳里唯一的一个村庄而得名，站上的职工只有十余人。挨着车站的还有一个养路工区，也是十多个人的编制。车站和养路工区虽然都属铁路系统，却分别受辖于车务段和工务段两个单位，相当于同一家工厂不同车间的两个工段，站长和工长就是工段长。前两年，经济形势好，铁路局拨款在车站东侧建起两排四幢干打垒住房，每幢六户，四六二十四，车站和养路工区就把职工住宅问题都解决了，连刚参加工作没几年的夏天雷和耿玉林都独占了一户。

夏天雷和耿玉林两家紧挨着，门挨门。王大年没让小伙子把两位准媳妇立马带回自己家里去，他说，火车晚点了急不急，但

那也不能闯信号。现在我就是调度，两个姑娘住一屋，两个爷们
儿住一屋，咋做饭吃饭我不管，睡觉的事却不能扳乱了道岔。过
几天，我让你们嫂子好歹划拉点嚼货，再弄两瓶地瓜烧，等大家
一块乐和乐和后，我立马给你们放洋旗（洋旗是昔日铁路上的一
种信号装置，手工制动，落后于后来的自动闭塞信号，早已淘
汰）。王大嫂接话对两个姑娘说，给了信号也不能轰隆隆地由着
他们跑火车。你们身子都虚着呢，生孩子总得再等半年，段里把
避孕的东西都放我手里了，给了信号我就给你们送过来。

铁道线路基两侧，有许多闲置的荒地，正好属于养路工区的
管辖范围，所以养路工的家属便在那荒地里有了与农民一般无二
的收获。夏嫂和耿嫂都来自乡下，耿嫂还在生产队参加过铁姑娘
战斗队，开荒种地得心应手。到了那一年的秋天，两个女人果然
都丰腴起来。耿嫂问夏嫂，说我家那位急着想当爹了，你呢？夏
嫂说，呸，老爷们儿的脸皮真厚，连这种事都私下商量过。

接着便是两个女人之间的策划，谋算总体规划中的细节问
题。依耿嫂的意思，两人一块儿怀孕一块儿生，大人有伴，生下
的孩子也有伴。夏嫂却另有章程，说这事可不能学他们养路工
夯道碴，叫起号子一起落镐头，还是岔开半年好，你猫月子的时
候我侍候，等我猫月子时你再受累，不然，还能指望那两个活驴
呀？耿嫂点头赞许，说还是你想得周全，那谁先来？夏嫂说，你
是姐，当然是你先迈步。

十月怀胎，耿嫂生了个男孩，落地八斤，随口喊大龙。半年
后，夏嫂也生了，是个女孩，也随口喊，叫大凤。耿玉林高兴，

说一龙一凤，男大女小，正好一对，咱们攀个亲家吧？夏天雷也没怎么不高兴，家里有现成的地，还有现成的种，收了这茬还有下茬呢，但私下里却责怪夏嫂，说都怪你，为什么让他们先生呢？由着孩子们一起跑，跑到前面去的肯定是小子。下一个，一定要你先来。

大凤一岁多的时候，夏嫂的身子再次沉重起来，奶水断了，害得大凤总是哇哇哭。耿嫂还没给大龙断奶，一听哭声就把大凤抱过去，让出一个奶头给大凤嗍。耿嫂问，年纪轻轻的，急个什么？夏嫂不提抢先落后的话头，把责任往夏天雷身上推，说那个活驴，急着想抱儿子，到底是当过兵的，枪法倒准，一打就是十环。耿嫂说，那我也抓紧，还让他们差半年，这回你生小子，我生丫头，还是一对儿。

没想，第二胎，夏嫂又生了个丫头，耿嫂又生了个小子。耿嫂喊二龙，夏嫂却连二凤都不喊了，只喊二丫。心里最窝火的是夏天雷，尤其受不了工友们不时拿他开玩笑。养路施工时，用撬棍拨钢轨，夏天雷上了前，却被工友故意挤到一边去，还笑哈哈地说，拉倒吧，你那根撬棍不好使，还是让耿玉林来吧。养路工的活计累，常拿玩笑找轻松，恼不得怪不得。回到家里，夏天雷把责任怪罪到时辰上，说下回，你们两个娘儿们好好合计合计，咱们同一天种，同一天收，我看老天爷还怎么偏心眼。

又过了两年，夏嫂和耿嫂几乎同一天猫了月子，但这次，仍然是耿嫂生男，夏嫂生女。王大嫂跑来送鸡蛋，说赶快都拉闸吧，上头已有指示，一对夫妻一对孩，别再带着小三玩。耿嫂表态说，不生了，叫生我也不生了，这一帮光会吃的猪八戒，还想累死我呀？夏嫂却低着头不吭声。待王大嫂走了，耿嫂就悄悄地对夏嫂说，要不咱俩就趁着孩子们不懂事，把俩小三换换？我和耿玉林都盼着有个丫头呢。夏嫂红了眼圈说，我也不想生了，可那个活驴不死心呀，他说不种出棒子不拉倒，偏要摽摽这个劲儿。

从那往后，夜里，夏家就不时飘出吵骂声了，铁路住宅就巴掌那么大的地方，家家门挨门，谁听不到？吵骂几乎都是因生育而起，夏天雷要播种，夏嫂却不让他沾身，说你一月就挣屁崩不到的那几个钱儿，孩子眼看就上学了，你还想让我拉着她们几个去要饭呀？夏天雷骂媳妇是块涝洼地，只能长苇子长蒲草，夏嫂就回骂夏天雷上辈子做了缺德事，天生的绝户命。大人叫，孩子们便哭，发展到后来必是拳脚相加厮滚一团，养路工胳膊粗力气大，夏嫂哪里是对手，总是落个鼻青脸肿。家庭暴力似乎可比铁道上顺坡滑溜的车厢，有惯性，自身却没制动装置，只要轮子滚动了，就越滑越快，不好阻止。可这种事，又怎好出面相劝，人们只能躲在家里默默叹息。

夏嫂的骂街就是从这个时候开始的，不一定因为什么事，就破马张飞地骂起来，先还只骂家里的孩子，后来便是谁沾惹了她就骂谁，不沾惹也骂，比如耿嫂去劝阻，她便把矛头劈空扫来，吓得耿嫂忙拉着孩子们躲进屋里去。有时骂着骂着，她还骂西门庆潘金莲骂山上的野猪骂天上的燕别虎（蝙蝠），性之所致，随风扬帆，四六不靠，八竿子打不着。慢慢地，耿嫂琢磨出了一些规律，夏嫂骂街，基本是一月一次，前后不差那几天。趁着夏嫂情绪好些时，耿嫂问，是不是那几天，你心里特别烦？夏嫂脸一红，默认了。耿嫂说，也别死抗着，小心点呗。夏嫂说，老爷们儿要是存了心，我还咋小心？我宁可让大家骂我是闹圈的老母猪，也不能再给家里添累赘。

　　除了骂街，夏嫂还变得懒惰和邋遢起来，常盘腿坐在耿家炕上说那五百年谷子八百年糠的破烂事，耿嫂没工夫陪，她就再去其他人家坐，不管是老头老太太，都能胡扯上半天。家里人多了，仅靠夏天雷的那点工资根本过不了日子，开荒种地是不能撂下的，但夏家的地也种得浮皮潦草瘪瘪瞎瞎，耿嫂的地一亩能打下三百斤粮食，她二百斤也弄不回家里来，耿嫂种的大白菜满着心一棵足有十几斤，她抱回家的好比刷锅的刷子头，正好用来甩苍蝇，好在女孩们到底吃不过耿家的那帮秃小子，耿嫂也常明里暗里接济一些。家里做饭、洗衣、收拾房间的事她也丢下不管，害得夏天雷有时下工吃不到热乎饭，那些活计她都交给大凤和二凤。大凤才六七岁，二凤也才四五岁，比锅台高不了多少，真是难为了两个小丫蛋，时常急得抹眼泪，耿嫂看不过眼，就跑过去帮上孩子们一把。夏嫂不串门的时候还爱看闲书闲报，那些书刊报纸都是夏天雷下工时从铁道边捡回来的，火车上的旅客什么都顺窗往外扔，夏天雷捡回来是为了生炉点灶当引火的，没想让夏嫂当了宝贝，夏嫂小时是读过几年书的，对白纸黑字有感情，捧起那些垃圾就入了迷，常常恨得夏天雷跳着脚地吼，有一次还在院子里把那些东西一把火都烧了，燎起冲天的火，引得邻居们看热闹。王大嫂说，吓一跳活该，让他找漂亮的，这回不漂亮了吧？王大年拿眼睛剜她，说少说风凉话，当时还是片生荒地呢，你就知道后来能长啥？

家里的人口多起来，铁道两边开出的荒地就不能只靠女人了。晨起或傍晚下了工，夏天雷和耿玉林常去地里忙一阵。大龙十岁了，二龙八岁，两个男孩子已经能够抢锹舞镐或两人合抬一桶水送到地里去。而夏家的女孩则只能帮着薅薅草间间苗。每到那时，夏天雷就直愣愣火辣辣地望着几个男孩子，眼神里满是艳羡。耿玉林和耿嫂不敢迎视夏天雷的那双眼睛，那是一块痛彻心扉的疤，碰不得的。

但夏嫂的身板还是再一次沉重起来了，也不知夏天雷是怎么得逞的。这一次，夏嫂信心十足，临盆前几天，她把三个丫头托付给耿嫂，由夏天雷陪着，坐火车去了铁路分局的医院。耿嫂说，前三个咱俩都是在家生的，也都顺顺溜溜的，用得着吗？夏嫂说，这回我感觉不一样，还一直爱吃酸的，真要出点差错，我家那个牲口还不活嚼了我呀？耿嫂笑，说那可好，只可惜这个小子日后当不了我的姑爷啦。

数日后，夏嫂回来了，却是清清爽爽一个人。耿嫂料到不好，却看不出夏嫂脸上有多少悲戚，小心地问，孩子呢？夏嫂说落地就死了。死了好，又是个赔钱的货。但王大嫂却悄悄告诉耿嫂，说别问了，我在医院有认识的人，孩子没死，她进产房前有话，男孩留下，女孩送人，她连见都没见孩子一面，省得揪心。

时光就像山涧里的溪流，打着小小的波澜，湍湍地奔窜而去，一晃儿，又是十多年过去了。这期间，夏嫂除了隔段时间骂上一阵街外，夏家风平浪静，三个贫寒柴门里出来的挨肩女孩出落得一个比一个清秀漂亮，都像她们的妈妈，且因夏家两口子从没把她们太当回事，正好歪打正着，从小受到磕打磨炼，都吃苦耐劳泼辣能干。倒是耿家发生了几件大事，让人悲悲喜喜，一言难尽。

头一件事，是大龙去当兵两年后，寄回家一张照片和一盒录音磁带。照片上的耿大龙钢枪在手，威风凛凛。磁带里录着大龙亲口唱给爸爸妈妈的一首歌，"再见吧，妈妈，军号已吹响，钢枪已擦亮……当我在战斗中光荣牺牲，你会看到美丽的茶花……"儿子这是去打仗了，耿玉林用密布着胡楂子的下巴在儿子的照片上磨蹭，说一样当兵，我儿子的命比他爹强，赶上了为国家效力立功。但数月后，随着二等功证书送到家里来的还有耿大龙的烈士证。那天，来家的有部队的领导、铁路局的领导、民政局的领导，后面还跟着夏家的大凤。大凤在护校毕业后，就去铁路分局的医院当了护士。大凤径直进了耿家门，一头扑进耿嫂怀里，痛哭流涕，口口声声叫妈妈，说大龙没了，妈还有我呢。人们发怔，连耿嫂和夏嫂都发怔，两个孩子真的就好上了，怎么连两个粗心的妈妈都瞒住了呢？那天，部队的首长刚说上几句话，夏嫂就蹿到了院门外，指着南边的天地骂那些良心让狗吃去的东西。王大年示意老伴出去拦一拦，却被夏天雷一把扯住，说大嫂，让她骂，狠狠地骂，她骂了这么些年，就今儿骂到了正经地方。

　　大龙牺牲不久，二龙又去参加入伍体检，体检极严格，连高压舱都坐了，通知下来时才知是去当飞行员。耿嫂不想再让儿子去，说咱家都贡献一个了，还去呀？耿玉林说，咱养儿子是为啥？头一宗就是保家卫国。别说二龙，再过两年，就是三龙检查上，咱也不能有二话！

　　紧接着，耿家又发生了一件塌天大事，耿玉林死了。夏夜大雨，山上滚石，正砸落在铁道上。铁路局来了命令，必须尽快排除路障，保证畅通。那夜，王大年将工区所有的人都带上了铁路，喝令所有的人都脱去雨衣，冒雨劳作，又令行事谨慎的耿玉林专职负责山体一侧，小心再有滚石伤人。王大年说，多大的雨也浇不死人，顶多浇病了。可穿雨衣身手就不灵活了，也影响听山上的动静，都把那败家的玩意儿给我扒下来，谁不听话，给我滚回家，搂着娘儿们睡觉去！大雨瓢泼，夜色漆黑，忽听耿玉林大喊，小心，快跑！果然就听山上又响起哗啦啦的滚石声。人们急闪向早已看好的一块巨大悬石下，夏天雷却被脚下的石头绊倒了。年过四十，在养路工里就算偏大的了，腿脚远没年轻人敏捷。说时迟，那时快，耿玉林豹子样冲出，但他还没冲到夏天雷跟前，却被一块弹跳的飞石击倒了。飞石正击中了耿玉林的脑袋，在夏天雷的怀里，他只喃喃了一声"兄弟……"就永远地沉默了。

　　耿玉林的死，让小站上的人很哀痛，也让王大年背上了一个行政记大过的处分。哀痛过后，有人感慨人生的无常，耿玉林就是不去救吓一跳，吓一跳也没事；又说月有圆缺，不可太满，耿玉林一连生了三个如龙似虎的儿子，娶的媳妇也贤惠能干，所以老天爷就一再拿他找事。可夏天雷生了仨丫头，娶的媳妇又泼又邋遢，老天爷觉得亏了他，就让他的三个姑娘都漂亮能干。话传进夏嫂耳朵，夏嫂立时就炸了，又跳到街上去，先骂那些人吃饱了撑的胡说八道，又指着朗朗虚空咒骂老天爷，说你个玉帝老儿别只知吃柿子捏软的，有本事跟老娘来，姓夏的不怕，今天就跟你他妈的叫板了！那天，小站上的人都躲在屋子里，没人出来看热闹，不知心里都想了些什么。

偏偏耿家的噩运就像那山上的滚石，接二连三，让人难测难料。正读高中的三龙突然在课堂上晕倒了，小医院说是贫血，送进大医院竟说是白血病。普通百姓知道这种病，还是因了当时播放的一部日本电视连续剧《血疑》，那病不好治，骇人啊！夏嫂陪耿嫂带着三龙去了在省城的军区总医院，因有耿大龙革命烈士证书罩着，军区首长亲自下了命令，务请尽一切可能，力争烈士遗属康复。主治医生对耿嫂说，耿三龙的病，准确的叫法是造血机能障碍，是造血干细胞出现了问题，通俗地解释，就是骨髓出了毛病，不能再造出满足他身体所需要的血液了。仅靠输血肯定不是长久之计，眼下最可行的办法是抓紧移植造血干细胞。这又出现了两个难点，一是耿三龙干细胞的具体指标有些特殊，不好配对，一般人就是同意移植，也未必符合标准；二是人们普遍对干细胞移植心存顾忌，认为移植骨髓不像输血，骨髓真要被抽出去一部分，自己的健康，甚至生命都可能受到威胁，所以很多人一听这事就摇了脑袋。

　　耿嫂对大夫口中的专业用语不甚了了，但基本意思还是听明白了，就是要把别人的骨髓抽出一些，再输到三龙身体里去，而且那个骨髓要像螺母扣螺栓，必须丁是丁，卯是卯，严丝合缝，差一点都不行，可不像养路工砸道钉，只要抡起大锤就砸进枕木里去了。

　　耿嫂说："我生了三个儿子，那两个身子都棒棒的，老二还被选去开了飞机，怎么偏偏老三得了这种难缠的病？"

　　医生说："这里的原因很复杂，我也很难说清楚。"

　　耿嫂又问："外人摇脑袋，俺们理解，挑不得那个理。要是我们家里人愿意给三龙那啥一下子，行不？"耿嫂心里画着魂儿，不好说出口，她在铁道上看过被火车轧死的人，知道人的骨髓是黄白色的，男人的精液也是那颜色，大夫刚才说配对，近亲结婚乱了天伦，是不是骨髓混在一起也反了纲常呀？

　　医生笑了："我知道大嫂说的'那啥'的意思。这好啊，非常好啊，我正要说到这个问题呢。按照遗传学的理论，越是血缘相近的人，身体器官、血液和造血干细胞越容易与病者相匹配，而且术后的排斥反应也越小。如果是父母和兄弟姐妹参与配型，那就更好了。"

　　耿嫂立刻伸出胳膊："三龙是从我身上掉下来的肉，那就先从我来。"耿嫂已多次给儿子输过血，她以为捐献干细胞和献血都是从胳膊上来。

　　耿嫂被取了样，等待化验结果还要一段时间。这期间，跟在耿嫂身边的夏嫂也没跟耿嫂商量，就偷偷给夏天雷打去电话，让把三个闺女都带上，立马来省城。夏天雷问什么事，夏嫂说，火上房，别问了，来了你们就知道了，这事一分钟也不能等。

夏家五口人齐刷刷站在主治医生面前。夏嫂说，你挨个都给取取样，不管谁合适，只要能救三龙，俺都没二话。耿嫂听说，急跑去拦阻，说等我不行再说嘛。夏嫂说，等了你，再等我们，那得多少日子？早一分钟救下三龙也是好的。要是这三个丫头里头有一个能成，那也先由孩子上，年轻人，火力壮，总比咱们这些秋苞米老庄稼强。

竟是都不行，耿三龙的干细胞真是太特殊了。夏家五口人垂头丧气地回到卧虎营，耿嫂也回来了。医院的劝说委婉而坚决，说病人有专业护理，家属请回吧，有情况我们保证及时通知。

正是秋末冬初时节，热热火火的耿家接连死了两个人，又躺到病床上一个，日子突然变得像飒飒秋风一样凄凉。夏嫂知道耿嫂心里焦灼、烦乱，甚至绝望，就陪她整日整日地坐在门前的小院子里。山坡上传来老牛哞哞的叫声，那是在呼唤丢失的小牛犊。房后路基上又有小羊羔咩咩的急切呼叫，那一定是孩子在寻找妈妈。每当那时，耿嫂就抬起头，两眼空茫地望着远方，眼里旋动起泪水，随之就一串串地滚落下来。耿嫂在想什么？是耿玉林还是大龙、三龙？这么一想，夏嫂的心也跟着酸上来，却忍着不能哭。

"没让二龙去试试？一奶同胞，亲哥哩。不是说越亲的人越容易合上牙口吗？"夏嫂问。

"信早写了，电话也打过去了，二龙倒是没二话，可他们部队的首长却另有想法，打来电话，说国家培养一个飞行员不容易，等于用金子从头到脚重新打造一个人，就是匹配上了，也未必会批准让二龙冒险捐献，飞行员的身体绝对要保证健康。还说他们会给医院打招呼，千方百计，再想别的办法，治病的费用他们也会资助。"耿嫂摇头，一脸的无奈。

"你老家还有什么亲人？都求求。"

"唉，当年那场大饥荒，老家人死的死，逃的逃，这些年没来往，还求谁呀？"

夏嫂望着西天的火烧云发呆，那云彩先还是鲜红的，扎人眼，就像身体里流出的血，渐渐地，那血就暗下去，黑下去了。夏嫂突然又冒出一句："嗨，我想起来了，还有一个人！"

耿嫂问："还有谁呀？"

夏嫂却没说是谁，直到耿嫂望得她有些发毛，才站起身说："这两天我得去看看大凤。大龙走了好几年了，可不能让她再守着了。听说又有人给她介绍对象，我得去催催。我不在家时，你可不许胡思乱想的，听我的话，三龙有救，肯定有救。"

夏嫂是当天夜里坐火车走的。沿线的铁路家属拿坐火车不当回事，手里都有乘车证，老百姓又称免票，是为方便铁路家属看病开的，那种方便不亚于乡下人骗腿就坐村里的大马车。

只两天，夏嫂就回来了，仍陪着耿嫂说长道短，却只字不提大凤相亲的事，眼圈却留着红肿，那肯定是哭的。唉，家家都有本难念的经，看来也不顺心呀。

数日后，王大年突然疯跑来报喜，说大夫把电话打到养路工区了，说有人愿意捐献干细胞，各种指标都匹配，医院这两天就要实施移植手术，希望家属抓紧赶过去。耿嫂大喜，拍着大腿说，这可是大恩人，啥样的一个人呀？王大年说，我又没看到真佛，收拾收拾快走吧，到了地方就啥都知道了。

耿嫂是半个月后回来的，一脸的喜气，说老天到底还是开眼了，三龙的脸色在一天天红润起来，看来又能自己造血了，连大夫都说是奇迹。可眼下，人们更关心的是那个捐献骨髓的人。耿嫂说，是个十多岁的小丫头，漂漂亮亮伶伶俐俐的，大凤帮找的，也是大凤带去的。那小丫头的爹妈都六十来岁了，老公母俩厚道，实诚，心善，天下少见。手术完，我拿出几千块钱说给孩子补养补养，老两口说啥也不接，我又要请他们一家人和大夫吃顿饭，可趁我没留意，老两口已带着孩子走了，连个电话都没留。

大凤帮找的？大凤不过是个小护士，也没长着火眼金睛，她怎么一找，就万里挑一找到了一个正配套的？小站上的人们虽粗憨，没多少文化，这个疑惑却不能不生出。

有了这疑惑，又一个消息便顺着王大年老婆的那条渠道传了过来，说那天夜里夏嫂乘车，先找了大凤，让大凤帮找到知道她当年所生的四丫头下落的那个护士，又让护士带她去找收养孩子的那对夫妇。那天，夏嫂跪在了老两口面前，说那个丫头是我生下的，却不是我养大的，我说过的话至死不反悔，那孩子到啥时都是你们的亲骨肉。可现在我有一个孩子病了，大夫说只有他一奶同胞的兄弟姐妹可能救下他，这孩子的三个姐姐做过检查，都不行，现在只剩这最后一线希望了。老两口听了缘由，心生顾忌，说我们不是不通情达理，我们老两口一辈子没生养，这孩子早成了我们的心尖尖，如果真该着她捐献，手术后留下后遗症，我们老两口的晚年可依靠谁？夏嫂呜呜痛哭，把头磕得山响，说大夫说了，这种风险虽有，但不是很大，再说，我不是还有三个闺女吗，哪个也不比这小的差，这孩子捐献后真要出了毛病，我领回，随便你们老两口再挑选一个领回来，我保证她的三个姐姐都能顶替妹妹尽孝道。

哎哟，这个能骂破天的夏嫂呀，原来还有着能跑得开火车的大度量和普惠天下的大善心！卧虎营的人们真真切切地感动啦！

但感慨之后又有疑惑，夏嫂怎么就知她生下的四丫头才是耿三龙的救星？既是大夫有言在先，越是血缘近的人基因越贴谱，那夏嫂生下就送给了人的四丫头到底是谁的亲闺女？夏耿两家门挨门，拆了墙就是一家子，耿玉林和夏嫂天天低头不见抬头见，现在有了活蹦乱跳的四丫头做证见，夏嫂和那死去的耿玉林没有风流故事才是怪事呢。

有疑惑就堵不住人们的嘴，口口相传，风儿一样。况且，根本不用传，大喜之后，不茶不傻的耿夏两家人已都在心里小驴拉磨——转起圈圈了，只是碍着情面，谁也没挑头说破它。于是，耿嫂看夏天雷，夏天雷看夏嫂，夏嫂看耿嫂，有如世界杯足球赛里的小组循环赛，三队三场，捉对厮杀，彼此相望的目光里，都有了别一样的复杂内容。哦，也不对，耿玉林已是逝去古人，起码那个夏嫂，疑惑中的核心人物，心里应该是有数的，但她迎着别人的揣疑目光，是无愧无畏地正面冲撞，还是王顾左右地避让呢？

是不是大喜之后必有大悲？卧虎营站区里的人们开始忧虑，甚至惊怕，不知又一场人生戏剧的序幕将怎样拉开。那天夜里，夏嫂在睡梦中被唤醒，懵懂中只见地心立着一个凳子，夏天雷站在上面，房梁上悬下一条绳子，绾着勒死狗的活套，夏天雷的脖颈已伸进绳套里。夏嫂被实实在在地吓了一跳，翻身坐起，问："你干啥？"

夏家的三个闺女脑子都好使，也都好学，大凤读完中专已工作，老二在念大学，老三也去读了高中，吃住都在学校，这也是让小站上所有人都眼热的地方。所以，夏家的多数时间，又成了两个人的世界。

夏天雷说："事到如今，我只问你一句话，那个救下了三龙的丫头到底是谁的孩子？你放心，我不要你的命，我心里有了底数立马蹬开凳子走人。走前我只求你一件事，好歹把那三个丫头都侍候念完书，再打兑嫁人成了家。"

夏嫂怔了怔："你非逼我说出来呀？"

夏天雷说："我不能整天把脑袋缩在脖腔子里活人。"

夏嫂狠了狠心，说："那我就说实话，是耿玉林的孩子。"

夏天雷的眼睛瞪圆了，鼓胀出来，比扣在钢轨上的螺丝疙瘩还大。他脚下用了劲，凳子已歪下去。夏嫂蹿下炕，一把扶稳凳子，又抱住夏天雷的脚，仰着头说："你总得让我把话说明白，就是死，也该是我，你总不该把罪过怪到耿玉林头上去。"

夏天雷重重地咳了几声，长吐一口气："好，你说。"

"你这辈子就盼着有个儿子，其实我也盼，盼得一点不比你差，可我们生不出，也不敢再生了呀。那次，我不让你沾身，你又打我，打得比哪次都狠，我一赌气，就连夜跑出门，不想活了，趴了火车道算了。说来也巧，那天，正赶上工区的巡道工生病，是耿玉林替他巡道。我坐在铁道上哭着等火车，耿玉林就过来了。他劝我回家，我突然心里一动，就抱住了他，求他帮我生个儿子，我不想死，但也不能让夏天雷再往死里打我。我不跟你撒谎，那天，耿玉林翻了脸，推开我转身就走，说夏天雷是我兄弟，你日后还让我咋见他？我说那你就赶快回家让夏天雷来收尸，反正不要脸的话我已说出了口，夜里的那趟火车马上就开过来，大不了，我心一横，也就是眨眼间的事。我就是那样说，耿玉林也没动心，还是走了。我的心死透了，火车开过来，可就在我眼一闭直往车轱辘下扎的眨眼间，耿玉林不知从哪里冲出来，死抱住我不松手。我说，你拦不住我，拦了这趟还有下趟。耿玉林实在没了办法，才……答应了那一次。"

"真就那一次？"

"一次是不要脸，百次也是不要脸，我既把实底说给了你，还诓你干什么？"

"怎么就那么准？"

"那几天正是落种就坐胎的悬日子，所以我才死活不让你沾身。自那以后，耿玉林见了我就躲着，也再不来咱家和你喝酒，有时头碰头躲不开，他也冷着脸不理我。有一次你还问，你咋得罪耿玉林啦？远亲不如近邻，一墙之隔住着，可不能整得跟仇人似的。"

夏天雷蹲在凳上，抱住脑袋，娘儿们似的呜呜哭起来："你、你这败家的娘儿们……怎么会做出这样的事呀？你还让不让我在卧虎营活人啦？"

"那就我死，我死了，一了百了。罪过都在我身上，一人做事一人当，没你的事了。"

夏天雷仍是哭，多少往事想起来，耿玉林活着时，突然就冷脸了，对夏嫂冷，对自己也冷，可在飞石乱坠的那一刻，他偏偏不要命地扑过来。耿玉林临死前的那一声喃喃雷一样再次在耳边炸响，兄弟！兄弟！！兄弟！！！他心里肯定有话，他要说什么呀？！

夏天雷说："丢人……丢死人啦……事情已经做下了，既是谁也不知，你还把那个已送了人的丫头找出来干啥呀……你让耿玉林在地下都不得安生呀……"

夏嫂说："我只想救三龙。这事我也里出外进地为难了好一阵，知道一旦做出来，啥样的馎馎啥样的馅，就再也瞒不住了。可那边是为救一条人命，这边是护着一张老脸，咋算计，也是命值钱。再说，耿家已为国家献出了一个大龙，耿玉林又为救你送了命，咱咋能眼看着耿家咔嚓一声再折一根梁？就是耿玉林地下有知，我想也不会怪罪。那几天，我一闭上眼睛，就看耿玉林在我眼前转，对我说，救救三龙吧。反正直到今日，不管是你一瞪眼休了我，还是让我这就去死，我都不后悔。"

夏天雷抹了把眼泪，不哭了，说："那……那就是我不是人啦……耿玉林在地下也更不得安生了……只是，不管咋说，这卧虎营，咱们两口子是不好再待下去了……"

夏家是半月后的一天夜里悄然搬走的，只带走了一些随用的东西，箱柜桌凳和锅碗瓢盆都扔下了，去了哪里连工长都不知道，王大年只接到段人事室的一个电话，说夏天雷调走了，你们工区缺人手，日后段里会补上。王大年问调哪里去了，段里说，别问了，老夏不让说，我们就得替他保这个密。那几天，正巧耿嫂去省城看三龙，看来夏家选了那个日子遁去，也是精心算计的。耿嫂回家开门时，看到了顺门缝塞进的一封信，是夏嫂写的，字写得丢胳膊扔腿，错别字连篇，意思却明白。信中说，耿嫂，请谅解我们的不辞而别，但不管离了多远，中间隔着多少道山多少条河，我们永远都是一家子。家里留下的那些东西，不值什么钱，你看有用，就留下。耿嫂千万不要错怪了玉林大哥，千错万错，都在我一人。我们都要好好地活着……

时代在进步，列车大提速，一次又一次。四等小站卧虎营撤销了，接着，养路工区合并成机械化养路大工区。当年，耿三龙病愈出院后，铁路局考虑到耿家的情况，又考虑到耿三龙的身体毕竟还虚弱，便破例安排他在卧虎营车站当了售票员。小伙子挺努力，身体也日渐强壮，后来还当了副站长，并已结婚生子。小站合并后，耿三龙去邻近一个较大的车站当了客运副主任，每天跑通勤，仍是和妈妈住在一起。王大年这一茬老职工早就退休了，还住在铁路住宅里。但住宅已今非昔比，铁路局一声令下，推土机就把那些干打垒的老房子推倒了，原址处耸起青砖红瓦的新房舍，还是二十四户，每家却变成了两室一厨一卫，清一色的钢塑门窗，面积比以前大了许多。往新家搬的时候，已年近七旬的耿嫂哭了，说老夏家要是还在这儿多好，两家还是邻居，俺们老姐儿俩还常坐在一起说说话。耿三龙急向老娘使眼色，说小点声，让界壁子听去不好。往新家搬家具时，耿三龙主张旧货淘汰，一码换新的，空军大校耿二龙早把大捆的票子交到了母亲手上。耿嫂说，你愿扔扔原来咱家的，老夏家留下的东西一件也不许丢，不定哪天，他们两口子就回来了，我要让他们看看，他们的东西都在呢，他们的家也还在呢。

但夏嫂却再也不能回来了。今年开春时的一天，一辆银灰色的小轿车颠簸着开到山脚下，两位女士走下车，去了半山上耿玉林的坟前烧纸献花。有人跑来耿家报告，耿嫂急出家门，小轿车已停在了门前，先是大凤跨出车门，另一位年轻些的女士也从驾驶处跨出。大凤往旁边闪了闪，那女士扑通一声跪倒在耿嫂面前，说妈，我是四凤。耿嫂心中酸痛，已情知是怎么回事。大凤说，我妈前些天走了，临走前把心里话都说给了我们，还让我务必带四凤回家，说耿娘耿伯一辈子都盼有个闺女，他们不是没有，四凤就是耿伯的亲闺女，一定要回家认亲啊。耿嫂捂着嘴巴不让自己哭出声，说你爸你妈一走这么多年，怎不回来看看呀？大凤说，我妈我爸本来是早想回来的，可我妈身体不好，在床上一躺十多年。这次给我妈送完葬，我爸就被二凤带去了深圳，我爸说换个地方先去散散心，等回来时，第一站就是卧虎营。耿嫂擦了泪水，一双昏花老眼再离不开四凤。四凤在市里一家银行做高管，虽已年近四旬，但保养得好，依旧青春靓丽，身材和脸庞都像夏嫂，鼻子和嘴巴却明显有着耿玉林的影子。大凤说，我妈临走时一再跟我说，只要你耿娘不恨我，我下辈子还跟她当邻居。

耿嫂又捂着嘴巴哭起来，说："夏嫂啊，你再给我托个梦吧，我就盼着再听你骂上一阵子呢。"

身后事

老革命秦丰年去世了，享年九十六岁。老人家生前有话，走就走了，鸦默雀动，不可闹腾。丧事完全是由市老干部局主持操办，果然就没闹腾，众儿孙在这场落幕的人生大戏中不过是群众演员，摔瓦盆，举灵幡，捧骨灰盒，三叩九拜，入土为安。

丧事毕，众亲属立即登车转向了秦丰年老人生前的家中。说是生前家中，是因为老人入土之后，这个家便不再姓秦。房子是公家的，家具也多是公家的，真正属于秦家子孙的不过是屋子里那些日常的生活物品。具体操办这件事情的人姓隋名超，市老干部局综合科科长，他的另一个身份则是老干部第一党支部联络员。隋超当着所有人的面，打开了房门，说现在请秦老的四个子女每家派出一位代表，进屋检查，确认家中是秦老去世前的模样，家中所有物品未动未失后，我们再进行下一步的工作，可好？四子女依言，各派一人进了家门，很快，无言退出，都对隋超点了点头。

隋超再次沙哑着嗓子宣布，秦老生前，委托市老干部局全权管理家中财物，并全权主持处理身后的家中物品分配事项。现在，我代表市老干部局将分配方案说给诸位，请大家认真听好，若有不同意见，咱们再做商议。一、秦老生前住过的这幢房子本是公产，丧事过后仍归国营新光农场，不在分配之列，秦家人不得以任何理由入住；二、室内家具，包括桌椅、床、沙发等物品，均为新光农场和市老干部局为秦老配置，也不在分配之列；三、秦老生前尚有积蓄若干，暂由老干部局统一保管，待秦老的抚恤金丧葬费下拨后，扣除已支出部分，余者，平均分配给四子女。而眼下所要分配的物品，也就是家里的那些日常用品，按照法律规定，由第一顺序继承人优先分配。我的意见，先请四个子女抓阄排出顺序，1号先进门，选出一件物品，拿出来，放在门外，然后是2号、3号、4号，每家自选物品的时间不超过五分钟。第二轮的顺序是2341，第三轮是3412，再往下，以此类推，直到四家不想再选，再请秦老的其他亲属进屋。大家看这样可好？

短暂沉默。老大家的儿子先发声，说都是一家人，还抓什么阄，笑话！就按顺序来嘛。

秦老去世，老大一直没露面，连殡仪馆和墓地都没去，说是身体不好，派来了长孙做全权代表。兴许真是身体不好吧。

老四立刻接话，什么叫顺序？按顺序也得先让长辈来，总不能乱了纲常。

来的这四家，只有老四是子辈。隋超怕争吵起来，急忙再次正色申明，说各家来的都代表的是第一顺序继承人的权益，权利和义务完全相同，所以才一定要抓阄。这一点，不再讨论。

人群里有了笑声，那笑声似乎与眼下的情景不甚相宜。秦老家是五间砖瓦房，四周林木掩映，房前还有片小园田。正值初春，园田还没开种，许多人便站在畦埂上。这些人除了秦老的子孙，便是得了消息前来吊唁的秦老的侄男甥女。有些人没急着离去，是想最后拿到一点秦老的遗物做纪念。据说高寿之人的遗物有灵性。

老二家的女儿再次打破了沉默，说时候不早了，抓紧吧，还有事呢。老二是女儿，没来参加葬礼。讣告发出后，隋超以为这回总能见上这位秦家姐姐一面，没想，等这位姐姐的女儿露了面，才知秦家姐姐已于两年前过世，竟然消息也没告诉父亲一声。事情不会仅仅是怕老父伤心这么简单吧。细细算来，隋超为秦老服务了二十多年，一周至少会到秦老身边两次，却极少见过这位秦家姐姐。算来，她若活着，该有七十来岁了。

隋超从怀里拿出一张打印好的文稿，说那好，抓紧。开始之前，请子女四家各派一位代表在这份材料上签字。材料上的内容就是我刚才说过的那几条。当然，签字前，还请各位重新认真审阅。

昨夜，为准备这份材料，隋超半宿没睡，还把妻子拨醒参谋。妻子在法院民事庭当过审判员，在这方面有着足够的经验，但睡意蒙眬的她自是不情愿，责怪说你烦不烦人。隋超好言抚慰，说烦就烦吧，这一家子太复杂，复杂到超过你接手过的任何一宗案子，稍有不慎，跟下来的事会更烦人。

签字不须抓阄。第一个持笔的老大儿子说，隋哥，不嫌麻烦呀？隋超拍了一下对方肩膀，说了声必须的，再不解释。老大家儿子的年纪与隋超相仿，称兄道弟很正常。秦家年轻些的孙辈还有喊他叔叔甚至爷爷的，那是因为视他与秦老是同事，同事即同辈。愿叫什么叫什么吧，随意，无须讨论。

抓了1号阄的秦家老三的女儿很快出来了，怀里抱着一只小巧而精致的电子影集。这个影集就是这个外孙女送给秦老的，还把家里所有能收集到的照片都刻录进U盘，说姥爷想看照片了，按下键就能像看幻灯片一样看了，还可选听音乐。秦老最后一次住进医院前，没事时常抱着看。但作为"1号选手"，最先把这个抱出来，还是让众人有点意外。

抓2号阄的是老大家的儿子，可谓长房长孙。长孙从屋里出来，说我要客厅里的那台立式空调，先不搬出来了，明后天我找车来拉，行吧？

隋超忙说，对不起，刚才忘说了，那台空调是老干部局的，不在分配之列。你选两间卧室里挂式的吧，那是秦老添置的。

长孙吸溜一下鼻子，还做了一下怪脸，重回屋里。房门大敞着，隋超拉过一把椅子，倚门而坐，一是防着外面的人不顾次序往屋里闯，二也是帮已选出物品的人看守。刚才已说过，东西选出后，都暂放门前，待自选程序完成，大家统一过目无争议后再各自搬移。第三，自己也要歇歇乏。昨夜基本没睡，早起天没亮就开始张罗秦家的丧事，起灵，去殡仪馆，和遗体告别，选购骨灰盒，去墓地安葬，这一系列的事，哪一件都不可大意，着急上火的，连嗓子都喊哑了。秦家的子孙虽不少，但听说老爷子已将身后事全部委托给了老干部局，一个个落得清闲，没有人跳出来横挑鼻子竖挑眼，已是烧高香了。人真不可与岁月争，过了半百，这身子，真是争强好胜不起了。

房门前的四座小山一点点长起来，已有人往外抱被子了，想来值点钱的东西已所剩不多。隋超懒得去看那些东西，只是躬着身子看那份由自己起草打印的《沉痛悼念秦丰年同志》。上级有规定，不开追悼会，那就只能打印这样的生平简介在遗体告别仪式上分发。老人生前的音容笑貌又一次在眼前浮现，尤其是年近八旬时，还去田间劳作的情景。老人家出生入死数十年，堪称共和国功臣，心中却藏着多少委屈与孤苦，一言难尽啊。到了晚年，虽生活不虞，子孙们却因对他揣藏着诸多的不满与愤怨，竟是很少回到家里来。也不是不孝，世间的亲情，哪一家不是点点滴滴丝丝缕缕慢慢积累起来的。可秦老偏偏就缺了那份沉淀与积累。

秦老出生在太行山区，抗战时参加八路军，并当了武工队的队长，率队在敌后打游击。1943 年，小鬼子实行"三光"政策，对华北地区围剿，秦丰年被追逼进了一个山洞，同时躲进山洞的还有一位妇救会姑娘。洞外山火熊熊，枪声阵阵，姑娘问秦丰年，说队长，你怕死吗？秦丰年说，怕死就不当八路了。就是有点遗憾，白活了二十多岁……姑娘说，是遗憾还没搞过对象吧？队长要是不嫌我丑，出去后我就给你当媳妇。七天后，日寇撤走。在返回部队前，秦丰年与姑娘好一番海誓山盟，却哪承想这一别竟是阴阳两隔。数年后，抗战胜利，秦丰年重回山庄，才知姑娘在日军的又一次围剿中中弹身亡，留下一个三岁男孩由村民抚养。秦丰年找到那个孩子，一看便知是自己的骨血，心中又悲又喜，掏净身上所有值点钱的东西，对那位村民说，拜托大嫂继续收养这个孩子，等咱们穷人打下了天下，我再回来感激你。

秦丰年的第二次婚姻是在 1949 年。四野解放东北全境后挥师平津，秦丰年所在的团奉命留守北口。那是个激情燃烧、崇拜英雄的年代，不断有人给已是一团之长的秦丰年介绍对象，况且那时的秦丰年不光是打鬼子打老蒋的英雄，还是一位不到三十岁的棒小伙。秦丰年相中了一位女大学生，为了防止女方拒绝，他隐瞒了太行山里已有一子的事实，他准备等妻子生了孩子后再如实相告。女人对有没有孩子态度肯定不一样，领兵打仗的人岂会不懂抢占制高点、速战速决的道理。没想到，婚后的甜蜜生活也仅仅过了一年多，部队便奉命向鸭绿江畔集结，秦丰年不得不向已有身孕的妻子告别。可哪里料到，集结仅仅是前奏，紧跟其后的还有比打鬼子打老蒋更残酷的恶仗。1951年，秦丰年奉命率领全团在朝鲜阻击联合国军队，命令下得死，不惜一切代价，死守二十四小时。那一战，真是打得太恶太苦，美国佬的飞机大炮不停地轰炸，联合国兵就像被捅了巢穴的马蜂，黑压压地轮番往上扑，秦丰年脚下的阵地则像洋葱一般被炮火剥去一层又一层。一昼夜后，秦丰年带人后撤，身边的战士已不足二百人，弹药更是所剩无几。踏冰过江时，美军飞机追上来，又疯狂地扫射与轰炸，地面上到处是前堵后截的敌军，头顶上还悬着敌机投下的明晃晃的照明弹。那一次，身负重伤的秦丰年认定自己已革命到底，并下达了最后一道命令，说告诉大家，我们的任务已完成，马上自由组合，三人一组，分散突围。他说，尽量减少伤亡，一定要争取活着回去。他还说，可以放下武器，但不可叛党叛国。秦丰年还想再说点什么，一颗炸弹落下来，他就什么都不知道了。等醒过来，已是两天两夜后，秦丰年发现自己躲在一个山洞里，身边是一男一女两位朝鲜老人。在老人比比画画的叙说中，秦丰年明白了，老人本想去死人堆里拣点吃的东西，没承想发现他还存有一口气。那一次，在老人的护理下，秦丰年在山沟深处整整养了近半年，直到志愿军发动又一次战役打回来。

瘸了一条腿的秦丰年没能再留部队，而是很快被送回国内。

四年后，他重回北口，新的职务是国营农场的副场长。秦丰年去找妻子，妻子已又是身怀六甲之身，一见面就呜呜哭起来，说你不是为国捐躯了吗？你既活着，这些年你怎么连封信都不写给我？秦丰年无言以答，只是问，我们的孩子呢？前妻说，是个女孩。我再婚前，人家不喜欢我带着孩子，正好我同学老家乡下有户人家婚后不生育，我就把孩子给出去了。对不起，真是对不起，我不能再陪你了。秦丰年坚持说，把孩子给了谁，告诉我，我去把她找回来。前妻哭得越发汹涌，说别去找，千万别去找。当年我把孩子交给人家时，是一再保证你确是不在了，我也不会再去影响他们。等以后，孩子大了，我一定想办法找到，让她去找你。

又三年，秦丰年再婚。女方是昔日手下一个连长的遗孀，带着一个女孩。那几年，秦丰年只要一有时间，就去寻找牺牲战友的家属。看连长的遗孀在乡间过得实在艰难，连长的遗腹女儿又拉着他的手不放，不断问，你是爸爸吗？爸爸怎么才回来？爸爸是打美国鬼子的英雄吗？秦丰年心中酸痛，对连长遗孀说，你带上孩子跟我去农场上班吧，每月有工资，总比在大山里好过些。回到农场，秦丰年让遗孀娘儿俩住进自己的家，自己则在办公室搭起床铺，每日三餐也都是一人对付。几月后，遗孀主动找到秦丰年，红着脸说，孩子整天哭着喊着找爸爸，农场的人也常开玩笑喊我嫂子，你要是不怕我们娘儿俩累赘，咱们就一起过吧。婚后一年，新妻子生了一个儿子，秦丰年的生活总算又有了些安宁。

三年困难时期，天下大灾，盲流如潮，都为找口吃的。太行山区的儿子找上来了，前妻送出去的女儿也找了来，并带来了养父养母。国营农场当时有政策，在招收新职工的计划指标内，职工家属可优先安排。秦丰年留下了一双儿女，也算对亡人的一种祭奠。

二十世纪八十年代，秦老总算得以落实政策，那时他已是退休老人。党组织念及秦丰年同志出生入死的革命经历和屡屡战功，将他的待遇提升至地市级离休。隋超也是那时调到老干部局并熟悉秦老的。大学毕业后，隋超先在中学当老师，后来因有些老同志需要有人帮助撰写整理回忆录，便将他调到老干部局当干事。先时，借着帮秦老填写履历表格的机会，隋超没少查阅秦老的档案。隋超知道秦老是个有一说一的磊落之人，不藏奸，不掺假，从不文过饰非，更不添油加醋。

当了近三十年农场副场长的秦老那些年生活一直不宽裕。他有限的工资不仅要维持四口之家的日常生活，还要接济贴补比他日子还要艰难的两个子女。先前，那一儿一女都是农民，即使拖家带口地投奔而来，也仅仅是普通的农场工人。秦老觉得愧对他们，每月都要从工资中分出一部分给他们，好在老伴理解他的心情。但是，每月的接济并不能从根本上缓解俩儿女对父亲的不解与怨愤。别人家的老革命父亲能为儿女们争来锦衣玉食，秦家的老头子怎么一月十元八元的就把亲生儿女打发了呢？市地级离休干部的待遇似乎像一股春风，融化了俩子女与父亲间的冰层，那两年，逢年过节，孩子们没少回家里来，带着孙辈，绕膝嬉戏，也算其乐融融。但春日里的温暖总是短暂的，若遇倒春寒，不光可能将已融化的冰层冻得更结实，还可能冻死已拱出地面的嫩芽，彻底毁了一季的希望。大儿子突然来家了，说去省城见到了某厅长，某厅长说是老爸的老部下，还让他给老首长问好。秦老奇怪，一个农场工人怎么去了省城，又为什么见了某厅长？正待问，大儿子又说，有一个工程，正归那位厅长管，只要老爸打个电话，或者写封信，帮把那个工程拿下来，挣来的好处可能比咱们爷儿俩一辈子的工资都多。秦老吃惊，问你也办公司了？儿子说，我哪有那本事，可我一个朋友办了呀。有个工程招标，他拿不下来，却不知怎么打听到了厅长和老爸的关系，所以才把我找了去，还让我兼了副总经理。秦老闻言，扶杖而起，冷言回道，以后这样的事，你再不要出面。别人问起我，你就说我早去了火葬场，死了！

类似的事，大同小异，老二和女婿来家找过，老三的女婿也来家找过，老四那时还和父母同住一个屋檐下，更是絮絮叨叨，不厌其烦。小儿子求援的事是竞聘单位的科长，说不过是老爸一句话的事，又说现在当官的，哪个没关系没根蔓？又说老爸眼下余温尚存，那些当权的人还敬着你，只怕过几年，更没人搭理你了。秦老的回答是，我这辈子带过的兵，不说过万，也有八千，没听说哪个兵不靠自己的真刀真枪而是凭着根蔓关系冲上敌人阵地的。你小子这辈子要真是只豹子，那就往前冲，要是只想过安稳日子，那就老老实实当个缩头乌龟。我老头子这辈子最做不来的事就是弯下腰来求人。我丢不起那个人！

秦老的凛然正气无疑使本就不和谐的父子关系更加雪上加霜。老伴健在时，不止一次劝说他，说咱这家，前一窝，后一块，孩子们本就跟你疙疙瘩瘩亲近不起来，这下可好，一个个连家门都不进了，老疙瘩也搬出去单过了。依我看，能帮一把就帮帮吧，帮不了他们也不怪你了。秦老低头不语，好久好久才说，你怎么知道我心里不想帮？你怎知不见孩子回家来我心里不盼不疼？这四个，要是都是你一人生下的，一奶同胞，我得罪的不论哪个，都不怕。可就是因为这前一窝后一块的，我才怕一碗水端不平，家里的事更要乱糟糟。与其那样，不如就让他们自凭本事去拼，谁愿怨怨恨恨那就怨吧恨吧。

秦老年近八旬时，市里为了改善离休老干部的居住条件，盖了一片别墅小区，每家二百多平方米，并声明在先，为解决产权问题，此次房屋分配是认购而不是无偿居住，每户须先交下购房金若干，三年后这房子便和市内的其他商品房一样，有了七十年的产权，并可自主出售和转让。明眼人谁都看得明白，那价格不过是象征性的，大前提是认购人的资格，资格不够，活该眼馋。房屋认购前，老干部局派车将老人们接到了别墅小区。小区在近郊，依山傍水，交通方便，大格局是两家一幢，俗称连体，但每家各走一门，入门后均是楼上楼下的越层，采光良好，四面通透。尤其是，考虑到老同志多好亲近田园，每家楼前屋后都有百多平米的园圃，可植花草，也可种菜蔬，是神仙洞府一般的好住处。为避争端，老干部局又定出认购规则，按资格和级别排出顺序。那天，秦老带着老伴一起去看房。老伴已患有很严重的肺气肿病，走走歇歇，一路由隋超携扶。在回家的路上，秦老夫人满面喜色地问，听说咱家是一号，最先挑，你相中了哪一幢？秦老沉吟良久，才说，回家再商量，不急。

三天后，局长和隋超一块被请到了秦家。龙井茶已泡好，秦老坚持要亲自给二位一一斟好。这样的情景以前也有过，但屈指可数。局长和隋超面面相觑，都知此番秦老必有大事。果然，在弥漫的茶香中，秦老说，组织上给我们老同志盖这么好的房子，我感谢，非常感谢。只是，我家的情况，不用多说，二位都清楚。房子说是盖给老的，可我们还能住上几年？总是要去见打天下时牺牲了的老战友的。我家的那四个孩子，左一窝，右一窝，不是同父不同母，就是同母不同父，跟我们老两口都亲不起来。也不能怪小的，打天下不容易，不光包括抛头颅洒热血，还包括牺牲的血脉亲情，怕是这辈子都很难恢复起来了。我想说的是，我们老两口走了后，这幢房子怎么办？放在别人家，孩子们或有礼让让给谁住，或者平均分配卖房款，可我家怕就难了。那几个，老死不相往来，好不容易见了面，连声哥姐弟妹的招呼都难听到，真要有哪位抢先住进房子，引得兄妹几个你争我斗，那就不光让我们老两口在地底下脸上无光，也要让组织上为难了。趁着秦老端杯饮茶的机会，隋超说，秦老也不必想那么多。二老留下公证遗嘱，百年后若有争议，还可由法律裁决嘛。秦老摇头苦笑说，清官难断家务事呀。这些天，我们老两口没少看电视里的法治节目。这种官司，别说遗嘱，就是有了法院判决，有哪一个赖着不执行，你又如何？眼睁睁地看着他们反目成仇？局长似乎看出了端倪，问秦老是不是还有更好的办法？秦老说，我们老两口商量来商量去，最好的办法就是趁我们老的还有这口气，先把房子给几家孩子分了去。至于钱财和家中的物件，再拜托到了那一天，尽由组织上掌秤，平均分配，估计就不会再有大的争议了。我的意思是，局里可不可以向上级领导请示，现在就把我可选购的别墅作价，把房款预支给我们老两口。房子不能掰开来给孩子们分，票子总可以，你们说是不是？隋超吃惊地问，那秦老日后去哪里住？秦老轻松一笑，说这好办，我还住农场的这个家嘛。这一点尽请放心，对我的这个请求，农场上下，肯定会给关照。当然，我要立下字据，保证房子永远是农场产权，并在我们老两口去世后立即归还，在我们住的这些年，则按月交纳租金。这样一来，于公于私，就都说得过去了。局长沉吟有顷，首肯道，秦老考虑的身后之事，很周到，也很细致，我深表敬重，也全力支持。这些年，老干部局遭遇的最难缠的事就是老同志辞世后，遗产的继承问题。多数人家处理得好，丧事过后，一家人仍是和睦如初。但十家里只要出了一家，那就是一团难解的乱麻，三年五年，甚至十年八年，都让人脑子疼。现在关键的问题就是房子能不能作价，如何作价？这事我明天就去请示，市领导不敢点头，我就去找省里，或者，由局里出面，跟市里哪家银行联系，参照抵押贷款的方式，力争早日把这个事落到实处。据我所知，这批房数量有限，有些可享受同等待遇的老同志一时排不上，市里正请示省里拨款批地再建。秦老的设想成功的希望很大。只是，刚才秦老所言，毕竟还只是老两口的意愿，我的意思是，家里四个孩子的工作，也必须事先做好。秦老笑道，这是自然。那咱们就兵分两路，我还只怕说服不了你呢。

秦老召集的那次家庭会议，四子女听说是商量遗产继承问题，一个未缺，都到场了。秦老还特意将隋超请来，负责会议记录，并让他事先起草打印好协议书，以备会后签字存查。听秦老讲了意见，大儿子和大女儿面色平静，但隋超却发现两人在不动声色间暗暗交流了一下眼色，那眉宇间透露的满是欣喜。老三则一直低着头，不知她在想什么。明显表露出不同意见的只有老四。老四说，老爸老妈，给老革命盖的那片别墅我老早就去看了，真是好，从外部环境到内部格局，都无可挑剔。你们二老辛苦了一辈子，晚年住进小楼享享福，应该，太应该了。不就是花几万元钱嘛，老爸老妈舍不得，我掏，全掏，包括里头的装修和家具添置，我也一包到底，你们只管去住，这行了吧？老大闻言，立刻回应，说我是老大，掏钱也应该先从我来。老二冷冷言道，同为子女，别分亲疏先后才好。只有老三，抬头扫了几人一眼，又低下头去。四子女的心思与态度，家庭会议前秦老和隋超都一一估量过。老大和老二，唯恐老爸老妈偏向老四，因为只有老四才是他们的共同骨血。如果提前继承遗产，且是平均分配，他们必举双手赞成。老三的情况有点特殊，在血缘上她与秦老并无半点关系，若能与其他三人获得同样的继承权，内心里也必是高兴与感激。防着可能整事的其实只是老四，他倚仗着父母双亲的血缘优势，在遗产问题上巴不得一家独占。老伴看会议开成这样，忙说，老头子，你快说句话！秦老说，我找你们来家商量的是，组织上给我的这笔钱，你们是不是同意平均分给你们？同意的就在协议上签字，白纸黑字，永远不得反悔。至于那幢房子要不要买，我早已跟市里打过报告，市里也告诉很快就把款子拨过来，所以，就不在商议范畴了。我老头子年纪虽大了，但脑子没糊涂，我的这几句话还没说明白吗？秦老的神情很严峻，出语也冷硬，几子女本就在心里怵着父亲，听父亲这么说，便都缄了嘴巴。只有老四还嘟哝道，现在商品房市场眼看着蹿天猴似的，一天天往上涨，老爸老妈却非得不要房子只认钞票，傻不傻嘛？老伴软着声气说，这事，我和你爸没少商量。我们要是只认钱，这笔钱下来就不分给你们了，我们放进银行吃利息不好？不是还挂念着你们嘛。看房子涨价，你们分钱到手，可以马上去买房呀。买不起大的，就买小一点的，大房涨，小房同样涨，听说还涨得更快，你们赚了钱，我们当爹当妈的，自然也跟着高兴，怎么就傻了呢？秦老倔哼哼地打断老伴的话，说跟他废什么话。把大房子只给了他一人，我们一家人就不傻了，是吧？别做梦！

秦家四子女选取遗物的议程已近了尾声。老三的女儿和老四都不再进屋，只剩了老大老二的儿女还在轮流进到门里去。老四故意显出不耐烦，大声说，饿死人了，拉倒吧，这个家，还有什么呀！隋超掏出烟，递给老四一支，抚慰道，饿就饿一会儿，挺一挺。依我看，除了抚恤金下来后找你们几兄妹一聚，可能再团聚的机会也不多了。老四吐出一口烟，说那是，连今天，有人都没来。隋超又说，这些年，我早看出来了，老爷子最心疼的其实还是你。老四挑眉一笑，说是吗，我怎么没看出？隋超说，要是让你看出来，那还是你老爸吗？你看老爷子对谁瞪过眼，也就是你偏得吧。老四闻言，怔住了，好一阵才说，这也算？隋超长叹一口气，说你就在心里慢慢琢磨吧，总有琢磨明白的一天。

很快，老大老二的家里人也不再进屋了，而是打手机呼唤快来汽车拉东西。隋超这才招呼候在外面的侄男甥女们进屋，谁愿拿什么拿什么，愿拿多少是多少。候在这里的也没几位了，不过一支烟的时辰，有人拎出一根秦老用椴木枝自制的拐杖，有人捧出一个用炸弹壳制成的铜锈斑斑的笔筒，还有人只是拣出两颗核桃。核桃隋超是认识的，前些年没少见秦老拿在手里搓，秦老说是从农场老核桃树下捡的。后来，过重阳节，老干部局给每位老同志发了一对健身钢球，钢球动一动会发出悦耳的声响，秦老才把那对核桃丢下了。弥留之际，秦老将那对钢球放在隋超手上，说小超，谢谢你陪了我这么多年。这个给你，就算留给你的一点念想吧。

众人离去，家里家外已是空空荡荡。时已傍晚，红霞满天。隋超打电话，唤来了一直候在办公室的农场工作人员。当年，秦老将自己想在这里长期租住的打算说给农场，农场很快便将这幢房子做了彻底翻盖装修，并将原来的三间改造成五间。场领导说，秦老愿意住这里颐养天年，是我们农场的光荣，农场再不景气，也不能亏了老革命。隋超对秦家留下的四子女代表说，你们再进屋看一看，不再有什么问题就请在房屋移交书上签字。几人跟在隋超后面，几间屋子重又依次看过。这个昔日的家，剩下的除了空荡，再就是凌乱，地上到处丢弃的不过是些应该送进垃圾箱的东西。就在几人依次在移交书上签字时，隋超看到了斜挂在墙上的那个旧镜框。镜框面板大小，里面不过是几张昔日的照片，照片有全家福，也有秦老和农场同事的合影，还有一张是隋超扶着秦老下山的照片。只是照片都已不那么清晰了，尤其是彩照，颜色更是褪得厉害。隋超将镜框摘下来，随手从地上捡起一件旧衣衫，擦净上面的尘土，说这个，你们不要，我就带走了。没人吭声，回应给隋超的除了有人故作的超然，还有避闪的目光。

也许，若是老三亲自来家，这个装着老照片的镜框就落不到隋超手上了。老三其实也是位年过六旬的妇人了，满头霜发，步履已不再敏健。在秦老住进医院的那段日子里，也只有她几乎每隔一两天就到医院陪护一阵，手里还要提上一罐在家里熬好的鸡汤或鱼汤，有时自己来不了，她也要儿子或女儿来。而其他三子女或家人，不因特殊情况打电话让他们到医院，几乎是难见一面的，他们不露面的托词竟也惊人的一致，老爷子是党的人，老爷子的事就相信组织依靠党了。特别是秦老的骨灰与老伴合葬后，老三最后一个离开墓地，她跪下身，重重叩首，再一次泪流满面，叨念说，老爸老妈，从今往后，闺女就来这里看望你们了。请二老的在天之灵好好保佑闺女，并给闺女占好一个地方。下辈子，我还当你们的闺女。老三的话再一次让隋超心里哀痛感动。血缘，真的那么重要吗？血真的浓于水吗？如果缺失了一颗感恩之心，至亲骨肉又有什么意义？隋超抹去眼角的泪水，上前扶起老三，说姐，回去吧。你这些年的心意，老爷子心里一直都是明明白白的。老三说，我知道你们回家还有事，我就不去了。我在这儿再陪老爸老妈坐一会儿，行吗？隋超说，姐不去怎么行？缺不得你们四家任何一家的。老三说，那你就喊我闺女去，让她代表我。

大幕徐徐落下，昔日的秦家人去房空，只剩了隋超一人。隋超突然觉得很累，两腿软软的，心窝酸酸的，想哭。从秦老去世到现在，整整三天，接来送往，召集大大小小的家庭会议，主持操办葬礼的一应事务，他一直冷静着，似乎面对着一件完全与己无关的事情，可眼下，心里一下空落起来，似乎这才意识到秦丰年老人真的走了，远远地走了，去了另一个世界，再也见不到了。隋超敬重秦老，可就因了敬重，心底深处愈发不时为老人生出深切的痛惜与悲伤。四个子女，却只有那个与他并无血缘关系的女儿才贴心贴骨地与他亲近，秦老生前嘴上不说，可隋超能够感觉到老人的无奈。那是秦老心头一块永难愈合的疤，外人却只能小心地呵护与回避，碰不得，更伤不得，连他老伴在世时都不例外。想想这些，隋超抱着那个镜框，坐在门外的台阶上，一任泪水淋洒，点点滴滴，无止无休。

当夜，隋超打开镜框，他要将那些照片取出来，一一擦洗干净，然后收进影集长久保存。就在揪下框棱上的小钉，掀开胶合薄板时，他有了重要的发现。那是一张画在宣纸上的画作，在虬乱苍劲的松枝上，一只秃鹫放眼远望，振翅欲飞，让人躲不开的是秃鹫的那双眼睛，锐利而凶悍。整幅画作完全用墨，或浓泼，或淡抹，有工笔勾描，但重在写意，整体气势让人震撼。左下角的落款是老榆乙卯年冬日。整幅画作，只有印章是朱红的，也正因了那点红，才给画面带来了一点鲜亮，让人生出别一种的感慨。

站在画作前，隋超久久发呆。乙卯年，当是1975年吧。数年前，闲聊时听秦老说过，省城有位画家，年龄与秦老相仿，因为画画被扣了反革命帽子，发配到农场劳动改造。那画家好喝酒，喝完酒又好喊好唱，弄得牛棚里的人都不欢迎他。有年冬天，画家病了，秦老便把他接到家里住。秦老说，奇人多有怪脾性，那人说不喝酒就不愿动笔，只有微醺状态下，下笔才有神。隋超问，画家住进你家，你没请他画两幅吗？秦老哈哈一笑，好一阵才说，哪好意思张嘴，再说，画了咱也不懂。隋超再问，那画家走后，你就没再跟他联系吗？秦老叹息道，还联系个啥。1976 年，他就回省城了。听说就因为回省城了高兴，到家就找朋友们喝酒庆贺，哪知喝大了，一醉不醒，不多日子就上天当神仙去了。唉，这么看，他真不如留在农场，兴许还能多活几年。

看来，那位画家就是老榆了。老榆住进秦家，病愈后由秦老陪着，推杯换盏，倾诉衷肠；也许，酒后的老榆画兴顿起，在秦家展纸挥毫，将画作交予知心好友鉴赏；也许，秦老情知此画珍贵，却怕被人知晓不定又给老榆加上什么罪名，所以才小心地将它藏在了镜框里；同样的道理，老榆也怕这幅画给秦老带来不必要的麻烦，所以才没在画作上给秦老留下什么雅正、惠存之类的字样。而今，秦老和老榆都已驾鹤仙去，这些也许，也许只能权作猜想了。

那夜，隋超打开家里的电脑，在百度里搜出老榆和他的画作价格，竟是大大吃了一惊。老榆竟是画坛名宿，他的遗作中的任何一幅，在时下寻常人眼里，都可视为天价。那么这一幅呢，是否应该更加珍贵？

一连忙碌了数日的隋超失眠了。名家画作，何去何从，竟成了让作为普通人的隋超难释难解的哥德巴赫猜想。交给秦家四兄妹？但一张画怎么分配？四兄妹若是要求出售后再平均分配售画款呢，且不说这事做起来会不会麻烦，只怕老榆后人闻讯，追究起画作的归属权问题，那场官司就绝非短时间内能够判决得清楚的。上交老干部局领导？铁打的衙门流水的官，谁知眼下的局长们或升或黜将去何处，将来的局长们又是哪路神仙，花落何处，更是让人不可料定呀。那就自己存藏？想到这一点，隋超只觉心里咯噔一下，身子在卧榻上腾地坐起，连睡在身旁的夫人都惊醒了，责怪说，作什么妖，不是秦老爷子给你托梦了吧？隋超长吁一口气，复又卧回枕上。秦老遗世的财物，四子女平均分配完毕，且都已在分配程序与结果上签字，那便是铁打的证据。拿在自己手上的，不过是他们谁也不要的弃物。但是，如果日后《秃鹫图》面世，有人诬陷说是自己财物分配前便已将老榆画作私匿，那又当如何辩解呢？

　　窗外现了微微的白亮，早行的汽车已在街道上轰轰作响。秦老虽说已奔赴仙台，但既然还没烧过头七，那就还没踏上奈何桥，更没喝下孟婆汤，离家当是不远。隋超只盼自己快快睡去，秦老托来一梦，告诉自己，怎么办才最稳妥。

鼠标指

三个月前，三班战士敖奉林患了一种以前从没听说过的怪病——鼠标指，这不光让我这个当排长的着急上火，连中队长和指导员都一次又一次地发问，后来，便干脆下了死命令，没有中队的命令，任何人不准再放敖奉林进电脑室。

说起敖奉林的鼠标指，真也是怪事，本来很强劲也挺灵巧的右手，突然就病鸡爪子似的拘挛了起来，有点像半身不遂的病人，看着让人揪心。须知，若讲掰腕，敖奉林先前可是中队首屈一指的冠军啊，往小桌前端然一坐，不管谁来，两腕一搭，1、2、3，完事，泰山压顶，螳臂挡车，立见高低。可就是这样一只可让鬼见愁的铁掌，却突然变成了让人痛惜的病鸡爪子，战士中不由就生出一种议论，说是不是那个"碾臭虫"的任务执行多了，阎王爷见怪了？中队长和指导员肯定也听说了这种议论，又担心公开驳斥反倒形成扩散，只好亲自带敖奉林去医院，西医中医都看过，医生们也是好不嗟叹，说鼠标指嘛，顾名思义，肯定与患者摆弄电脑过多有关，但是不是与手抓鼠标的时间长短密切相关，我们也不好轻易下结论。有人一天除了睡觉，几乎是一刻不歇地坐在电脑前打电子游戏，也没见得这种病。可据这位战士自述，他只是在部队的自由活动时间才上上电脑，每天不会超过两小时，却偏偏染上了这种时髦病，这又怎么解释？先口服一点缓解筋骨的药物，同时远离电脑，观察一段时间再说吧。

中队长曾很严肃地问我，敖奉林哪来的那么大瘾？我知道中队长的意思，忙立正回答，尚未发现敖奉林有网恋，据我所知，他连 QQ 都没有，他在网上也极少玩电子游戏。中队长眉头拧成了大疙瘩，那他上网都干些什么？我答，我查看过他上网的浏览记录，近几个月，他主要是看新闻，有时链接古今中外的法律故事，有时链接法律网站。

听我这样回答，中队长在地心转起圈子来，一圈又一圈，目光变得愈发严厉，并再一次给我下达命令，记住，从今往后，再不许敖奉林进电脑室！我嘟哝说，那手机还让不让他看？现在的智能手机不比电脑差多少。中队长说，战士的自由活动时间，你给我多盯盯他，有亲属电话可以让他接听，其余的时间，你陪他说说话。记住，要帮助敖奉林尽快恢复健康，决不能再耽误执行任务。

　　我理解中队长此话的分量，更理解敖奉林所要执行的任务的特殊性。那种任务虽不是非敖奉林不可，但缺了他，有时确难遣将。一个月前，曾有任务下来，就是因为敖奉林的鼠标指，害得我分头做了三个班长的工作，就差磨破嘴皮，但班长们都摇头。最后是我亲自提枪上了阵。

　　我这么一说，读者诸君估计都已猜到了我所说的任务是什么。执行那个任务也许无须狙击手百步穿杨的精准射击技术，也无须李逵武二郎如入无人之境般的搏杀能力，但要圆满利落地完成任务，则需沉着冷静的心理素质。扣动扳机，枪响走人，看似简单，但细想想，我们面对的不是凶神恶煞的歹徒，而是毫无对抗能力、多已瘫软成泥的罪人，枪决罪犯和在战场上你死我活的生命对决完全不是一回事，这样的任务并不是随便哪位武警战士都能胜任的。

　　我们中队的营房位于市郊，五百米外就是一座壁垒森严的监狱，对监狱实施外围武装警戒，便是我们中队的首要任务。当然，对最高人民法院已核准死刑的犯人执行枪决，也成了中队的任务，战士们把执行那个任务叫"碾臭虫"，倒也贴切形象。

　　两年前，我们一排的战士大梁退伍，由他承担的碾臭虫任务便一度出现了空缺。此前，本中队共有三名"执行手"，因考虑到战士的心理承受能力，"执行手"便分设在三个排，没有特殊情况，平时很少集中出任务。大梁离队后，中队长一再叮嘱，要我抓紧再培养一个。但实话实说，这真不是想培养就能培养出来的，尤其是眼下这茬九零后的兵，别看平时三个不服五个不忿，一旦把话茬引到碾臭虫上，立刻都摇头，再往深了说，便直通通地回绝，说到了真刀真枪和王八蛋拼命的时候，首长不用多说，我要是认怂，胯裆里就白夹了俩卵子。可杀已没了筋骨囊的人，我真不敢下手，别说是大活人，杀鸡我都不敢，我怕夜里睡不着觉。百般不见功效，中队长便另给我指路，说一个月后，新一轮征兵工作又将开始。按惯例，每年去接新兵，大队都会让我们中队派出两个人，今年若没变化，就由你带一个人去。所有条件不变，再加一项就是心理素质一定要强大，不可拖泥带水，更不可临阵退怯，只要你相中了就是你的兵。我的意思你明白了吧？

时下最流行的词语之一便是高手在民间，这话好懂，三百六十行，确有数不清的真实例证。中队长的意思我自然懂，但茫茫人海，派我们奔赴的领兵之地，上级军政机关早已规划妥当，不过某一县区，再具体到某一两个乡镇。我将奔赴的区区之地，真会高手隐身藏龙卧虎吗？但愿吧，老天开眼。

一个月后，我带三班长出发，奔赴的是内蒙古东部通辽地区，蒙古族人称哲里木盟，具体地点是科尔沁草原东部边缘的一个旗。在支队接受领兵培训时，大队长亲自驱车跑到培训地，名义上是送行，实际是给我们大队的几位开小会，说今年去科尔沁，可是我和政委费了九牛二虎之力争取来的。蒙古族人自古尚武，清朝时能征善战的八旗将领和兵勇多出自那里，你们几位都把眼珠子给我瞪圆了，发现武艺出众的棒小伙子，务必给我带回来，咱们大队特警中队今年的吐故纳新，可就指望你们几位了。闻此言，我心中自是窃喜，大队长有他的大九九，我则揣着自己的小九九，看来苍天确已睁眼，不负我心。

时已入冬，天气骤寒，草原上晨起已见厚厚霜花。科尔沁草原沙化严重，尤其在这季节，一望无际的草甸子给人的感觉颇像一个秃头汉子的脑壳，即使还残存些毛发，也少得可怜。可就在这样的半耕半牧地区，还可见零零星星的牛羊在觅食游荡。我和三班长去了旗里的武装部，武装部早已分派好张参谋与我们共同完成任务。张参谋比我年长几岁，是吉林白城子人，一见面便透出东北汉子的热情、诙谐与健谈。一聊，他竟然还和我的一个战友有过接触。在武装部食堂吃晚餐时，他悄声对我和三班长说，垫补垫补就行了，留点肚儿，夜黑后换上便装，我带你们去撸串喝扎啤，绝对正宗实惠，嚼上一口三天不愿刷牙。我说，算了吧，现在上级管得严，可别自找不自在。张参谋故意把眼珠子瞪得溜圆，说我自掏腰包，人家大领导才没闲心管你这屁事呢，老弟就别画了鬼脸照镜子，自个儿吓唬自个儿啦。

在烧烤店里，五花八门的烤串撸得挺惬意，啤酒喝得也畅快，自然，坐在张参谋这位笑星面前，亦庄亦谐的对话也如三伏天里的雨水惊雷，说来就来，还有让人出其不意的惊诧。我有意把话题往蒙古族汉子勇猛尚武上聊，说听说草原上的那达慕特好看，有骑马，有射箭，还有摔跤，不知我们这回来能不能有幸看到？张参谋说，老弟这可就是三九天想吃水萝卜，差了时节了。那达慕大会基本是在每年刚入秋时举行，马牛羊正膘肥体壮。眼下这时节，牧民们正想办法给牲畜养膘好过冬呢，哪还舍得轰出去穷折腾。看着我失望的神色，张参谋说，想看蒙古族汉子的绝技，也不一定非得等那达慕。离旗北去二十多里，有一镇子，镇外有处不小的集市，集市上有个小伙子，每天杀一头牛，那场面，我见过，实实在在地说，那真是绝技，不服不行！我说，牧民杀牛宰羊本是生存技能之一，也算不得稀奇吧？张参谋说，别人杀一牛，没个七八条汉子做帮手，休想得手。可这个小伙子，只一人，眨眼之间，便能将重过千斤的壮牛扑通放倒，你不亲眼看到，真是连想都不敢想。闻此言，我心中顿喜，说这两天，正好有点时间，大哥能不能带我们也去开开眼？张参谋点头应允，说妥，我回去后就安排车，明早六点出发，咱们去集上吃早点。

那是个北方的寻常小镇，说不上繁华，镇里最雄伟的建筑也就是镇政府的三层小楼，但镇外的一片空旷之地，每天上午都形成集市，乡民们或乘摩托或赶牛驴车，从四面八方赶来，人多时可达万余。我们到镇上时正是集市上人的时辰。为了行动方便，我和三班长都随张参谋穿便装，连车都开的私家车。

集市外偏南一角有一处土墙围就的场地，估计以前是牛栏。土墙是就地取土夯成，年长日久风吹雨淋，早已坍塌得七高八矮没了模样。向东的一面有一豁口，当年八成是牛栏的门。我们到时，场地上已聚集了二三百人，男女老少都有，青壮男子居多。人们很兴奋，翘首张望，大口吞吸蛤蟆癞的烟雾，随意吐着黏痰唾沫，有先前看过的，便给新来的看客吹嘘，说那绝对叫手疾眼快，错不得半点眼珠。我没去过西班牙，心里揣想，那些不远万里去看斗牛的游客们应该就是这种心情吧。

我的老家在辽西乡间，当兵前也曾看过杀牛，有一次还滥竽充数地混迹其中。屯中有人家办喜事，从外村买回一头牛。支客（张罗红白喜事的人）吆喝贺喜的精壮汉子去帮忙，把我也推入那拨人中，说大小伙子了，别光卖呆儿，你也去出把力。那头牛已拴在屯外一棵老榆树下，领头的一声喊，众人便用大绳将牛缚倒，再用几根碗口粗的木杠压住牛身，十来个汉子都骑在那杠子上。牛是懂生死的，被拴上树桩时，已试图挣脱。待人们围上来，那牛似乎知道已到生命的末途，挣扎已是徒劳，便立在那里周身战栗，眼中盈满清亮的泪水，又伴以哞哞的哀鸣，一声又一声，酷似号哭，震得空气战栗，好不令人哀悯心动。可不要小看了牛的这番哭告，很快有两人没了踪影。主刀的汉子出场了，口中念念有词，说老牛老牛你别怪，你本是阳间一道菜，声音未落，手中的砍柴斧已对着四只牛蹄的后腱部位嘭嘭砍下，一蹄一斧，不偏不倚。压在木杠上的我见此一幕，有些吃惊，嘟哝说，原来杀牛是砍蹄子呀？拉我来的大叔说，蹄腱断了，牛就站不起身了，就是没压住，也跑不了。牛脖子上的那一刀才是关键。说话间，主刀人扔了砍柴斧，又将磨得锋利的割肉刀压在哀牛的颈部，一下一下切割。牛皮和牛颈上的肉都很厚实，牛恐惧加疼痛，周身颤抖，叫声越发惨厉。我明显感觉到木杠传递上来的来自牛身深处的簌簌抖动，手脚顿时没了力气，眼睛也再不敢往刀子上看，甚至只想跳起身子，一躲了之。紧挨我的大叔似乎看透了我的心思，一只大掌牢牢地压在我手上，说你不是想去当兵吗，连这阵仗都见不得，当了兵也是怂货。不用怕，这就完事。

身边的人群突然涌动起来，年纪大些的往后退，一帮愣小子们却往前挤。原来是牛被赶进了牛栏。那牛应该算黑牛，但也不是纯色的黑，毛色中还透着棕黄。黑牛很健硕，体重足足过千，头上的两只牛角煞是尖利，却不很长，看起来还在长。有愣小子喊，是个牤子，没劁，看那两个蛋子，多大！牤子就是未成年的公牛，俗话讲，初生牛犊不怕虎，指的就是这种小公牛，发起性子，敢跟老虎拼死活。近些年，农牧区的人已很少使用畜力，田野里的活计多是改用大大小小的拖拉机，养牛多为肉用，而雄性牛又首当其冲。母牛除了肉用，还可生小犊，而繁育不可缺的配种环节又多被人工授精取代。若是奶牛，小公牛则更可怜，往往是刚落生，便被养牛人一镐头敲碎了脑壳，连一天都不肯多养。

我在人群中寻找帮助杀牛的精壮汉子，心中盘算，对付这头庞然大物，人少不得。可是，一个都没有，没有抓绳的，更没有扛杠的。只是在人们一声"来了"的期盼声中，土墙后闪跳出一个再平常不过的小伙子。小伙子面色黝黑，个头不高，不会超过一米七，不胖不瘦，双目细长，似在眯缝，从那越墙而过的一跳可知此人的矫健与敏健。小伙子下身是蓝色牛仔裤，上衣是灰色的加厚长袖 T 恤衫，足踏登山鞋。引人注目处，是年轻人左手中抓着的一把还略泛着青色的秋草，他神色平静地走向牤牛。

牛虽已进了牛栏，却毫无凶险在即的预感，似乎只是奇怪，身边怎么突然多了这么多人。它哞地长鸣了一声，那叫声也平静，似在跟人们打招呼，也似在提醒众人，离我远点，我可不是好欺负的。

小伙子靠近了牤牛，先用手背向围观的人们摆，人们便往后退，小伙子不满意，再摆，人们便再退，直至以牛为圆心，形成半径有两丈余的空场，小伙子这才将手中的那束秋草递向牛的嘴巴。秋草的清香诱得牦牛伸出了粉红的舌头，想把那束草一下卷进嘴巴。站在我旁边的张参谋拉了我一下，提醒说注意牛的尾巴。此时，小伙子正位居牛身的腰部，左臂向前抓草喂牛，右手则去抚弄牛尾。贪吃的牦牛似有防范，立即将尾巴夹向裆间。小伙子顺势从牛的两腿前下手，用右手将牛尾尖抓在了手里。就在那牦牛失去警觉，吃得惬意的一瞬，小伙子突然发动了闪电般的攻击，起脚照着牦牛滚圆的肚皮便是狠狠一踢。牦牛猛地往前蹿去，却哪料那已被小伙子死死抓在手中的尾巴正好成了绊马索，一条后腿一扬，重心陡然前倾，小山般的庞然牛身扑通一声前抢，牛头正好摔贴在地。小伙子急上前，膝盖压牛颈，先前藏在握草的左掌内的不过半尺长的匕首已到了右手，利刃猛然扎下，又斜刺里重重一挑，牦牛的颈动脉被齐崭崭挑断，一股鲜红的喷泉立时激涌而出，一喷一喷的，高达一米，成扇面飘淋。小伙子压住牛颈片刻，将闪着寒光的匕首在皮毛处蹭了蹭，站起了身。那牦牛没了压迫物，挣扎着也想起身，却哪里还有力气，头颅刚抬起尺余，便又重重摔回尘埃，只是激起更猛烈的一次血泉喷涌。

一人，一刃，一瞬，从照着牛肚猛踢算起，到挑断牛颈的动脉，再到起身离去，用时不会超过十秒，也就百米之王博尔特从枪响到撞线的时间，把说书人好用的那个词用到这里，说时迟，那时快，真是再贴切不过。在那短短的十秒内，考验的是屠牛人的敏捷与速度，还有腕上的力量，而支撑这一切的则是屠牛人的强大心理素质。在那一瞬，任何一点胆怯、迟疑与犹豫，都可能带来让人意想不到的严重后果。试想，一头没施以任何捆缚的千斤牤牛，倘若一刀未能毙命，起身冲向人群，那种疯狂，狮虎皆愁，何况于人？

小伙子走出围观的人群，有几个男人追上去。有人将备在掌心的票子塞到小伙子手里。小伙子说，收拾完牛，拉半车沙土，把那块场地垫一垫，明天我还来呢。买主应道，知道知道，又不是头一回。又有两人追着问，明天，该是我的了吧？小伙子指点说，你，明天，你，后天，都是这个时辰，我自会在这里候着。

我知道，到了这一刻，该有个态度了，便对张参谋低声说，能不能让这小伙子成了咱们的兵？我想把这个小伙子征走。张参谋淡淡一笑说，这个镇可不是你的领兵范围。我紧紧抓了一下张参谋的手，说，不是有大哥嘛，以权谋公，不算大错。

我们在土墙边追上了正在发动摩托的小伙子。张参谋一人上前，我和三班长则有意拉开一点距离。我见张参谋将军官证掏出来，低声说什么，小伙子扭头往我们这边看，点了头。

小伙子推着摩托，伴着张参谋，穿过已显熙攘的集市往前走。在一卜卦的摊位处，一位皓白头发的古稀老者招手喊，哎，小伙子，你就是那位宰牛的年轻人吧？你坐到我这儿来，我再给你算一卦。小伙子伫了脚步，说大爷你给我算过的。老者说，以前我确是给你算过，但眼下，你又到了人生的十字路口，不想再问问前程？张参谋插话，算的既是命，还能总变化？老者说，此言差矣。命者，三分天注定，七分靠打拼，眼下还有人说，七分天定，三分人为。管它三啊七的，别忘了"命"字的后面还跟着个"运"字，那个运，才是要害。一时失志不免怨叹，一时落魄不免胆寒。运用得好，时来运转，运用得不好，落花流水无可奈何。这老人家，好口才！小伙子坐到了老者面前的马扎上，我们几人则站在他身后。老者先观面相，再看手纹，又问八字，小伙子有些不耐烦，说老爷子，以前你既给我算过，这一套又何必重来？是不是以前你给我说的啥都忘了？老者说，年轻人，你这就是轻看我老头子了。上一次，是两年前吧，你问我专事杀牛可否失去一生的福气，是吧？我说，杀牛宰羊，但求谋生，无须多虑。但看你的命相，星占罡煞，性刚心硬，堪比古时张飞、李逵，若逢其时，家门兴许出位冲锋陷阵的将才，顶不济也是一枝花蔡庆的角色。当时你问我，蔡庆是谁？我当时给你答的是，闲暇时你可读读《水浒传》，自然就知道这位好汉是谁了。我当时是这么跟你说的吧？小伙子点头，说老人家了不得，脑子比我们年轻人都好使。那您就再给我看看，我怎么又到了人生的十字路口？老者说，十有八九，你可能要披挂戎装，投身军营了。小伙子扭头扫了我们一眼，急切地问，那我该不该去？老者答到，自是该去。当一屠手，一天一牛，毕竟只是谋生小利。而投身军营，才正应了你命中将才之康庄大道，往大了说那叫保家卫国，顶不济也可除暴安良，此为人生大义，岂可恋小利而拒辞。小伙子闻言，急去衣袋里摸票子。老者摆手道，罢了罢了，此一卦我若算得准，你入伍前来看我不迟，不管赏多赏少，老夫我都感谢。若是不准，你不骂我胡说八道，老头子就感激不尽了。

我历来不信算命卜卦这一套，尤其是对躲在市场或街边摇唇鼓舌以骗钱财的江湖游士不屑搭理，但这一位，却不能不让我刮目相看。这老者，且不论口才，也不论他读过哪些闲书，他怎么就知小伙子将去当兵？入伍的话题，张参谋尚未跟小伙子提起，顶多也就给小伙子看过军官证。而眼下，我们虽站在一旁看热闹，却都是身着便装的普通人，且未搭一言，莫不是这老者真有半仙之体？

我们继续前行，在集市边上的一家馅饼店前住了脚步。店里的姑娘迎出来，急着招揽顾客，说我家的牛肉馅饼绝对是一绝，回头客老多了，还有个嗑儿呢，宁可饿下三顿挺一挺，也要到集市吃馅饼。真事儿，我一点不揽玄。张参谋笑问，你老家是辽宁铁岭那边的吧？姑娘一怔，问，大哥是怎么知道的？真事儿，你这也能看出来呀？张参谋学着姑娘的语气问，你店里有没有包间，我们要说说话。要是有，我们留下，没有，我们就另去找地方了，真事儿。张参谋故意学姑娘的口气说"真事儿"三字，逗得我们都笑，那姑娘也捂嘴咯咯咯。

我们进了一间很简陋的包间。张参谋既已露出好开玩笑的真容，便一路诙谐下去。他说，这家店我来过，真事儿，馅饼有特色，我没吃够。关键是，馅饼加羊杂汤便宜呀，有朋自远方来，我请得起，又不违反规定，是这么个理吧？只是，我上次来时，这妹子还没闪亮登场，真事儿，你是新来的吧？众人又笑。待姑娘出去，参谋老兄这才对小伙子说，下面的话我可就一点玩

笑都没有了。刚才，你一刀宰牛的绝技我们已亲眼见识，我只是
问你，就凭这等身手，你怎么不去当兵？小伙子腼腆一笑，说前
两年，我也报过名，可因为我哥已当了兵，乡里就划去了我的名
字。这我也理解，天下好事，总不能都让咱一家人占去，对吧？
张参谋说，今年的征兵工作马上又开始了，你想不想再报名？小
伙子想了想，反问，不是想让我去部队杀牛吧？张参谋笑，说部
队想杀牛，哪还显出你的身手，枪口对准牛的脑门子，砰的一
响，完事！小伙子再问，那让我去当啥样的兵？张参谋说，当了
兵，就得听部队统一调遣，一切行动听指挥，这懂吧？再说，旗
武装部只负责征兵，新兵入伍后去哪里，现在你问我，我也不
知。小伙子很兴奋地说，好，今年我肯定报名！参谋掏出手机，
说那咱俩就互留个电话，征兵时出现什么问题，你找我就是。

　　不用猜，读者诸君肯定都知道那个小伙子就是敖奉林了。那
天，任务完成得很圆满，馅饼羊杂汤也挺解馋，回旗里时，我将
存在心里的另一个疑惑讲出来，说集市上的那个算命先生不会是
认识你吧，他怎么就知道敖奉林要去当兵？张参谋哈哈大笑，说
老弟还想这个事呢，不值当呀。先声明一点，那个老先生我真不
认识，他也不认识我。至于他为什么能一语中的，说破了还不如
一层窗户纸。他对敖奉林说的话对咱们完成任务有帮助，我佯作
糊涂，他要是胆敢说出半句对咱们不利的言语，对不起，我可就
当场揭老底啦。张参谋这般说着，抬脚在地上跺了跺，我顿然醒
悟，伴以大笑。张参谋、我，还有三班长，虽说都易了便装，却
依然踏着清一色的军勾皮鞋。三个脚踏军勾的年轻人是什么身

份，怕是傻子也猜得出了。

数月后，敖奉林结束在新兵连的训练，分配到我们中队。中队长去接新兵时，负责新兵训练的副大队长特意对中队长说，敖奉林这个新兵不错，训练刻苦，成绩优秀，尤其是格斗擒拿这一块，身手矫健果断，比许多入伍好几年的老战士都出色，一看就是在家时练过童子功的。更难得的是自觉性主动性强，爱学习，肯动脑，一有时间就读书看报上电脑。以后大队有需要，你可不能本位主义呀。中队长急了，忙说，那可不行，敖奉林是我们特意选来的。民间藏龙卧虎，你再去选嘛。副大队笑说，看你这小气样。我要是不考虑你们中队的需要，这次就选他去特警中队了。敖奉林再次与我见面，自是又惊讶又疑惑，说原来排长才是选中我的首长呀！我说，什么首长，肩膀齐是弟兄，好好干，争取早日在部队里立功。

不久，中队便有了执行枪决的任务，我喊敖奉林出列。当然，敖奉林出列也不是去扣动扳机，而是去担任押解手，押解刑犯先验明正身，再押赴刑场。一般情况下，刑场就在监狱里，四面高墙，悄无声息，监刑法官一声令下，两名押解手将死刑犯往前押送几步，喝令跪下，死刑犯身后的执行手端起半自动步枪，砰的一响，验尸人员确认死亡，几人立即转身走人。那些死刑犯在挨那一枪之前，多已失魂落魄，瘫软如泥，需押解手拖到刑场，上了刑场还挣扎的亡命徒也有，但极少。至于执行之后的事，则完全由法院方面处理。不一般的情况则是死刑犯罪大恶极，犯罪案情影响极大，执行死刑则采取公开枪决的办法，将死刑犯押至案发地的某处河滩或山角，那一枪有着杀一儆百和平息众怒的意思。近些年，这种公开执行的情况越来越少，但也还是有所保留。

两次派敖奉林执行押解任务时，其实我都与他同行，他拖死刑犯一侧，我则拖另一侧。我的另一潜在任务是观察初次执行任务的他的反应。第一次，敖奉林还是有些紧张，甚至拖拉死刑犯时，身子明显乏力，枪响前那一瞬，他还扭了头，闭了眼。其实，比起其他初次执行这一任务的老兵，敖奉林已是相当不错了。第一次执行任务的老兵也有软了身子尿了裤子的，甚至枪响后晕倒在地的，那也正常，就像医院里护士第一次上手术台，也会有晕血倒地的情况。第二次，敖奉林明显镇静了许多，面容刚毅，目光坚定，回营房的脚步淡定如常，晚餐吃两碗，一觉睡天亮，不像有些兵执行过这种任务后，好几天吃不下睡不安。更让我难忘的是，在回营房的路上，我有意拉他缓行，想再给他做做执行这种任务的心理工作，没承想他主动问，排长，下次，是不是该我出手了？我被问得一怔，说你怎么想？敖奉林说，排长专程去选兵，不就是要选"一枝花"吗。再说，那些罪大恶极的东西，其实还不如一条牲口。牲口杀了可吃肉，这种罪犯除了挨枪子还能做什么？最高法既已核准了死刑，咱们不射那一枪，也肯定另有人夺他狗命。可以说，这也叫替天行道，除恶务尽，对吧排长？

也许是天意要检验"一枝花"的果敢与坚定，敖奉林第一次正式执行任务不仅赶上公开执行，罪犯竟还是个死到临头仍要光棍的恶棍。验明正身时，法官问他姓名，这东西竟答老子生不更名，死不改姓。将恶棍押上敞篷卡车后，我低声对敖奉林说，把枪给我。敖奉林明白我的意思，摇头说，不用。恶棍已被五花大绑，背后插着的亡命牌上写的是"抢劫、杀人、强奸犯"，名字上画了重重的红叉。这恶棍在城乡间不仅网罗歹徒抢夺财物，强奸妇女，还将被害人碎尸。更令人难以相信的是，这恶棍在发展同伙的时候，考验的标准竟是敢不敢生吃人肉。听我和敖奉林悄然对话，恶棍竟扭头嘿嘿一笑，说行啊，不惧场，挺爷儿们呀。我和敖奉林横了他一眼，不答话。恶棍又说，今儿侍候本爷的能不能露露真面目？按行刑规定，一个执行手、两个押解手都是警装在身，戴着大口罩白手套，鼻梁上还都压墨镜，威风凛凛，难辨彼此，连显示警衔的肩章和领章都临时换成一模一样。我狠狠瞪了恶棍一眼，不理他。没想敖奉林却问他，你要干什么？恶棍答，我已是一脚踏上黄泉路的人，还能干什么，只是担心往后在阴曹地府磕头碰脸的，还不知咱俩原来还有这段交情。敖奉林听他这般张狂，竟一把扯下口罩，又将墨镜抓在手里，大声说，你给我牢牢记着，我姓敖名奉林。我亲手宰过的牲口不说上万，也有几千，可碾你这种两条腿的臭虫还是头一回。你给我记住，到了阴间你要是还敢做恶，我敖奉林就是追到阎王殿，也照样抽你的筋扒你的皮！我忙重重地咳了一声，敖奉林这才重戴上口罩和墨镜。

那天，在刑场上，敖奉林的表现堪称完美，一点也没有像初次执行这种任务的战士一样流露出犹豫与怯懦。寻常情况下，死刑犯到了刑场，多已七魂出窍，就是跪地受刑也多是由押解战士半架半扶，四周弥漫起呛人的屎尿臭。可那天，那个恶棍不仅没瘫，还梗着脖子不肯跪。哨声响了，代表命令的小旗帜也已摆下，我和另一侧的押解战士强按恶棍跪下，可刚一松手，恶棍竟又站起来。因是公开执行，数十米外围观的群众不少，我心里有点急。只听身后的敖奉林低声喊了声"撤"，我和另一押解战士松开手往两侧闪开，恶棍刚想再度站起，枪声已清脆而坚决地炸响。

事后，我找敖奉林单独谈话，既是总结，也是安抚他的心境。我说，你第一次执行这样的任务，总的来看，临场不慌不乱，可打八十分。但面对死刑犯的嚣张，你却没沉住气，不仅摘下了口罩和眼镜，还跟他对话，这就违反了纪律，有点逞个人英雄主义。要知道，执行人员的着装可不是为了遮掩面目，防止罪犯同伙的报复，而是展示法律的威严。敖奉林说，这道理我懂。可今儿还多亏了那东西的临死咋呼，不然，当时我心里真像揣只小兔子，突突直跳。他那么一龇牙，我的心反倒硬了上来！

从那以后，敖奉林数次执行枪决任务，每次都表现得镇定从容，日常执勤，也恪尽职守，不畏雨雪。去年夏秋之交，辖地一山峪突发泥石流，我中队奉命急驰救援。敖奉林钻进一幢被山石压得岌岌可危的民房，背上背一个，怀里抱一个，一下救出一老一少两个人，荣获三等功。那次，敖奉林拿着军功章找我，满脸的骄傲，也满脸的羞涩，说打心眼里谢谢排长大哥，不然，我还以为排长大老远地把我招到部队来，就是来让我碾臭虫呢。以后回家见我哥，我也有的吹了！

我祝贺他，心里却不由一动，敖奉林心里果然结着这样的疙瘩。一个可擒虎拿魔驱獐灭豺的力掌，却用来碾跳蚤臭虫，其实，莫说他想不开，我内心深处也不时闪出愧对于他的想法。但英雄勇士难逞志向，这种遗憾古来有之，但愿老天还能再给他机遇吧。

哪里想到，酬展志向的机遇还没到来，敖奉林却患了连再碾臭虫都犯难的怪病。这怪病一治数月，医院跑了不知多少家，西药中药都吃过，竟一直不见明显效果。

半月前，中队长夫人打来电话，说她在省城读医学院时认识一位神经内科的教授，近几年专门从事对鼠标指之类的新型疾病的临床研究，每周二周四去附属医院坐诊，她说已跟教授打过招呼，叫我们直接去诊室。

那天，我陪敖奉林去了附属医院。这几年，因陪战士看病，我对医院里大同小异的流程已基本熟悉。我对敖奉林说，我挂号，你上四楼神经内科等我。

挂号的人很多，好在辟有军人优先的窗口。挂过号，我乘滚梯上楼，快到三楼时，突见人们躁乱，有人逆着滚梯往下跑，还有人喊杀人啦杀人啦！我抓牢扶手，防止被挤倒，好在滚梯很快停止了运行。我随着人流往前冲，便见敖奉林站在肿瘤候诊厅内，左手紧紧地抓着右手，手上的鲜血随着身体的颤抖连成串地往下滴落。而在他的额上，则雨一样地淋着汗水。伤在手部，十指连心，那是疼的。敖奉林脚下踏着一个中年人，那人已被保安人员倒剪双臂牢牢控制住。我挤上前问，奉林，怎么回事？敖奉林身子还在抖，却咧嘴强笑道，排长，没事了，警察马上就到。只是我得先去包扎，治病的事就改天吧。说话间，数位白衣天使赶过来，还推来了移动床，非扶着敖奉林躺上去。

保洁人员忙着处理地面上的血迹，目睹了刚才一幕的人们惊魂未定，聚在那里议论。有人说，多亏了那个小伙子，慢半秒，冯大夫今儿肯定没命了！另有人说，那是，小伙子那才叫个眼疾手快，用手直接去抓刀刃子。又有人说，那可不是一般的小伙子，没听刚才喊谁排长，十有八九是军人，只是没穿军装。那身手，绝对天神，神兵天降，手抓着刀刃还一下把杀人犯制服了！

那晚，市电视台播放了记者在病房里采访敖奉林的新闻。女记者问，您当时知道手抓的是刀刃吗？敖奉林答，怎么会不知道。可正知道是刀刃，才必须抓住，一分一秒也耽误不得啦。女记者又问，您的手现在还疼吗？敖奉林答，做手术时扎了麻药，现在还没过劲。过一会儿，可能会疼吧。但请放心，我忍得住，不哭，也不会喊。那个新闻我是回营房和战友们一块儿看的，中队另派了两位战士去医院护理敖奉林。时下，记者们面对镜头时常会问出挺二的问题，战友们听敖奉林这样幽默对答，都笑起来。有战士还对着屏幕反问，还问疼不疼，她手上没扎过刺呀？

敖奉林在附属医院住院半个月，医院将干诊病房安排给他，还说要送他去疗养院，敖奉林不同意，才回了部队。敖奉林在万分危急关头奋不顾身，与杀医者赤手肉搏，不仅救了医生一命，还生擒行凶者，如此壮举经报纸电视一宣传，敖奉林立刻成了一方土地上的英雄。在整理英雄事迹时，我陪大队宣传干事数次去医院调看敖奉林救人的监控录像。那短短的不过十余秒的录像，让人一次次惊心动魄血脉偾张。录像中，隐约可见事发前敖奉林是站在候诊厅入口处观看墙壁上的宣传版，显得漫不经心，宣传版上有对该院某位医生的介绍和对某种疾病的最新疗法。三号诊室的门开了，走出一位满头霜发的女医生，候诊的座位上突然蹿起一个人，疯狗般直向女医生扑去。在大厅执勤的保安见状，急上前拦阻。凶犯手里亮出了刀子，对着保安胡乱挥舞，保安躲闪，脚下绊倒。彼时，女医生已惊呆，靠在墙上不知如何是好。行凶者上前，左手揪住女医生白大褂的胸襟，右手中的刀子已直向女医生的胸口刺去。就在那千钧一发之际，敖奉林的身影从录像画面边缘飞快闪进，赤手直抓白亮的刀刃，行凶者企图反抗，敖奉林的右膝盖迅即跟进，直顶行凶者的裆部。后来，我曾问敖奉林，他怎么会出现在肿瘤科候诊厅，他说，上楼时他看人多，没等电梯，而是一路走的楼梯，边走边看悬在墙上的宣传版，没想就碰上了那档事。"一脚踢出个屁，是不是让我赶当（裆）上了？"敖奉林这样跟我自嘲。

令人眼花缭乱的一幕，我在科尔沁草原边缘的集市上见过，那次，敖奉林面对的是毫无防范的犍牛，但这次，却是手执利刃的凶犯；那次，利刃虽在敖奉林手中，但他握的是刀柄，这次，却是生生地将闪着寒光的利刃抓在了手里，并一直牢握在手，那需要一种怎样的坚韧与耐力！

我们去检察院，看到了那把刀子。是一把北方农村常见的杀猪刀，青黑色，直通通，尺余长，扁窄，一侧是锋利的刃口。检察官说，嫌犯是个农民，平时除了侍候责任田，杀猪宰羊可算作他的第二职业。一年多前，他妻子患癌症，来省城治疗，男子一路陪护。没想，千金花尽，病人癌细胞还是扩散了，在最后弥留的那几天，家中上小学的儿子去村外野浴，不幸溺亡。男子死了妻，亡了儿，不仅花光了家中的积蓄，还欠下了不小的饥荒，便把一腔怨恨都倾聚在给妻子看病的主治医生头上，只想一刀捅死大夫，然后再抹自己的脖子。检察官唏嘘感叹，说我们这位战士等于一下救了两条命呀，那个男子若是一刀夺去了女医生的性命，就是他不自杀，检察院也只能以故意杀人罪提起公诉，法院判决死刑应该是没有争议的。

我陪敖奉林去附属医院做过受伤部位的康复检查。因面对的是令人敬仰的英雄，敖奉林救下的又是该院德高望重的医生，所以大夫表现出格外的热心和耐心。他在电脑上点击出手掌解剖图，给我们分析说，手掌动脉由桡动脉和尺动脉分出，神经由正中神经和尺神经分出，肌腱由浅屈肌腱、指深屈肌腱构成并分向各手指。桡动脉主要分布在手背，所以敖奉林受伤的主要是尺动脉、手上神经和肌腱，断裂程度都很深。现在看，血管和肌腱断裂处愈合不错，手上神经愈合则尚需时间，估计最少半年，甚至更长时间。几位医生会诊，认为伤者完全可以做一下伤残鉴定了，他手掌神经受到的伤害还是很严重的，想彻底恢复不容易。

却也是怪事，敖奉林虽说右手上的神经受了伤害，但先前的鼠标指却不治而愈，五只手指虽不那么灵活，但也不再像病鸡爪似的拘挛了。中队进行年度射击检测时，敖奉林坚持上场，并取得两个八环一个九环的不错成绩。为这事，我再去省城附属医院，请教那位神经内科教授。教授说，鼠标指是近些年新出现的病症，除了长时期固定动作这一因素，心理因素对这种病症的形成是否也有潜在的影响，在学术界颇有争议。我个人的观点，是倾向于有影响，而且因人而异，有的人影响还会很大。

数月后，敖奉林荣立二等功的表彰令下达。和平时期，除非遭遇地震、洪水等极端情况，军警人员荣立二等功不容易。很快，敖奉林的九级伤残证书也下来了，是附属医院特意派人送来的。对这事，敖奉林还有点不领情，私下对我说，我伤是伤了，可并没残，这整得也太邪乎了吧。我说，残没残，你也把它收好，兴许日后有用。据我所知，附属医院那边为办这事没少下力，这也算他们表达谢意的一种方式吧。大队举行立功表彰仪式后，大队长征求敖奉林个人意见，说按照他立功、伤残的情况，如果他现在申请提前退伍，部队会与地方政府联系，争取优先安置。当然，个人若是愿意继续留在部队，部队也会优先考虑转干或报考军事院校。敖奉林跟大队首长说话还有点紧张，吭哧了好一阵才说，让我……再想想，好吗？

那天傍晚，晚饭后，敖奉林拉我去篮球场边坐，他将胳膊立在花岗岩象棋盘上，竟孩子似的非要跟我比试掰手腕。我不应战，说想比也得等上一年半载，你还是好好养伤吧，我可不想让战友骂我乘人之虚以强欺弱。他笑说，我比绣花肯定不行，要是光比手上的力气，我在咱中队肯定还能前三。我说，你是不是心里有什么话要对我说？他便将大队长对他说过的话复述给我，让我帮他拿主意。这是人生的大路口，我自然不敢轻易张口，思忖了好一阵才说，从长远看，还是去地方好，若能安排到公检法或国地税，那都是战友们复员转业时梦寐难求的岗位。那时候，大红的太阳正在落山，晚霞满天，将敖奉林的脸庞映得通红。他说，可我还没在部队待够呢。排长想啊，我来部队不过两年多，就立了两次功，咱中队咱一排绝对是我的人生福地！我想在排长手下再当一年兵，干满三年再考虑别的事，这行吧？我说，那我就太高兴了，我也希望你能再一次立功。没想，话说到这里，敖奉林竟罕见地羞涩了，说那也请排长答应我一个请求，往后，再别让我执行碾臭虫的任务，行吗？我怔了一下，回答道，我也是这两天刚得到的消息，据说很确切。咱们警戒的这所监狱近期也将添置药物执行死刑的设施，枪决就要成为历史了。

那一夜，我失眠了，我想起他那不治而愈的鼠标指，想起医学教授说过的鼠标指可能受心理因素的影响，看来，真是有影响，而且影响不浅。从敖奉林嘴里说出的那句话看似不经意，可谁知在他心间窝了多久。从这点上看，我是不是有些粗心大意，失职失察呢？

夜深时分，我宿舍的门被轻轻推开，一个身影闪进。是敖奉林，原来他也没睡！敖奉林坐到我床边，低声说，排长，我决定了，报考军校。军校也有法律专业，是吧？不管考得上考不上，我一定试试！

观音松

　　三十来年前，我在沈阳一家报社当记者。准确地说，那个岗位不是正式的，而是借调，考察期。此前，我在北口市一家规模不小的稀有金属冶炼厂当炉前工。冶炼企业对环境的污染不可讳言，我过够了乌烟瘴气的生活，逃离的办法之一便是拼命地写作，写新闻，写通讯，也写小说。老天开眼，写了数年，沈阳的一家报社就把我借调了来。北口的朋友对我能调到省城挺羡慕，也希望我日后能帮忙他们多在报纸上忽悠忽悠，所以与我保持联系的人反倒比在北口时更多了。

　　1987年春天里的一天，林廷玉来了沈阳，乘坐伏尔加轿车，小车直接开到报社楼下，非要拉我去吃老边饺子。我问他来沈阳可有公干，他说省局开年度总结会，厂领导都说忙不愿来，我只好滥竽充数。说着，他还拍拍伏尔加轿车的皮座椅，笑哈哈地说，要不，能把伏尔加给我派出来？

那年月，来自苏联的伏尔加还算高档轿车，没有一定级别坐不上。林廷玉是冶炼厂宣传部部长，说厂级不够，但代表冶炼厂出席一些会议也不算勉强，正是那种可滥竽充数的角色。我在冶炼厂时，林大哥一直对我不薄，无论什么时候有创作活动，只要请示到他头上，基本都放行。林大哥常挂在嘴上的一句话便是，咱厂里能出一名文化人不容易。

那天，在老边饺子馆，连吃带喝边谈笑，甚是快活。林大哥说，这老边饺子确是好吃，只是吃在口里，总觉有些缺憾。我问这话怎讲，林大哥说，这要是坐在你家，饺子是弟妹亲手包的，那感觉得多美！我哈哈大笑，说房子会有的，弟妹也会有的，只是大哥还得耐心等。那年，我二十八，还是光棍一条，被人称为快乐王老五。也不是我歪瓜裂枣愁销路，此前给我介绍女朋友的人不少，林家哥嫂没少亲自为我当红娘，但因为冶炼厂在北口远郊，择偶条件便大打了折扣。

餐毕，坐车回报社时，我问林大哥哪天回北口？既来了沈阳，总得让我略表地主之谊。林大哥说，会议是周六午后结束，我周日回去，反正带着车，方便。我说，那就周日中午，咱们在怀远门外的大清花一聚，真正的满族风味，不耽误你晚上回家向嫂子报到。林大哥说，我开会的地方是沈阳宾馆，紧挨北陵东门。那就这样，周日你早点去，陪我在皇陵转一转。以前北陵咱俩也转过，主要是湖区和陵寝，这回咱俩转林区。听说那林区面积老大，古松参天，非常值得一游。今天若不是来看老弟，我就和开会的朋友去转了。中午，再赴你的大清花，如何？

北陵是清朝第二代皇帝太宗皇太极及孝端文皇后博尔济吉特氏的陵寝，大号昭陵，因地处老沈阳城的北郊，民间便称北陵。沈阳东郊还有东陵，大号福陵，是开国皇帝努尔哈赤的陵寝。北陵和东陵除了地表恢宏的建筑，便是大面积参天的古松。我调来沈阳后，没少陪外地的朋友去北陵，但都是游览到方城，北侧的林区还没走过。

周六上午，及至站在陵寝正北处的大神树前，我才心里暗暗惊异，后悔以前为什么没来。试想，皇太极驾崩于清崇德八年（1643年），昭陵在这一年开始筑建，陵寝附近的松树不至于随便从山林中挖来就栽下，总得选些造型与长势格外入眼的才行，这般算来，北陵古松的树龄最少也得在四百年以上。那棵大神树虽为一棵，但拱出地面后，株干竟分六株，郁郁葱葱齐冲云天。枝杆上被人密层层缚了许多祈福的红布条，不时地，枝叶间蹿出小松鼠，也不怕人，甚至顽皮地蹿跳到游人的肩上。我叹道，难怪叫神树，真应该早来一拜呀！林廷玉笑道，那以后就常来，以前的损失以后补。

陵园北部林区的古松很多。大神树西侧百多米，又见更令人称奇的夫妻松。那两棵树相距不过半米，亭亭并立，确实宛若一对情侣，让人做梦也料想不到的是一米高处，两株树竟被横腰而出的粗壮枝干连接了起来，谁为主，谁为副，一时难辨。我说，这是手拉手吧？林大哥一脸坏笑，说到底是处子，还不懂两口子是怎么回事吧？听他这么一说，我顿时醒悟，直觉脸红心跳，无言以对。

因游人对奇松神树的崇拜，林间小路两侧便拴了许多红布条，只需循着走，便会见到另一棵奇松。那天，在偏东的方向，我们又见了凤凰松、姐妹松。在园林里，越往深处走，越觉空气清新，有一种走进原始森林的感觉，很多游人是专选这种地方来健身的。在大龟树下，我问两位坐在水泥凳上的老者，前面可还有值得一看的古松？一老者说，东边的那棵观音松，求拜的人不少。林大哥也寻一处坐下，摇手说，想看你就去，我在这儿等你。昨晚喝多了，到现在腿还有点软。我上前拉他，说你没听说呀，是东边，你住的沈阳宾馆就在东边。林大哥磨蹭一会儿，总算起身跟我走。

观音松果然也是非比寻常，高大葱郁，如伞如篷，树上也有松鼠蹿跳。此树费解处，是为什么叫观音松呢？莫不是那篷伞是撑给菩萨的？我看树木东侧，有人在地上攒起小土堆，还插了几根草棍充香烛，公园里不许燃火，看来是以此表心意了。我站到"供案"前，凝目再看，突然就明白了，松干分杈处，有一折断枯杈，竟如鬼斧神工，呈出观音菩萨合手祈福的造型。我拉林大哥一起看，他却又喊乏，自寻一水泥墩坐下，还振振有词地说："菩萨嘛，大可立天地，小可隐无形，不新奇。"

观音松下很安静，却见北侧二十米处聚了三五个人，不知在低头看什么。时近五一，林子里已见茵茵绿草，丛树也吐了新绿。我望那几个人，嘟哝说，怎么了？林大哥懒洋洋地说，我不信这时节，林子里还能长出灵芝，连狗尿苔都不到时候。

原来是有人发现了弃婴，男孩，放在一个柳条筐里，因孩子哭，才被游人发现。从柳条筐和包孩子的小被子看，遗弃者应是乡下人。我凑到跟前，孩子正抱在一位女士怀里。女士挺年轻，高挑身材，穿一身乳白色的运动装，更显干练而帅气。女士也许还没做过母亲，抱孩子的姿势显得很是笨拙。

我看了一会儿，返回林大哥身边，说："这爹妈真够狠，还是个男孩呢。"

没想一声男孩，林大哥立刻来了精神："真是个带把儿的？"

我说："刚才孩子尿了，换尿布时，我亲眼见了。"

林大哥问："多大？"

我说："我看不懂，应该也就一两个月。"

林大哥再问："缺啥零件不？"

我说："五官齐整，四肢健全，别的，看不出。"

林大哥起身，拉我："走，看看去。"

这回是我坐着不动，问："咋，你还想抱回去呀？"

林大哥说："那总得让我看了再说。"

我说："总得回家跟嫂子商量商量吧。想要儿子，嫂子不会给你生？"

林大哥说："还生个屁！上头喊一对夫妻一个孩，生过的都得做结扎，她早挨过那一刀了。"

等我和林大哥重返那几人身旁时，孩子已换在一位农村大嫂怀里，旁边还站着一位粗黑的汉子。那大嫂一边悠着孩子一边高兴地说："这趟门出得可值，白捡了个大胖儿子，俺还寻思这辈子真就绝户了呢。"大嫂的朝阳口音挺重。

汉子却扭头问旁人："俺好像听人说过，捡孩子也不能谁捡是谁的，还得找派出所啥的办手续吧？"

年轻女士说："我们几个人可以给你们出证明，现在就可以把联系地址留给你。至于你们能不能争取下来领养的批件，那就得看民政部门的啦。"

汉子很兴奋，连连点头："只要有地方管就行。前两年，俺家那小子是在学校上课时，叫塌下来的房梁砸死的，乡里早说让我们想办法。可我想个球办法？我那儿子活着时，乡里要求两口子必须有一人绝育。俺这败家娘儿们心脏有毛病，还是我替她挨的那一刀。"

有人笑，有人叹息，也有人骂。林廷玉凑到大嫂跟前，仔细看孩子，还伸手在孩子腮帮上爱惜地摸了摸，然后拉一下汉子，示意他去人少的地方。汉子大咧咧地说，有啥你就说，好话不背人，背人没好话。林廷玉附耳低言，没想汉子立刻把脑袋摇成了拨浪鼓，直声亮嗓地喊，不行不行，别说你给一千，就是一万，咱也不能干那种缺德事。那不成人贩子了？犯法的事咱可不干！

两口子接了年轻女士递给的一张纸片，再三感谢地抱着孩子离去了。女士则又找出纸，一一记下那几位旁观者的联系方式，说兴许以后用得着。林廷玉则坐回水泥墩，沮丧地说："脚前脚后，就差这一步。要是你第一次过来时，我跟过来就好了。"

我说："还真想要呀？你不是有了闺女吗？再说，国家能准许你抱养？"

林廷玉说："我跟兄弟说，你嫂子是真不能生了。可我却不知犯了什么病，一做梦就是儿子，都梦过好几回了。"

我不想在这事上跟他辩争，拉他回去。他却摸出烟，叼上了。我说林子里禁止烟火，他却说，咱两个大活人，还看不住一点点小火星？你让我喘口气，刚才的事，太憋屈，就差一步。

说话间，那汉子和大嫂又回来了。这次孩子不是抱在大嫂怀里，而是又放进了柳条筐。汉子对年轻女士说："大妹子你看好，孩子我们可全须全尾送回来了，一根汗毛都不少。你们愿咋处理咋处理，往后可不关我们的事了。"

女士问："刚才还欢天喜地的，怎么又不要了呢？"

大嫂沮丧地说："我们庄稼人，拉扯一个孩子，就好比养活一只小猫小狗，不难，可接到手就得给治病，那可就抓瞎了。大家看看，这是孩子爹妈留下的条子，贴身裹着呢，俺们也是刚见。"

女士从大嫂手中接过那张纸条，棕黄色，牛皮纸，巴掌长，两指宽，看样子那狠心的父母怕纸条被揉碎或丢失，才特意选了牛皮纸。纸条上的字是用圆珠笔写的，下笔笨拙，除了注明孩子出生的年月日，还特别强调："孩子天生衣脏有病，只盼好心人给他一生平安。"

衣脏？衣脏是什么意思？看样子，女士也不懂，两道黑亮的眉毛拧在一起，竟让我想起《红楼梦》里好生病的林黛玉。我说："应该是胰脏吧？也是难为这对没文化的父母了。"

女士对我笑了一下，赞许地点点头。

林大哥苦笑着摇头，拉我往北陵东门方向走。不过三五十步，扭头看了看，突然又转身拉我回去，对女士说："那就把孩子给我吧。"

女士生出感动，轻声说："那我就替孩子的父母谢谢您了。"

我捅林大哥的腰眼，使眼色制止他的草率。林大哥低声对我说："正好今天我带着车，中午那顿大清花你就先欠下，我抓紧回去，先找医院看看再说，大不了再送福利院嘛。"

不服不行，林大哥到底是比我多吃了几年咸盐！他先找了退路。

我对女士说："以后，为这事，也许会麻烦到您，能告诉我怎么联系吗？"

"我告诉您个电话吧。我姓赵，您找小赵就是。"女士连着说了两遍电话号码，很清晰。

我却没出息地故意拖延："是肇事的肇，还是百家姓老大的那个赵？"

女士抿嘴笑："那您还不如问我是不是满族爱新觉罗氏后人，派来沈阳守陵的祖上可曾被朝廷赏赐过红腰带呢？可我告诉你，不是，我是汉族姑娘。"

我被女士说得有些发窘。说实话，当时我也不是有意卖弄，只是觉得这女士不光长得漂亮，说话语音好听，尤其是心眼好，我只想跟她多说几句话。可没想她的简略答话里，已含了不少满族历史内容，比如肇姓和爱新觉罗氏的延承关系，红腰带又是怎么回事，以前我虽有听说，但都是一知半解。女士这般反问上来，我竟不知说什么好了。林大哥看我尴尬，忙笑哈哈地说："大妹子，还不知道我这位兄弟姓甚名谁吧？笔名五月雷，名记兼作家。注意，记者的记，不是那个女支'妓'。往后肯定有再聊的机会，今天我们得走了，有这孩子呢。"

女士捂嘴笑，越发显得妩媚靓丽。我则莫名地脸热心跳起来。走在回沈阳宾馆的林间小路上，林大哥说，有位佳人，在水一方。生命中有些事，可遇而不可求，这回相中了吧？我装糊涂，问相中了什么？林大哥往地上重重呸了一口，说我最烦装。反正我已把你的笔名和身份都交代了出去，人家呢，也把姓氏和电话给了你，剩下的事，你看着办。话说到这个份儿上，我哪好再装，便说，你倒愿意当乔太守，还不知人家婚否呢。林大哥说，必是否。不然，大白天的，虽说是周末，结了婚的女人怎会独自一人跑到公园来健身。再说，你没听人家可是自称本姑娘的。

那天，林廷玉径回了北口。隔了两天，我给他打去电话，主要是问那个孩子。林大哥说已去过医院，大夫说孩子还小，可定期注射一些药剂补助胰脏功能，看样子问题不大。我高兴，也挺感动，一个被父母遗弃的乡下病孩子，落到他们两口子手上，就算掉进福窝里了。林廷玉年长我十来岁，老大学生，也在车间当过炉前工。冶炼厂的工资和福利都不错，他是中层干部，夫人又有抚养孩子的经验，用时下的话来说，那孩子若能落到林家，硬件软件一无所缺，齐啦。

心里感动，我便写了一篇通讯——《观音树下菩萨心》，四千来字，为避假公济私之嫌，我寄到了外省，文章发出后反响不错，有几家报纸转载，报社还转来不少读者来信。说心里话，我写那篇文章的最初动力，确实存有一份帮哥们抬抬轿子的私心，此外，便是我一想起这件事，那个漂亮女士的音容笑貌就在我眼前浮动。样报到手后，我几次想打电话给她，最好把报纸送到她手上，并从此作为友谊的桥梁，但转而又想，一篇小通讯，轻飘飘，堪比鹅毛，这般去张扬，反倒让人家轻看了。正巧那年夏天，辽南暑汛告急，上级急调记者赶往抗洪抢险第一线，一忙，就把这心淡了下来。

待从拙文发表的喜悦与兴奋中冷静下来，我才猝然意识到自己的疏漏或曰失误。还是年轻啊，只以为是好心做好事，怎么就没想到抱养孩子的人往往最忌讳的就是被别人知晓孩子的身世，待孩子长大后，真要追问起生身父母，岂不是因笔者此举才惹来麻烦？我急打电话给林大哥，说了我的顾虑，没想到他哈哈大笑，反来安慰我，说你想多了吧。眼下厂里正大兴土木，新建住宅的地址多选在市区，日后我再调换几个地方，谁还记得林廷玉是哪家二大爷呀。我说，要是早想到这一层，这篇报道我也许不会写。林廷玉仍笑，说这一次可谓歪打正着，多亏你的这篇大作，我去民政局给孩子办领养手续时，人家虽说也曾找过那位赵女士和其他旁观者核实，但还是将信将疑，等我拿出报纸，事情立马一顺百顺。别忘了，咱哥俩还差大清花一顿酒呢。

那年刚入秋时，我在报社编稿，门卫打电话说有人找，人家请你出来。我赶出去，心头不由怦然一动，找我的人正是那位留在我记忆中的赵女士。一袭深蓝色的连衣长裙，更显女孩子的窈窕俊秀。她向我伸过手来，自我介绍："还记得我吧？小赵，不是大尾巴的那个肇。"

我忍不住笑了，原来她什么都记着，便问："不是沈飞有了什么轰动性大新闻需要我写一写吧？"

小赵脸陡然红了，说："你知道我在沈飞呀？"

我又复述了一遍她的电话号码，说："现代社会，知道了电话号码，什么还能成为秘密？"

小赵俏皮地问："那你还知道什么？"

我说："沈飞嘛，紧邻北陵，军工单位，研制高端歼击机的地方，所以具体工作是什么，瓜田李下，小记者岂敢乱打听。"

小赵说："下班后你不会那么忙吧。前面不远有家冷饮店，你下班后来，我有些话想跟你说，可以吗？"

一位早就心仪的女士相邀，我没推脱。我们相对而坐，我将采访本和钢笔都掏了出来。

小赵脸又红了，说："收起你的笔和本吧。我今天要说的话，你可能会一句不差记在心里，也可能一个字都没用。"

我怔住了，不知此话何来。小赵的笑容因羞涩而愈发让人心动。

小赵低着头，不看我，手里的小匙却在不停地搅着碟里的冰淇淋。又不是咖啡，何必呢。她说："今天我……专程来，只想说一句话，我想……跟你谈朋友。"

我因毫无思想准备而突觉气短:"这……你知道……我现在有没有女朋友呀?"

小赵黑亮的杏眼盯向我:"你没有,我调查过了。"

我只觉脸上烧起来,打断她,说:"有个情况,你可能还不知道,我是借调来报社的,正式的人事关系还在北口。不定哪天,领导一句话,我就回去了。"

小赵笑了:"那我就等。"

小赵又说:"你写观音松下捡孩子的那篇文章,我看了好多遍。其中让我最感动的地方是你对我的理解。你怎么只从我的眼神和一声叹息中,就那么了解我的心呀?"

我和小赵的婚礼在翌年的五一,地点就在沈阳宾馆。那一年,于我和小赵,可谓大吉大顺,我的人事关系不仅正式调入报社,单位还分给我一处六十多平米的住宅,说是鼓励写作。尤其是,从此,我还有了才貌双全的妻子。林大哥不光亲自赶来参加婚礼,还调动冶炼厂的一辆大客车,拉来满满一车昔日的工友。婚宴后,林大哥对那些工友们说,大客明早回北口,剩下的这半天,或是北陵,或是故宫,或是中街太原街,大家愿去哪儿去哪儿,别乐不思蜀就行。大家走后,我问,大侄子的抱养手续可都办利索了?林大哥说,虽说求爷爷告奶奶费了些事,但有菩萨保佑,总算大吉了。在给孩子入户口的时候,我一并把闺女的名字也改了过来。儿子叫林菩,闺女叫林萨。今儿在菩萨面前,我再求兄弟和弟妹一个事,从今往后,你们二位就是这俩孩子的义父义母。这事你们谁也不许推辞,就这么定了下来。日后,或是你们回北口，或是我们一家来沈阳，认干爹干娘的仪式一定追补，而且必须隆重。

那天，回到家中，小赵突然对我说，我怎么总觉林大哥有什么事情背着你瞒着你呢？我摇头说，不可能。我们弟兄二人，是多年的情谊，从没利害冲突，犯得上吗？小赵不吭声，但看神情，她并没接受我的意见。我问，你出此言，可有什么根据？小赵也摇头，说没有，只是感觉。

又两年，林大哥突然打来电话，说他已辞去公职，带厂里的一些人另办起了一家铁合金厂，他任董事长。我问都有哪些人，他如数家珍，一一相告。我心中吃惊，原来都是冶炼厂管理和技术上的大拿和高手，只怕厂里的日子要不好过了。那两年，全国各地许多中小型国有企业都在转制，原来的企业领导一夜之间变成了民营企业家，真没料到，林廷玉也搭上了这班车。

再后来，便听说北口冶炼厂越来越委顿，先放长假，后来就宣布了破产。林廷玉的民营厂却如芝麻开花，节节攀高，越来越兴旺。时光过得飞快，一晃二十多年过去，我知道的便是他女儿林萨大学毕业后回到父母身边当了总公司的财务总监，而儿子林菩读过本科读硕士，又在读博士，专攻有色金属专业，看来精于谋划的林大哥考虑得足够长远，子承父业，顺理成章。

可天有不测风云。去年冬日的一天，我突然接到电话，说林廷玉夫妇去大西南自驾旅游，突然遭遇车祸，双双命亡。我和小赵急赴北口，见到的竟是躺在殡仪馆冰柜里的老友。遗体是林萨和林菩雇车从大西南拉回来的，已整过容。唉，人生苦短，从此竟是阴阳两隔！我问，墓地选好了吗，哪天安葬？林萨说，等定下来，我们再告诉干爸干妈吧。林菩则剜了林萨一眼，只是用鼻子轻哼了一声，那副神情，让我的心不由咯噔一下。莫不是在父母丧事上姐弟俩还有什么分歧？我把疑虑说给妻子，小赵说，这种事情，咱们还是装装糊涂少说话吧。

没想几天后，林萨直接来沈阳找我，还带着二十多年前发表了我那篇通讯的报纸。林萨说："林菩不是我爸我妈亲生的，当然也就不是我的亲弟弟。眼下我爸我妈没了，讣告迟迟未发，悼词也难以落笔，对这事，我有必要追讨一个明确的说法。干爸亲笔写的这篇文章当是明证，而且干妈当时也在现场，我请求在必要的时候，干爸干妈能够出庭做证。"

"出庭"一词既出，我知林萨要走法律程序了。事已至此，除了做和事佬，我还能干什么呢？我说："你爸你妈一辈子不容易，既已遭遇不幸，还是让他们早日入土为安吧。至于你和林菩，两人从小亲密无间，你爸你妈也对你们一视同仁，依我的意见，你们姐弟二人还是一如既往，齐心合力把你爸你妈留下的家业共同担承起来，岂不很好？就是你爸你妈地下有知，心里也会欣慰的。"

我努力回避要害用词，我想，林萨不会听不出的。

林萨的态度却强硬而执拗，她说："我不是一定要驳干爸的好意，但情是情，理是理，事涉法律条文，还是搞清楚的好，不然，只怕日后我和林菩的下一代都要责怪我们。"停了一下，林萨又说，"事情搞清楚了，我完全可以按照父母的遗愿，等林菩读完书回来，还是聘他当总经理。"

林萨的潜台词已非常明朗，身份的确认，归根结底还是财产的继承问题。我苦笑说："难道养子女和亲生子女在财产继承上，还有区别吗？"

林萨却冷笑："可有的人，却偏偏得了便宜还想卖乖。我爸我妈辛辛苦苦养大了他，又供他接受高等教育，他不思感恩，却非要与我平起平坐，甚至还要跟我抢这个董事长的位置。我听说他已跟外人放出话去，说无论是专业才能，还是性别之差，都是他来继承这个董事长才合适。"

我问："那林菩的意见呢？"

"林菩的意见也很明确，相信法律，服从判决。"

林萨走后，我急上网调出《中华人民共和国婚姻法》，仔细看过，心里反倒越发糊涂。《婚姻法》上说："国家保护合法的收养关系。养父母和养子女的权利和义务，适用本法对父母子女关系的有关规定"。林菩的被收养，当年得到了民政部门批准，那他就和林萨享有同样的权利，林萨非要再搞这一手，到底是为了什么？我又调出《中华人民共和国继承法》，上面的阐述更是明确，"本法所说的子女，包括婚生子女、非婚生子女、养子女和有抚养关系的继子女。"

冥思苦想，我只能从民俗学的角度去理解林萨的较真了。依据中国传统文化，别说"亲生"与"收养"，就是正房夫人与妾所生的子女，在社会地位上也有着巨大差别。皇帝的继承人，一般情况下只能从元配夫人所生之子中按长幼之序确定；《红楼梦》

里的贾环，从懂事起就惧着宝二爷，因为宝玉是嫡出，贾环是庶出。林萨一定要分出个里表，是不是起码在心理上，想占据对林菩的压倒性优势？那样一来，谁来补位董事长，林菩就应该看林萨的脸色了。

无论怎么说，林萨和林菩姐弟二人，见了我的面，都是一声声干爸干爸地叫，他家出了要对簿公堂的事，我总不能隔岸观火。当夜，我坐火车又奔北口。一见面，林菩只是淡然一笑，对我说："干爸，我知你要跟我说啥。可有些事，干爹也未必知道真实情况，那就让法律裁决吧。谁想跟我打心理战，我接着就是！"

我说："亲人间的事，还是相互理解，和平解决的好。非得上法庭吗？"

林菩说："干爸以为我愿意上法庭吗？我对林萨说，不要相信别人怎么说，也不要相信报纸上曾经怎么写，为我是不是领养的事，我曾经不止一次问过咱爸，也问过咱妈，他们都说我绝对是他们亲生的，可林萨不信呀。我说，我还问过咱爸咱妈，可不可以去做做 DNA，一下就可以把那些人的嘴巴都堵上。我爸说，现在还做不得，可再过几年或许就可以了。只要国家准许了生二胎，随你怎么做。"

我心里一惊："你爸这话是什么时候说的？"

林菩信誓旦旦地说："我上大学那一年。临离家走时，我翻出了干爸写的那篇通讯。以前，也听别人说过这事，但那时我还小，没太当回事。"

我再问："你爸你妈跟你说的这些话，你跟你姐姐说了吗？"

林菩激动起来："怎么会不说。说了无数遍。可越说，林萨越不信，尤其是我爸我妈离世后，她就更不信，只说我是赖着跟她争平起平坐。这事，我要是不拿出个法律依据，这辈子我可能都得看她的脸色，端她赏的饭碗了。"

姐弟已闹到这种地步，我还能说什么？

在等待开庭的日子，我突然接到林菩打来的电话。电话里，林菩叫了声干爸，就放声大哭，哭了好一阵，才说："我姐撤诉了，因为DNA血亲鉴定已有了结论，'通过检测林菩与林廷玉夫妇DNA的标记位点，准确率可达99.99%，可以确定林菩与林廷玉夫妇为亲子关系。'"

放下话筒，我坐在书桌前发呆。林萨林菩那里似乎已云开雾散，可"妙笔著文章"的我呢，又是什么？那边的准确率既为百分百，那我的文章是不是也可确认为百分百的造假无疑？原来，三十来年前，从林廷玉坐着伏尔加轿车来沈阳找我吃老边饺子起，我就几乎全程参与了林廷玉夫妇为抱养林菩这个儿子所精心谋划的全部诡奇步骤，却又一直被蒙在鼓中而浑然不知。林家大嫂怀孕后，为躲避超生的惩罚，林廷玉先将妻子送到僻远的亲戚家中躲避数月，林菩出生后，他再让大嫂把孩子带到北陵公园观音松下。这是个弥天大谎，可谓天衣无缝且独有新意。林廷玉既是编剧，又是导演，还出色地出任主演，而我和小赵，则傻乎乎地被他拉来客串，自然而然也就有了非常本色的表演。那么，我是托儿，还是他手中的一枚棋子？

数日后，林廷玉夫妇遗体火化，骨灰安葬。我和小赵又去了北口。返程，在站台上，送行的林菩对我说："很快，我就要离开北口，去广西发展了。关于父母遗产的分割，我已委托律师全权代理。我的想法是将我名下的份额全部带走，投入到广西的新公司，以后，再见干爸干妈的机会可能就不会那么多了。好在现在通信、交通都方便，多联系吧。"

我不知说什么好，说："这么远？"

林菩淡笑："远点好，距离产生美。"

我问："这个打算，跟你姐商量了吗？"

林菩说："不必吧，都是成年人。"

那时，林萨就站在离我们不远的地方，林菩的话，她应该都听到了，但她什么都没说，只是仰脸望着布满阴云的天空，两眼空茫。

下棋能够看五步可算绝顶精明的林廷玉可能至死也没有料到，他的精准谋划会在自己一双儿女的至爱亲情中埋下一颗超级巨雷，而且那雷炸了，彻底地炸了。智者千虑，必有一失，说的就是这个意思吗？

那天，在沈阳下了高铁，我让出租车直接开到北陵。我和妻子又一次站在观音松下，夕阳西下，傍晚的阳光从繁密的枝叶缝隙间穿射过来，正烘衬于双手合十祈福天地的观世音造型的天幕上，金光万道，令人目眩。我心中祷念，菩萨，您若真是法力无边大慈大悲，那就原谅人世间普通人的自作聪明，赐福林菩林萨两个年轻人，让他们早释前嫌，和好如初吧。

情感逃逸

一

北口大学化学系副教授唐姝卓今年已经二十九岁了。说二十九，其实是周岁，连生日都过去半年多了，可她老爸老妈对谁都说闺女二十九。一年前，唐姝卓在大学通过博士论文答辩，本想留在省城再求发展，可老父老母在家里权衡再三，就给她打去一个又一个电话，说我们年岁一年比一年大，身边也没个人，你还是回来吧，北口大学扩招，正缺人，不是早说要请你回来的吗？唐姝卓说，等我在省城安置好了，你们一起都到我这里来，一家人又团聚了，不是一样吗？老爸老妈电话里说，可你白天一上班，扔下我们老两口去跟谁说话呀？都说落叶归根，又说人熟是宝，我们舍不下北口的这些街坊邻居老朋友，你还是回来吧。那架势好像古时南宋十二道金牌催逼乘胜北伐的岳飞回临安。唐姝卓是个孝女，加之这些年一门心思躲在书斋和实验室里做学问，性情难免有些孤僻，对社会上的事也是似懂非懂，依赖老爸老妈已经成了习惯，再加二位老人那么哀哀苦苦地再三劝说求告，便捆书提囊，打马回朝，回北口了。

其实老父老母电话里说的，都是表层次的理由，深层次的忧虑却是女儿的婚姻大事。三十来岁的人了，至今还是孤雁一只，若是寻常女子，这也是老大难，偏偏姝卓又是博士，学问和社会地位都高得让人仰酸了脖子往上看，这就是雪上加霜了。试想，世间哪有几个三十出头的优秀男士还没娶妻成家呢？怕是小孩子都满地滚跑喊爸喊妈了，纵有为数不多坚持晚婚者，人家既有优越条件在，就多把目光盯在年轻女孩子身上。女大学生和女研究生在这一点上，都比女博士多了许多优势。老爸老妈坚持要把女儿调回北口，就是想充分发挥一下老两口在生根之地的人缘优势，各路叔伯婶姨兄弟姐妹八仙过海，各展神通，真要是谁能帮女儿觅得一位如意郎君，那姝卓这辈子就算春风得意十全十美啦。如果老两口去了省城，偌大的陌生之地，两眼一抹黑，问题就更难解决啦。眼下姝卓的心气还很高，非研究生以上的学历不嫁，没有共同语言的也不嫁。老爸老妈的心气也不低，收入低于闺女的不嫁，学识和社会地位低于闺女的不嫁，有过婚史的更不嫁。这几个不嫁，就等于把车逼进了死胡同，再难往外掉头了。

两位老人夜里躲在自己的屋子里，互相鼓励，互相刺激，也互相埋怨，但当着每天早出晚归忙忙碌碌的女儿的面，还是有意淡化处理，不是盼来好心人又介绍，则是闭口不谈的。

有句俗语，可怜天下父母心，不在其位，难解其味呀！

还有句俗话，各人心里都有小九九，也是不在其位，难解其味呀！

二

去年深秋的一天，入夜时分，出租车司机司马博驾车在环湖路巡行，在前大灯的光柱中，远远看一位穿着灰色风衣的女士沿着湖边人行道踽踽独行。司马博将车靠过去，问：大姐，用车吗？那女士摆摆手，快步往前走了。那一夜，天有些阴，不时还飘落零星的秋雨，路上枯黄的落叶随着强劲的夜风翻卷，行人不多，乘车的更少。司马博驾车绕湖跑了一圈，再回到原来的地方，发现那位女士仍在湖边徘徊。他又问，女士这次不只摆手，还冷冷地回了一句，我都说了几遍了，不坐，你烦不烦人！司马博无言以对。显然，在此之前，不知已有多少出租车司机问过她了，她很烦躁。惹不起，咱躲得起啊！司马博如此自嘲，赶紧驾车走人。

此后，司马博便顺了，连着拉了两个客人。一个说去火车站，客人刚下车，就又有一老先生坐进车里，说到湖畔画苑。送完客人，司马博再绕湖巡行，竟又发现了那位女士。怪呀，都十点多钟了，天又不好，她一个人还在湖边转悠什么呢？如果是约会等人，她应该守在一个地方啊。她不知道夜深了容易受到歹徒的袭劫吗？眼下似乎只有一种理由可以解释：此女心里窝了疙瘩，而且还是一块挺大的疙瘩，一时排解不开，似在犹豫要不要纵身跳湖以求永久的解脱。前年，司马博就在湖边碰到过这样的事，就在人们大呼大叫快来救命时，司马博跳下车，甩衣扑入水中，及时地将一位跳湖自尽的女人救上岸来。司马博在部队时当的是海军，惊涛骇浪没少见，扑入一潭人造之湖不过是小试身手。过后，晚报的记者找到他，写了一篇挺长的文章赞扬他见义勇为，还配了一张照片，很是让他风光了一阵子。

放不下心来的司马博不想再凑上前去自讨没趣，便远远地尾随着，时开时停，把车前大灯也关了，只开了两只微弱的小灯。那位女士似乎也感觉到了身后的异常，先是快步往前走了一段，见汽车还跟在后面，便几步跨到街道边，向身后的出租车招手。司马博踏了一下刹车，急将车停在了女士身边。

女士坐进了车里，脸黑沉着，就像头顶阴云密布的夜空。司马博小心地问：

"大姐，去哪里？"

女士冷冰冰地说："你不就是想让我坐你的车吗？随便，往前开。"

"我……不是这个意思。"司马博说。

"我不管你什么意思，开吧。"

"大姐，如果您并不需要用车……"

"我现在想坐车。"女士将一张百元的票子从后座扔到副驾驶的位置上，"别出城就行"。

女士的心肯定不顺，口气一直冷若冰霜，重如铁石。司马博不再说话，将车不紧不慢地往前开。在十字路口等红灯的时候，他借着路灯的光亮，从折光镜往后看了一眼。女士长得挺清秀，眉清鼻直，也文静，年龄当在三十岁左右，戴着一副无框眼镜，未施粉黛，车内也没飘散女人坐车常带进的香水味。如果这张脸不是一直那样冷着绷着，笑容应该会使这张脸更年轻漂亮些吧。

司马博按下了录音机的键子，车内飘荡起美国女歌手 Laurie Lewis 的吟唱，轻柔而忧伤。这是一盘英文版的带子，号称美国女声牛仔音乐，他爱听，不光是喜欢曲调，而是一听到那委婉的语音，就让他想起大海，时而浪涛舒缓，时而波澜起伏。

又一个路口停车的时候，女士终于主动开口了，声音也平静了许多，问：

"你听得懂吗？"

"什么？"

"英文歌曲。"

"还行吧。"

"她在唱什么？"

"她在怀念她的故乡，她的童年，那里有起伏的山岗，还有如云的羊群，幼时的伙伴在追着牧羊犬嬉戏。"

"好像中国歌手也这样唱思乡的歌曲。"

"大姐你不爱听，我再换一盘别的。"

"你爱听，那就放吧。"

正巧手机响了信息提示音，司马博打开，看了，笑说："夜里开车的朋友都无聊，给我发来条短信，大姐你听听。啥叫郁闷？下象棋让人耪了，三打一让人抠了，打麻将叫人搂了，进商场让人偷了，老婆跟人溜了，回家一看就剩粥了，眼睛一翻就犯抽了，上医院汽车还掉沟了。"

女士掩嘴笑了一下，心情肯定好些了。这条信息不是刚收的，刚收的有点黄，女士不宜，司马博灵机一动，将存储的找出来一条，这一条可能正对郁郁不乐人的心路。果然，又驶了一程，女士轻轻叹息了一声，说："回去吧，回到来时的地方。"

女士在下车的时候，向司马博提出了一个问题："如果我以后用车，或者……是别的事情，打电话找你，可以吗？"

司马博忙抽出一张名片递过去："随时恭候大姐吩咐。"

女士将名片轻轻推了回去："不用。我记住你的名字了，还有你的手机号码。"

副驾驶的车窗前，立着一个牌牌，上面有司机的照片和名字，还有手机号码，这不奇怪。

女士向湖畔一个小区的大门走去。路灯下，那身材丰满而不失挺拔，步履也轻盈。司马博心里问，她并没动笔，只是看了眼，就记住我的名字和手机号码了？

三

半个月后的一天，又是入夜时分，唐姝卓等候在圣保罗咖啡馆里，那个地方离北口大学很近。

司马博如约而至，站在咖啡桌前，问："大姐，您去哪里？是现在就走，还是等大姐再休息一会儿？"

唐姝卓示意对面的座位："你坐。"又招侍应生过来："你想喝什么？是咖啡还是饮料？"

司马博说："我什么也不喝。大姐，那我去车上等您吧？"

唐姝卓又一次示意："你坐。我今晚不用车，只想跟你说点别的事。"

司马博吃惊地站在对面。不用车？那找我还有别的什么事呢？

唐姝卓说："是不是车候在外面，还应该收取什么费用？请放心，我一切照付。"

司马博只好坐在对面了："大姐，有什么事，您说，我照办就是。"

唐姝卓说："你别叫我大姐可好？我不爱听。而且，你的年纪也未必比我小。"

司马博笑了："那也不能叫小姐呀，那相当于骂人。叫女士吧，太正儿八经了，还拗口。要是叫大姨，只怕您更不爱听了。那我也亏，亏大啦。"

唐姝卓矜持一笑，这是她第一次在司马博面前露出笑容，确实比不笑时显得漂亮多了。她说："我姓唐，你就叫我小唐好了。或者，你就叫我唐老师，我在北口大学工作。"

司马博欠了欠屁股，做出诚惶诚恐要起身的样子："哎呀，原来是大学老师，那俺这个小学生更不敢坐啦。"

唐姝卓又笑，这次露出一口洁白而整齐的牙齿。她说："我之所以找你，是因为对你，还有你的车，印象不错。"

司马博说："谢谢唐老师表扬。"

唐姝卓说："我先跟你说说那天晚上的事。哦，对了，说起那天晚上，我应该先向你介绍一下我的情况。我现在独身，是和我的父母住在一起。老人们急着把大龄女儿嫁出去，也不知求了多少人，三天两头让我去跟那些从未相识的人见面。我烦，烦透了，尤其讨厌这种拉郎配的方式。那天，又是一起，老爸老妈已和介绍人说好了见面的时间和地点，可我不愿意去，又怕老人们伤心生气，所以出了家门后，就独自在湖滨路上转，只等转去了那段时间，再回家交差。"

司马博惊异地望着对方，猜不出她跟自己说这些干什么。

唐姝卓继续说："我眼下别无所求，只希望有我自己的一份清静，不再听老人们不厌其烦的催促与唠叨。思来想去的，我想出了一个主意。其实，这个主意那天晚上就想出来了，只是苦于无人配合。我今天请你来，就是想请你帮我一下忙。"

对面的这个文静女士在诚恳地诉说着自己的不无尴尬的心事，而且是跟一个完全陌生的男人。司马博的心动了动，是好奇心的涌动，但很快就沉下去，面对诚恳相求的女人，当然只能以诚回报。他说："你说吧，只要我能出上力。"

唐姝卓说："我跟我爸我妈撒了一个谎，这个谎不算大，可也不算小，我说昔日的老同学已经给我介绍了一个男朋友，我们见过面，感觉还都好，就准备相处下去了。这一招果然见效，这几天我安宁多了。可又一个问题跟上来，我爸我妈要见见这个男朋友，理由还很充分，说早见面早参谋，早参谋便早下决心，年龄都老大不小的，别处一段时间再分手，彼此都耽误不起。现在的问题是，我哪有男朋友，又让谁去跟二位老人见面？也不是我平时生活在真空里，连个能帮忙的男士都不认识，我是担心让一个熟悉的人知道了这件事，以后难免传出去，那影响就不好了。思来想去的，我就想起了你，想请你帮帮我这个忙。"

这很有意思，一个嫁不出去的大姑娘，为了不想再听老爹老妈在耳边聒噪，竟玩起了以假充真的把戏。世界真奇妙，和尚装老道。司马博笑了，说："你是想让我帮你找个人，去唱这出真假猴王的戏吗？"

唐姝卓说："不是找别人，我的意思，就是请司马师傅出出面。"

司马博的这一惊非同小可，一下站起来，声音也高起来："不行不行，唐老师这可是马三立说相声，逗你玩儿啦。你的那个主意是香是臭，我不敢指手画脚说三道四，可就是找人冒充，也得找个八九不离十的。你是大学老师，我是个满街乱窜的车豁子，这也太不着边不靠谱了吧？到了你爸你妈身边，我张嘴一说话，先就露了馅儿，二老还不把我打出去了呀！"

"你小点声好不好？"唐姝卓拧了眉，再做手势请司马博坐下，并从身旁的手提皮包里摸出一个信封，说，"我不会让师傅白帮忙。这笔钱，你去买一身西装，余下的，就算报酬。前后时间，我估计也就在一个小时左右。"

　　那个信封里，厚厚的一沓，估计应有两三千元。出面一两个钟头，这笔钱就归自己了，对于一个出租车司机来说，这可算作天上掉下块大馅饼啦。也许真是那一沓票子起了作用，司马博又坐下，声音压低了，头也往唐姝卓跟前凑了凑，说：

　　"唐老师，我是真不行。我只读过高中，有能耐，就考上大学啦。"

　　唐姝卓也往前凑了凑，低声说："至于你以什么样的身份出面，咱们再商量。我先问你，你真的懂英语吗？"

　　"也是怪，我念高中时，别的功课都一般，就是喜欢上英语课。考大学时，外语满分一百五十分，我考了近一百四十分呢，全班最高。后来我去当兵，当的是海军，舰艇上选旗语兵，就因为我整明白得了 ABCD，就把我选上了。那几年，我把能找到手的英语书翻了个稀烂，就为这，部队还树我个自学标兵呢。"

　　"What's your name?（你叫什么名字？）"唐姝卓突然用英语问。

　　"My name is Sima Bo．（我叫司马博。）"司马博怔了怔，也用英语答。

　　"How old are you?（你多大年纪了？）"

　　"I am thrity-one．（我三十一。）"

　　唐姝卓笑了，这一次笑得无比灿烂。她说："足够了。退休前，我爸爸是中学老师，教数学的，我妈妈是小学老师。他们是老三届的学生，对英语基本都不懂。咱们在他们面前时不时地演上这么几句，保证就让他们深信不疑你是正规大学校门出来的啦。你再说说，你对哪个行业的事精通一些？"

司马博苦着脸说："唐老师，你可别再逗我了。除了街上转的四个轱辘，我可还懂啥呀。"

"那你的身份就是北口汽车制造集团研究所的工程师，行吧？你可以跟我妈说说汽车的发动机呀，轮子呀，喷漆呀，什么都行。对这些，他们也不懂。"

"那你跟大叔大婶撒谎时，就说那男的是造汽车的了？"

"演员没找准之前，我在细节问题上，一切对他们保密。你放心吧，绝对露不了馅。"

想到是去演戏，是去撒谎，是去欺骗两个当了一辈子老师的老人，司马博只觉身子燥热，脑门上也冒汗了。这一次，他坚决地站了起来，并将那个信封推回去，说：

"唐老师，这种事，你让我说说行，可真让去做，我还是下不了决心。你让我再想想吧。"

唐姝卓的脸色也冷下来，说："也好，你回去再想一想。但要快，我跟家里说那个人出差了，回来就见面。我给你一周的时间，你看怎么样？"

"我怎么跟你联系？"

"我会找你。"

"行，我等唐老师的电话。"

"我还有一句话，这事无论你最终是摇头还是点头，我都希望你不要跟任何人说。这不是要求，我也无权要求，我只是拜托。"

"请唐老师放心。别的大话我就不说了，可我是男人，好歹也是个爷们儿，那种没事嚼舌头玩的事，咱不干！"

司马博走了，来也匆匆，去也匆匆。来去匆匆的还有唐姝卓的好心情。她在咖啡馆昏暗的角落里，一下一下了无意义地搅着那已凉下来的咖啡，刚才一瞬间兴奋起来的情绪又很快低落下来。想想应对老爸老妈的这种无奈招数，她甚至想哭。这些天，二位老人为女寻姻的热情，垂死挣扎般地高涨。他们在报纸上看到省城的一个公园新冒出了一个婚姻角，专是父母为大龄未婚儿女寻婚配的地方，每周一次，便偷拿了女儿的照片，早早起床乘车奔去，入夜时再一身疲惫地赶回家，先还是闪烁其词地不肯说实话，后来忍不住，就一声声沉重地叹息，说要是早知省城会有这么一个地方，就不让闺女回到北口来了，又埋怨北口也有公园，为什么不能也搞起一个这样的地方。妈妈还说，有那么两个拿着男孩照片的老人，还真看中姝卓的条件了，可一听说姝卓在北口工作，就摇着头走到一边去了。夜里，唐姝卓听两位老人躲在他们的房间里嘀咕，先还是小声地埋怨，一个说当初不该逼女儿回到北口来，后来就是大声争吵了，另一位责怪数年前就不该非让闺女去考博……唐姝卓实在听不下去，就推开门冲进去，坐在那里掉眼泪，害得两位老人眼圈都红红的，一夜难眠。唐姝卓心里疼，不为自己，只为爸妈，他们虽还不算高龄，但这般奔波着，心里又再这般沉郁着，谁敢说不会闹出病来。退休赋闲之人，贵在心平气和和循规守矩啊。唐姝卓并不为自己至今未嫁感觉怎么样，不嫁便不嫁，一辈子做个独身主义者又能怎么样，她只是厌烦聒噪，她更怕爸妈为自己的事把身体搞垮，那可就是大不孝啦!

　　再想想这位司马博，唐姝卓也觉心中无底，一时空落下来。小伙子身高在一米七五至一米八〇之间，眉清目朗，相貌堂堂，更难得的是他的那份助人之心和不经意内露出的内秀。那一夜，他驱车尾随，防的就是独行女人遭遇意外，或者怕女人寻了短见，有这样心胸的男子，眼下可算珍稀，值得保护啦。再有他的英文版的唱盘，他的应对自如的英语问答，虽说还是低层次的，但放在一个出租车司机身上，已是非常难得，还要求人家什么呢？如果把他带回家里，老爸老妈必是喜不自胜，至于日后，只说两人情趣不投，拜拜分手，各自再寻再觅也就是了，走过一程是一程吧。

　　可那出租车司机，面对厚厚的一沓票子，且只需短短一两个小时的人五人六，偏偏还要回去想一想，他还想什么呢？真要是个见了钱眼就开的浅薄之士，你想助人为乐本姑娘还恕不领情呢！哼！

四

　　的哥司马博今年三十一。司马博可从不对人往下隐瞒年纪，有时乘客问他多大了，他随口就答三十八。乘客说，不像，我还以为你二十八呢。司马博哈哈一笑，说那是我长得面嫩，奶油小生。他这样答，往往也博客人一笑，车上的气氛登时就温暖和谐了。服务行业嘛，与客人轻松交流，拉近了关系，对彼此都有益，也不图哪位大款下车时多赏他一张票子，起码落个心情舒畅，这不挺好吗？

　　三十一岁的司马博至今还凤毛麟角地耍着单身，单身的司马博却是有限度的独舞者，因为他有女友。女友叫苏晓玲，小他九岁，年方二十有二。苏晓玲也开出租车，而且与司马博同开一辆车，白天苏晓玲驱车满城转，到了夜晚，把方向盘交到司马博的手上，睡了一宿后再把车接过来，让司马博回家把失去的损失补回来，好好睡一天。这样的作息安排，阴阳大颠倒，司马博认为合情又合理，女孩子嘛，你敢让她夜里开车转？困急眼了她敢将车靠在路边躲在车里睡？不是恋人也不能这样安排。车是司马博买的。从部队转业后，司马博被安排进一家陶瓷厂当工人，那家陶瓷厂活不起死不了的，有时就发下来一堆碗碟给工人，让大家自己去街上卖，卖了的顶工资，卖不了的盛饭装汤自己用。有的工人在过年时怒气冲冲当众摔碗，说反正也卖不了，我这是当了炮仗用，照样冲晦气，还少了空气污染啦！司马博在这样的厂子里干了几年，一咬牙一跺脚，就办了停薪留职，将老父老母备下的所有的过河钱都划拉到一块，又跟亲友们借了几万，买了一辆捷达车，跑起了出租。他跟苏晓玲说，可别不把豆包当干粮，汽车属于生产资料，我现在是资本家了，你往后可得叫我老板。苏晓玲嘻嘻一笑，往后果然就喊他老板，也不管有没有外人，越人多的时候越喊得响亮，直到把司马博喊羞了喊怕了喊得脑袋都大了，求告说，求你了姑奶奶，以后别喊了行不行？苏晓玲摇头说，不行，我爱叫，这年月，谁不盼着自己的先生当老板呀。司马博说，你爱叫，那就背后叫，只你和我在一块儿时叫，有别人时就不叫了，行吧？苏晓玲调皮地说，这个嘛，本小妹可以考虑。这回，你服了吧？司马博忙点头，服了服了，我早就怕你了，比怕母夜叉还怕。苏晓玲便掐他，偏往他肉嫩怕掐的地方下狠劲，直到他彻底告饶。

两个人一辆车，白天夜里轮流上岗，这就苦了两个正血气方刚激情四射的年轻人啦。清晨，司马博跨出车门，苏晓玲坐进去；入夜，苏晓玲将车钥匙交过来，司马博接过去，看看身边有人，顶多挤挤眼拉拉手，再在对方手心挠一挠，或者就在没客人时用手机说说情话。有时司马博实在熬不住，就求苏晓玲天将亮就出门，然后将她拉到城郊相对僻静些的地方，两人躲在车里亲热一番。这种事苏晓玲坚决不同意在入夜时分，因为男人一淘气，就精疲力竭了，就粘了眼睛要打瞌睡了，可司马博还要出车呢，四个轮子一转就是一夜，这种马虎可了不得，弄不好就车毁人亡啊！可有一次，两人正在车里亲热时，外面晨练的人看汽车船儿一样在路边颠簸摇晃，以为里面发生了什么不测之事，便掏出手机拨打了110。巡警赶来，堵个正着，便将两人带回了巡警大队。苏晓玲瞪了眼睛，说我们是未婚男女，王八看绿豆，对上眼了，搞对象不行啊？你们狗拿耗子，管得着吗？司马博则对巡警说，我家就一间半的屋子，老爸老妈住一间，我那半间除了放进一张单人床，连转转身都费劲了，你说我们大男大女要交流交流感情，不在车里去哪儿？巡警只觉手上捧了一对刺猬，抓不得，放了又难堪，挺窝火，便给派出所打电话，认真求证两人所言是否真实。派出所的回答是肯定的，说两个年轻人的家里的确都是那样，两人平时也都遵纪守法没有任何前科，放人吧。但自那以后，两人在车里的亲热也基本是小太监的呐喊，一剪没（梅）啦。

对唐姝卓所求之事，司马博虽说基本践诺不对人言，但还是有所保留地说给了苏晓玲。这种事，说给女友听，一是防着日后女友一旦知道，怀疑他的忠诚，同时也不乏某种炫耀的成分，既炫耀自己的奇遇，也炫耀作为一个男子的优秀。怎么样，哥们儿还行吧，歪瓜裂枣的能遇到这样的美事吗？他所保留的内容主要是所求女士的姓名和职务。当然，苏晓玲也曾问过，她叫啥？司马博说，这个你别问，传出去不好，我答应了人家的。苏晓玲又问，她是做啥的？司马博说，她做啥不做啥关咱屁事，但腰包里肯定是有俩闲钱的。苏晓玲想了想说，年龄我就不问了，肯定跟你般大般小，要是像我这么大，她爸她妈也就不急了，再大些呢，也轮不到你，对不？司马博笑，说能猜到这一点，也算不上你有多大聪明。苏晓玲再问，她总不能把你当了公共厕所的擦手纸，白使唤吧？司马博说，这一点人家挺讲究，先把票子拿了出来，厚厚一沓，我猜最少也有两千呢，说叫我换行头。可我没答应，就把票子又推了回去。苏晓玲说，那还琢磨啥，干，跑一回龙套快顶我开一个月的车了。要是这种事往后一个月摊上一回，咱还大发他兄弟，小发了呢。

苏晓玲给司马博开车，用不着讲报酬，隔上三五天，便将挣来的票子都塞到司马博手上，有了开销时，只说一声我花了若干，司马博也从不多问。两人齐心协力，只想把买车欠下的债先还上，然后在市里租一处房子，就结婚过日子了。司马博说，我爸我妈的钱可以先不急。苏晓玲说，你不急我急，还了他们心踏实，咱们也踏实。

那一天，司马博的乔装出演很成功。他的角色名字叫欧阳博，这个名字是唐姝卓改的，她说好记。他穿上了西服扎上了领带，皮鞋也打得锃亮，本来就很挺拔魁实的身材顿时又增添了许多帅气，一张方方正正的国字脸越发显得英武。他施展着出租车司机和未婚女婿接人待物的足够礼仪与经验，面呈微笑，一口一个大叔大婶亲亲热热地叫着，顿叫唐姝卓的父母心花怒放满面放光。他不时地跟唐姝卓整上几句英语，还有他谈起汽车时的无所不知头头是道信手拈来，让二位老人丝毫不怀疑他的学识。唐姝卓还介绍说，过一段时间，研究所还要派他去国外进修，唐父便点头赞许，说你们年轻，好好学吧，大有希望，国家正缺你们这样的人才呀！

那天，司马博还有一个出色的临场发挥，那可是他和唐姝卓在事先的密谋中绝没想到的。几人叙谈了一阵，唐姝卓便和母亲一块儿进厨房准备酒菜了，只留了司马博和唐父在客厅里。突然，唐母在厨间惊叫，哎呀，这是咋啦！唐姝卓也喊，你们快过来！司马博和唐父急奔向厨房，只见腾腾热气和水流正从煤气灶旁的暖气片顶部的一个放水嘴喷射而出，厨房已被白茫茫的蒸汽弥漫，脚下也满是积水。司马博顺手抓起一块抹布，急跨进去，便将那喷涌的水流气流封堵住了。唐母说，我正洗菜，把炒菜勺碰掉了，正落在暖气上，怎么就出了这事呢？司马博说，是落在放水嘴上，放水嘴折断了。唐姝卓说，这年月，怎么什么假冒伪劣都有呢？司马博望了唐姝卓一眼，笑说，可不，让人想不到的都有。唐姝卓的脸便腾地红了，好在白茫茫的水汽仍在，两位老人也都把目光盯在放水嘴折断处，谁也没注意她的神色。唐父说，姝卓，你快去给锅炉房打电话，让他们快派人来修，也不能让欧阳总拿手堵着呀。司马博说，叫锅炉房也没用，正是取暖季节，一家修，所有供暖用户都得停气，而且还要放净管道里所有的水。大叔，你快找来一小截木头，像手指这么粗这么长就行，我来处理吧。唐父急匆匆跑下了楼，过一会儿气喘吁吁地跑回来，递上的是一截树枝，刚从树上折下的。司马博看了，说这不行，得是干透的，见了水才能膨胀，将断口堵死。唐父在地心转起了圈子，说这可去哪儿找？平时这样的东西都丢进垃圾桶了。司马博灵机一动，说大婶，家里有木拖把吧？快找来。那一刻，司马博用脚蹬着暖气断口，手握菜刀从拖把杆上砍下一截，又用菜刀将那截小木棍削成楔型，用锤楔进那断口去。司马博做这一切的时候，表现得极本色，娴熟、从容而麻利，三下五除二，一切搞定。接着，他又抓起抹布，蹲到地下，去清理那些积水，更是表现得泥水不怵，勤劳肯干。唐姝卓见状，抄起拖把忙着配合。两位老人眼见这一幕，心中更是欣喜，须知，他们这一代人所看中的，勤劳朴实更重于学富五车呀，何况这未来的姑爷还两者兼备齐而有之呢。唐父夸赞说，欧阳的技术也不差，像个普通劳动者，从前做过吧？司马博边擦地边说，咱摆弄汽车的，啥事遇不到，还能总去找人呀。这点毛病，就是专业水暖工来，这季节，也只能这么处理，等开春停止供暖了，再重换水嘴子吧。唐姝卓怕老人们从这话里听出漏洞，忙解释说，他们汽车研究所常对研制中的汽车做各种破坏性实验，处理随时可能出现的问题，他们还常去汽车制造厂和工人们一起上线操作呢。

忙乱了这一阵，司马博便弄湿弄脏了袜子和裤腿。事毕，唐母张罗着，叫姝卓快去找出她父亲的衣物，叫欧阳博换下来。唐姝卓便将司马博推进父母的卧室。司马博说，我个子大，裤子湿就湿吧，你替我找双袜子就行。唐姝卓找出一双给爸爸备下的还没开封的新棉线袜子，司马博低声玩笑说，穿上脚，可就不能往回退啦。唐姝卓说，一双袜子，值什么？司马博说，那可就是买里脊，又饶了一块囊囊膪，你可亏啦。唐姝卓脸一红，轻轻打了他一下，低声说，就算给你修暖气的报酬。

唐姝卓没把司马博带进自己的闺房，进了爸妈的卧室也有意没把房门掩上，两人的低声对话老人们虽没听得真切，可这近似亲密的一幕，让两位老人越发看在眼里喜上心头。唐母扯了唐父去了厨房，两人便开始了幸福的低声埋怨。唐母说，年轻人在一起，看什么看？老没正经！唐父说，哪是我看的，是你先看的。要不是你把水嘴子弄折了，能添这么大的乱啊？多亏了欧阳来咱家，不然今天就水漫金山啦。唐母说，你还有脸说，大老爷们儿一辈子除了站在黑板前瞎白话，什么也不会做，还不如人家小伙子。唐父说，这回看出我高瞻远瞩了吧？要是依了你不让姝卓回到北口，欧阳这孩子能到咱家来？唐母说，不是一家人，不进一家门，两人要是有这个缘分，还论谁在哪儿？

那一晚，司马博离开唐家时，夜幕已经垂降。老两口要送他下楼，被司马博坚决地谢绝了。可走出楼门很远，他回头望时，见那五楼的窗口还大开着，两位老人站在那里向下招手。时值冬日，北风正猛，那窗口正迎着风头。司马博心里感动，对陪在身边的唐姝卓说，你回去吧。唐姝卓说，我现在必须陪你再走走，我还有话要对你说。

在离开老人们的视线后，唐姝卓拦了一辆出租车，两人再次坐进了那家咖啡馆。唐姝卓重又拿出那个信封，推到司马博面前，说：

"这回，你应该收下它了吧。"

司马博拿起信封，抽出票子，点了点，抓了几张在手里，又从衣袋里摸出一张发票，连同剩余的钱推回到唐姝卓面前："这是我买衣服用的，衣服上身，我不好退回，只能深表感谢了。其余的，你收回去。"

唐姝卓说："我事先已经说过的……"

司马博打断她，并站起了身："我当时并没有表示接受，我只答应帮你这个忙，友情出演。唐老师，今天的事到此为止，可好？天太晚了，我要抓紧赶回家去，换了衣服，然后接车。那个司机跑了一天，到这时还没吃晚饭呢。"

唐姝卓也站了起来，迟疑地说："我爸我妈可能……对你都很满意。我的意思是说，除了感谢，日后我可能……还要给你添麻烦。"

司马博说："那你给我打手机，只要力所能及，我一定尽力而去。好，唐老师，再见。"

司马博快步而去，只留了唐姝卓坐在那里发怔。

五

司马博再次应约走进圣保罗咖啡馆，已是隆冬。天正下着雪，这种天气乘车的人多，车跑不快，眼看打车的人多，却拉不过来，他心里急，恨不得三言两语就把话说完。

可唐姝卓却不急，看起来她的心情不错，先是从皮挎包里拿出一个精致的小盒子，说这是只MP3，你爱听英文歌曲，有的乘客却不一定喜欢，你可以把耳机塞进耳孔听，我已经替你从网上下载了一些英文歌曲，还喜欢什么歌，自己可以上网更换。司马博明白这是因为自己谢拒了现金酬谢，人家这是在变着法儿表达那份心情，便道声感谢，收下了。唐姝卓又说，我爸我妈对你的印象非常好，总是念叨，盼着你什么时候再去家里呢。司马博听得懂这话里的意思，忙说，这可让我为难了，常在河边站，别说湿鞋，弄不好都可能滑进去，这种事，只可一，不可二，更不能三，见好就收吧。唐姝卓说，我也不愿再麻烦你，所以上次你去我家时，当着他们的面我已经埋下了伏笔，说你要出国进修。他们一提起你，我就说这阵你正忙着准备出国呢。司马博说，这一杆子支得好，把我支出国门了，你说我已经出国就更好了。唐姝卓说，可你出国前，出于礼节，总应该去家里告个别，不然他们不定又要想些什么。司马博说，行，那我就再去一次。唐姝卓又说，学校里分给了我一套房子，我图清静，委托装修公司已经装修好了，想搬过去单独住。搬家时，最好你也露个面，行吗？司马博想了想说，咱把两碗粥搅一块儿，我去一次，两粥一起喝，你看行不？唐姝卓点头，好，那就照你说的办。

直到去唐家帮唐姝卓搬家并和她的老父老母去做那种似是而非亦真亦假的告别，司马博才知道唐姝卓不仅是北口大学的老师，而且还是一位正宗纯粹的化学博士，这让他很意外也很吃惊，一颗心陡地提到了嗓子眼，半天落不下来。只说老师，不管是大学的还是中学小学的，司马博除了敬重，都还没觉怎么样，出租车肯定没少拉，可一听说站在面前的这位跟自己年纪所差无几的女子竟是博士，那种感觉就不一样了，那须仰视，而且要仰酸了脖子。他只有高中文化，费了九牛二虎之力也没考上大学，那博士在他眼中就是圣人，是翱翔于云端的天鹅，而他，则是草民，是一只伏在泥塘中的蛤蟆。蛤蟆和天鹅，其间的巨大距离可绝不仅仅限于空中和地下呀！

那天，司马博再次乔装打扮，他指挥搬家公司的人将东西一件件搬上汽车。所谓的东西，基本就是书和一些资料，装了几大塑料袋，还塞满了几只大纸壳箱，是唐姝卓早就准备好的。他悄声问唐姝卓，衣服和用的呢？那些东西可得特别关照好，七手八脚的，丢了什么可就麻烦了。唐姝卓说，那些先不动，我常回家来，随手再拿吧。

那天，司马博郑重向两位老人告别，他说一到了国外，学习和工作就更要忙了，而且短时间内不会回来，他请老人多多保重，信就不写了，他的祝福和问候将由姝卓转达，他会和姝卓通过网络和电话保持联系。两位老人拉住了他的手,百般叮嘱,依依惜别,核心的一句话就是盼着他早些回来,姝卓那里自有他们关照。

那天,搬家公司的汽车要发动时,司马博客气而坚决地不让二位老人随车去姝卓的新家,他说那边乱,这边也乱,老人们在家先慢慢清理收拾,那边待他帮姝卓打理清爽,老人们再去验收。老人们依了他的话,可唐父还是将他拉到一边,叮嘱说,学校已答应给姝卓买一辆车,我知你出国前肯定忙,可咋忙也抽出点时间帮她选一辆,这事你是内行,你看好的我们就放心了。司马博不知此话何出,便装模作样地连连点头,说姝卓跟我说了,您老尽管放心就是。

那天,司马博第一次见识了唐姝卓的新家,大大地开了一次眼界。那是片新建的小区,在北口大学的边上,地段不错,环境不错,楼层不错,装修得也不错,那面积更是了不得,一个客厅,两间卧室,还有一间不小的书房,加一起足有一百三四十平方米,只一个人住,人比人得死呀!指挥搬运工人将东西送进屋后,司马博惊异地问,你们学校可真大方,给你一个人这么大的房子,外加一辆车,你是哪路神仙,可有什么神通啊?唐姝卓淡淡地说,大学在扩招,千方百计聘请博士来校任教,这是学校早就许下的条件,并不仅仅对我。司马博的眼睛登时就瞪大了,直直地望定面前这位外表并没有什么出奇之处的女子,只觉口里发干,喘气都觉有些不够用了。我的天,原来我是给女博士当了冒充的未婚女婿呀!他一时不知再说什么好,转身告辞:"那你忙,我也有事，这就走。"唐姝卓叫住他，从沙发上提起一件还挂着商标的棕色皮夹克，送到他手上："这是给你的。不合适你可以去商场换，发票在衣兜里。再一次深表感谢。"

司马博的心里正紧，他没有推拒，也没有客气，抱着皮夹克就急急地走了。人家是博士，博士进校门，一下就得了这么大的一户房子外加一辆小汽车，得了这么大便宜的博士还在乎一件皮夹克吗？再说人家又是你的什么人？连普通朋友都算不上，人家说话客气是请你帮忙，往白了说就是在雇你，这年月使唤人，跟谁不是一把一利索，你又何苦愣充大方装好汉？这么一想，司马博都有些后悔上次没收下那两千元钱了，车豁子跟大博士，那叫凭赏，没张口跟她讨价还价再多要一千就够意思的了，何苦害得自己还得在苏晓玲面前装屁，硬说白得两千元外加一个 MP3。

但那件皮夹克司马博还是挺喜欢的，做工精细，款式新潮，挺合身，穿上也暖和，里面有丝棉套，可以随意安取，春秋冬三季皆宜。说心里话，司马博早想买一件这样的衣服了，既御寒，也符合出租车司机的身份，他只是心疼兜里的票子。发票上写的是一千八，他路过那家商场时，下车跑进去看过，开价是两千五。如此看，这个女博士出手还真不抠门，眼光也看得准，她怎么就知我正巴望这夹克，还知我的身材呢？连苏晓玲看了都不断摩挲说，真好，我早说让你买，你总舍不得，这回你咋就狠了心呢？司马博没告诉苏晓玲这衣服是女博士赏的。他说，这种衣服刚入冬时商场守得死，不让价，现在大冬天都过去一半了，他再不让价就得压库底了。我是高于两千肯定不买的，因为大风就刮到我手里两千元钱。苏晓玲笑，说要是再有这种好事呢？司马博说，那就给你买，随你喜欢啥。风刮到手的票子不能留，一不小心就又刮跑了。

第一次假充唐姝卓的男友后，苏晓玲曾问过他，丈母娘相没相中你这个姑爷呀？司马博摇头说，看样子挺冷淡，你想呀，人家闺女是大学老师，咱是个车豁子，张嘴闭嘴净冒虎儿，差距太大，咱得认账啊。苏晓玲哈哈笑，说你不会装吗？手指丫上夹蒜瓣装六指，裤裆里夹扫帚装大尾巴狼，不信她还敢小瞧了你。司马博说，可我不想装，装得太像了就难免再吃二茬苦受二茬罪，那可就小孩子流清鼻涕，没完没了啦！因有了这番对话，后来的事就只好顺着谎话圆下来了。虽然苏晓玲对他去假冒别人男友相亲并没提出什么反对意见，可司马博心里还是不想让她知晓得过多。是怕她多嘴多舌传出去？还是防着女人打翻醋坛子胡搅蛮缠落下话把？或者还有别的想法？其中深层次的心理因素，似乎司马博一时也不甚清楚，都是过去的事了，他也懒得梳理清楚。

一般情况下，司马博白天是不出车的，可春节前活儿正忙，苏晓玲却闹起了感冒，还挺厉害，清晨他回家睡了一觉，就把车又开了出去。那天，他把一个客人送到家乐福超市附近的街口，车门还没关上，便又有人抓住了门把手，那人还冲后面喊，你快走两步，别让车等咱啊！声音很熟，司马博扭头一看，就觉浑身都跟着一激灵，不是唐姝卓的父亲是谁，后面急往这边赶的是唐博士的母亲，两人手里都提着大包小溜的东西，肯定是来办年货啦。司马博急转身关上了车门，脸却故意不往后扭，装出沙哑的嗓音说，老师傅再坐别的车吧，我还有事。说完，就急踹油门将车开跑了。从折光镜里，他还看两位老人指着他的车在说什么。二位老人家，实在是对不起了。真是悬，悬透啦！要是让你们上了车，再把我认出来，我可说什么？回到家又让唐博士跟你们怎么说？千万别怪，也别骂，理解万岁吧。我远远地给你们二老叩首拜年，中了吧？

六

自从搬了家，唐姝卓过得很清静，也很惬意。有课就走到学校去，权当闲庭信步，踏雪寻梅，优哉游哉，甚是惬意；没课时就赖赖床，爬起来再看看书写写文章，早在酝酿中的两篇论文都赶出来了，寄到专业杂志社去，很快有了反馈，都夸不错，尽快排发。关键是，她耳边终于少了老父老母不厌其烦的唠叨。一周里，她回两次家，周三午后一次，吃完晚饭回来；周六或周日再一次，在家陪老人们待上半天，也是晚间回来。只要回到家，老父老母自然都要问到欧阳博，小博有电话没？小博在国外还适应吧？也不知从哪天起，老父老母一起改叫欧阳博为小博，他们叫得亲切，却不知引出女儿心中的多少惆怅与酸楚。唐姝卓每次都从容平静地敷衍搪塞过去了，有时还将电脑打开，让老人们看欧阳博通过电子信箱发来的邮件，上面是一定有问候二位老人的话语的，那问候一定很得体也很亲切，宛若家人，能让两位老人很是高兴一阵子。可他们哪里知道，学校又给唐姝卓在新家配了一台电脑，家里的这台才没搬走，一个现代博士在网络上玩玩自编自导又自演的双簧把戏，善意地欺骗一下至爱亲朋，岂不是易如反掌？只是春节前的那一次，父亲突然说，前两天我跟你妈去家乐福，打出租时怎么看那司机特别像小博呢？母亲也说，那天就是因为我走慢了点，你爸这个埋怨呀，哼，好像真是小博似的，想女婿走火入魔了吧？唐姝卓心里有数，脸上却淡漠，说世上长得相像的人多了，我有一个学生还说我特像他的小姨呢。很轻巧地便把浮在老人们心头的一片疑云拂走了。

关于搬出来独住，唐姝卓知道自己做得近乎绝情。房门钥匙刚到手，老爸老妈陪她来看过房子。妈妈很惊喜，说这么大的房子呀，咱把那边的房子卖了吧，一家人住在一起宽宽敞敞，也好有个照应。唐姝卓说，那就都搬过来吧，但那边的房子千万别卖，欧阳博说过，这些年他自己独睡惯了，想自己有个书房，在里面架张床就行。爸爸急给妈妈使眼色，说愿意来你来，我可不来，我还舍不得那些街坊邻居呢，早晚出去散步也好有人说说话，人熟是宝啊。唐姝卓知道世界上最真心爱着疼着自己的就是老爸老妈了，但她怕的也是最亲最近的人再在身边絮叨，司马博充其量只是远方天边一片绚丽的晚霞，夜幕一降，说没也就没了，了无踪迹，到那时，老爸老妈的絮叨与聒噪一定会变本加厉，而且还会或怨或骂，无休无止地将司马博挂在嘴上，此时不逃出去，那就永无宁日了。

这些年，唐姝卓一直是爸妈最听话也最引为骄傲的好女儿。送她去大学，并替她将一切安顿好，临分手的时候，爸爸再一次重复他的叮嘱，说读书就读书，啥也不要想，处男朋友是毕业后参加工作的事。妈妈也说，这种事沾上了，最后吃亏的肯定是女孩，毕业时男孩子说拜拜就拜拜了，女孩子的后悔药可吃不起，往后怕连搞对象都难了。那时的唐姝卓还很迷信爸爸妈妈，一个是中学老师，一个是小学老师，都是传道授业解惑之人，他们说出的道理肯定不会错。所以在读大学的四年里，唐姝卓不知撕掉了多少男同学以各种方式传递给她的书信纸条，更没有奔赴任何一次约会。她给自己定下的信条或曰铁律是，没有充分说得出去的理由，绝不和任何男子单独在一起。在大学里，她获得的绰号叫"冰糖（唐）"。"冰糖"以心无旁骛的出色成绩被保送留校读上了硕博连读。在读研的第一年，父母建议她可以谈男朋友了，可她却要调整心态，那些已熟知她的同学们也要调整心态，任何一个平时不苟言笑举止严谨的女孩子都不会在一天早晨醒来，就变成了嘻嘻哈哈风风火火的憨大姐。而这年月，那些外表憨纯的女孩子往往比谦谦淑女更讨男士们喜欢。唐姝卓也曾陆续和几个男士谈了一段时间，但分手的原因竟惊人地相似，文雅一些的说，你太完美了，我自惭形秽；通俗的则说，两口子讲般配，一个人高攀一阵子容易，高攀一辈子难，咱们还是做个朋友吧。唐姝卓明白这都是客气话，客气背后肯定还有理由，许多男女朋友认识不久便搬到一起同居了，而她当着别人面跟男朋友拉拉手都如窃如盗，更别说主动讨乖亲热了。为这事，她曾一次次自责，也曾一次次暗下决心，可事一临头，她便放不开了。自己是否真是出窑的砖，定型了呢？为这事，她曾"恨"老爸老妈，又恨自己，她常常暗自叹息，一个经典的淑女沉舟侧畔，在婚姻问题上可能注定要被与时俱进的社会洪流推弃在岸边了。

除夕夜，唐姝卓犹豫了又犹豫，还是给司马博发去了一条短信："真诚地祝福你快乐平安！"司马博也很快回了信息："山羊把大象介绍给蚊子，并把大象带到蚊子家相亲。蚊子妈说：儿呀，我们可连订婚戒指都送不起啊！借此小笑话祝大博士春节快乐！"唐姝卓看着信息，笑了，心里生出一些感动，也由此越发对这个的哥刮目相看，看来他不光善良勤快，还不缺智慧，情商也甚高。这是个现成的段子，他改造了，改造得很是巧妙，不动声色地隐含寓托了许多东西。他要是进过大学校门，又会是什么样子呢？

这期间，学校的同事又介绍了两位男士，唐姝卓都去见过面。过后，介绍人委婉地传话过来，竟还是那番让人烦不胜烦的话，一个说嫌你学历太高，他自己先矮了身子；另一个说，他还是觉得找一个小几岁的女孩才会更有感觉。倒是都顾及了她的自尊与体面，唐姝卓听了，只应了一声麻烦您了，便走开了。

九九回春。草绿了，花开了，春天的脚步一步步快起来。北方春天的气温是大起大落的，南来的暖流气团和北来的干冷寒风在这里纠缠厮拼，昨天时髦姑娘可能已穿起了连衣裤，今早出门就要重新套上毛衫了。二八月，乱穿衣，说的就是这个意思。

春天里风和日丽的一天，唐姝卓也穿上了长裙短衫。可那天夜里，她突然闹起肚子疼，是小腹，好像肚里的肠子被撕扯，疼得她在床上打滚，脑门上大汗淋漓。以前也疼过，每月都有那么几天，都在月经将来之前，她知道这叫痛经，并不是每个女人都受这种折磨。以前吃点药，揉一揉，忍两天就过去了，哪像这次这般疼痛难忍啊！她抓起话筒，想叫老爸老妈过来，可键子按了两下，又放下了。他们来了又能怎样？这个毛病，以前他们也不是不知道，来了也不过陪着叹叹气。再说夜已深了，就让他们睡个好觉吧。可小腹仍是疼，而且越发凶猛了，好似插进了一把钢刀，还在里面胡乱地绞。唐姝卓还想到一些人，有同事，有老同学，甚至还有她的学生。可这种事，男士不便张口，深更半夜的，女人出门也不方便。自然而然的，她想到了司马博，这种时候，他一定还在车上满城转，叫他来，只说自己害病，或让他送医院，或有个人陪在身边递递毛巾，不过再给他些钱或礼物就是了。

电话打出去，唐姝卓疼得无心去找衣服，便将搭在床边的连衣裙和短衫又穿上了。司马博很快赶来，见她抱着肚子挣扎地开了房门，又见她满面灰青汗水如洗的病态，先就吃了一惊。他说，病了吧？我这就送你去医院。唐姝卓摇头，说不用，我再挺挺，我挺得住。司马博说，病成这样你还挺什么？走，这就走。

司马博一路疾行，又扶她进了医院的急诊室。急诊的病人不多，值班的医生是男的，年过半百，睡眼惺忪地从另一房间赶过来，先扫了司马博一眼，问他是你什么人？唐姝卓说，是我……弟弟。医生冷冷地说，你把病人扶到诊床上，然后去外面等。司马博便依着吩咐，退到门外去了。

医生的手按在了只隔了一层裙布的小腹上，问是这里吗？唐姝卓嗯了一声。吐了和泻了吗？没有。晚上吃了什么？这跟吃的……没关系。以前也疼过吗？疼过，每月都疼上几天。你还没结婚吧？是。医生托着她的肩头，将她扶起来，然后坐回桌前，说你不懂这叫痛经吗？我只能给你开点止疼的药，别的，就是华佗来了也没办法。唐姝卓说，我家里有药，吃了，可还是疼。以前怎么从来没这么疼过？医生说，以前疼痛的程度也不一样吧？这里的因素很多，三言两语说不清楚，以后你去请教妇科医生吧。

　　诊室的门是大开着的，司马博就站在门外，这些对话他都听到了，一听也就明白了，一颗替唐姝卓悬着的心顿时就落了下去，不由还暗自好笑，一个大博士，书念多了真是蠢啊，连痛经都不懂吗？早说了也就犯不上跑到这儿来瞎子点灯，脱裤子放屁了。苏晓玲说她早些年也犯过这毛病，可自从跟他好上了，毛病也就成见了太阳的积雪，说化就化了。转而他又想到刚进诊室时大夫的问话，大博士怎么说我是她的弟弟，而没明说是出租车司机呢？是怕掉了她的什么价吗？

　　司马博重将唐姝卓送回家里。唐姝卓仍是疼，抱着肚子哎哟，甚至把枕巾塞进嘴里咬着。司马博好为难，走也不是，留下又一无所用。他想起苏晓玲说过的话，以前肚子疼，就让她妈揉，多少能感觉好一点。他便说，你自个儿揉揉。其实唐姝卓的手一直没离开过肚子，她说，肚子疼得……想揉都……使不上劲了。司马博怔怔神，又往四处看了看，夯着胆子说，那我……替你……揉揉？可四处又有什么呢？这是个独身女人的家，连窗帘都密密地拉合着。他没有听到唐姝卓的回答，却看到她紧闭了眼睛，躺正了身子，两手也从小腹上离开了。

唐姝卓感受得到那只手掌压在了自己的小腹上，隔着一层裙布，她还感受到那只手掌有些湿热。手掌在揉动，在加力。腹中的疼痛果然就缓解了许多，已不像先前那样似绞似剜了。以前在家，这个魔鬼如期而至闹起来的时候，妈妈也曾给她揉过，但妈妈的手掌远没有眼下这只手掌有力，更没有这般神奇。唐姝卓的哎哟已改成了小声的呻吟。

唐姝卓的眼睛一直是紧紧闭着的，她不敢睁眼直视对面的那双眼睛。刚才那巨大而尖锐几乎要夺人性命的疼痛，让她几近昏厥，就好像一个人落入滚滚巨流的旋涡中，一根稻草，她也要牢牢地抓在手里。现在，这个人似乎已经脱离了旋涡，但身体仍在那湍流那危险之中，可以扔掉手中的稻草了吗？这是一个只有两个人的世界，那个凶恶的魔鬼已渐渐离身远去，代之的却是越来越汹涌的羞怯，她不敢直面这个还不算很熟悉的男人，她不知日后将怎样解释今夜发生的事，仅仅再买一件什么东西，就可以算作回报了吗？唉，就当他是个医生，既让医生给自己看病，还能在乎人家是男是女吗？

唐姝卓因羞怯而不敢睁开眼睛，却过高地估计了这个年轻而健康的男人的自控能力。她只感受着那只湿热的手仍在揉动，却忽略了自己浑圆结实的小腹传达给了那个男性身体一种怎样的信号，更不知司马博已用另一只手解开了他的裤带并褪下了他的长裤短裤。当她感觉到那个强壮的男性身体已压到自己身上时，一切都已经晚了。她瞪圆了眼睛，用双手用力去推那结实的胸脯，她嘴里连说着不要不要。可司马博大喘着粗气，毫不理会她的推阻，一下掀开了她的裙裾，又粗暴地扯下了她的内裤。当感觉到来自身体的另一种胀裂的疼痛时，她知道完了，一切都完了，她的引为骄傲也为之悲哀的时代就此结束，彻底结束了。她松开两手，不再挣扎，一任两行泪水长流。

一切很快结束。司马博重立地心，望着床单上留下的一朵殷红，神情就呆了，两眼就直了。他喃喃着，你……你……

唐姝卓翻过身去，伏在枕上呜呜痛哭。突然，她翻身而起，抡圆了巴掌直打在了司马博的脸颊上。"你滚！"她愤怒地吼着，但那声音并不很大。

司马博像一条丧家的狗，闻声便往外跑。但他很快又意识到自己还赤裸着下体，转身又跑回来，抱起地板上自己的衣物，才又远远滚去。

直至天明，唐姝卓都泡在朔望大潮般的泪水里。她恨这个人面兽心的司马博，他这叫乘人之危，他这叫强暴犯罪！但回过头来细细想想今夜的事情，是不是自己也有责任呢？如果不是自己引狼入室，如果自己不同意让他给自己揉肚子，能发生这样的事情吗？再细想想刚才那事的过程，如果自己坚拒不从以死抗拼，如果自己放开嗓子大声呼救，他还会这般轻易得手吗？可当时自己都做了什么？只是推，只说不要，那怎能抵挡得住兽性大发的男人？再细想想从去年秋天第一次坐进他的车到请他两次以男友的身份走进家门，再到今天发生的这个事情，自己是不是在潜意识里早就对他生出了好感？他的相貌，他的身材，他的快乐与善良，他的勤劳与周到，还有……他的名字。让唐姝卓对他最初生出好感的，与其说是他爱听英文歌曲，不如说是看了他的立在汽车驾驶台上那个牌牌上的名字，司马，多么大气，还有那个博，恰与自己可炫耀一生的学位同字。再想想第一次去家"相亲"后，他只留下买衣的费用，却将其余的票子全部奉还，那个行为举止与气度远不像一个靠出卖辛苦养家糊口的出租车司机。可就是这样的一个人，今夜竟做出这样的事情，真是让人难以置信啊！

唐姝卓的肚子不再疼痛，让她意识到这一点，已是她起身扯下床单泡进面盆，并打开喷头冲洗身体的时候。是什么时候不疼的呢？为什么突然之间说不疼就不疼了呢？她的脑袋木木的胀胀的，一时难寻答案。

七

的哥司马博过了几天惊恐不安的日子。

那天，他一跑出楼门，就开始后悔了，尤其想到人家还是姑娘身，便越发后悔莫及。王八蛋！畜生！驴！他这样恶狠狠地咒骂自己，他还伸出巴掌在自己的右脸上重重地抽了两下。唐姝卓抽的是左脸，好长时间都在热辣辣地疼着，他抽自己下的力气不比唐姝卓的小。你怎么说管不住就管不住自己了呢？人家是信得着你才找你去帮忙，你这不是趁火打劫又是什么？人家大姑娘日后还怎么嫁人？你管不住自己还有苏晓玲呀，那是块熟地，还不是由着你的性子闹腾？可你偏偏就做出了最让人瞧不起的牲口事，你知不知道那叫什么？强奸可是犯法呀！

想到强奸这两个字，司马博打了个冷战，立刻就由悔恨变成了恐惧。唐姝卓若是举报，手里可是握着证据的，那床单那内裤都是证据，那证据凿凿似铁，任你浑身上下都长了嘴，也休想狡辩否认。于是他想到了潜逃，趁女博士还没来得及举报，这可是逃跑的最佳时机了。跑到南方去？那里打工的人多，人海茫茫，加进一个人就是大海里落进一根针。跑到西北去也行，那里地广人稀，警察想追捕一个人不比套住一只兔子容易。但司马博很快就否定了自己，家里还有老爸老妈呢，自己还有苏晓玲呢，如果女博士为顾脸面并没举报，自己却突然之间没了踪影，那可就毁了老爸老妈和晓玲啦，不吓死也能急死。司马博也想到了去主动自首，那在法院量刑时起码可以少判两年。但他很快也否定了这个想法，人家要是哑巴吃黄连，咽进肚里自认倒霉了呢？那自己一自首，岂不是既害了自己又害了人家大姑娘？百路难通，剩下的便只有等着警察来抓，该死该活屁朝上，认啦。司马博甚至还为自己设想了面对警察时的神情与举止，低头认罪，伸出双手等待上铐，然后老老实实地坐进警车。千万不能企图窜逃，更不能有丝毫的反抗，那没用。电视里常播这样的镜头，现实生活中他也亲眼见到过这样的场面，干警们群虎扑食，一下便将那恶人扑倒在地。警察们是经过专业训练的，都有些擒拿的手段，那一扑一扭的瞬间，恶人的皮肉必定吃了不少苦头，苦果都是自己摘下的，咽吧，自作自受，活该啦！

两三天里，司马博都是提心吊胆度过的，他开车绕着公安局和派出所，见有警察向他走来，甚至见有几个精壮男士向着汽车奔跑，他的心都揪成了一团。但过了三天，仍无任何动静，他知道唐姝卓把他当成肚里的臭气，放了，不会举报了。但司马博的恐惧随之又转到另一个问题上，如果女人怀了孕呢？这个干系他也是摆脱不了的。那夜，他头昏脑涨，可是任何避防手段都没想到，更别说用上了。好不容易盼到半夜时分，他把车停在路边，把手机打进了一家电台的直播室。那个"子夜健康热线"是专讲男人和女人之间那点事的，以前司马博夜里无聊，坐在车里也听过，但听得血脉偾张又无处释放，弄得身子很不舒服，便不再听了。他问，前几天我的女朋友肚子疼，我陪在她身边时就和她有了那种事，也没采取什么措施，所以我非常想知道我的女朋友能不能怀孕？主播人问，你的女朋友是什么原因肚子疼？司马博答，是痛经。主播人再问，你能肯定是痛经吗？司马博答，能肯定，因为刚去过医院，大夫也这样说。主播人笑了，说那我的回答就是否定的了，因为痛经是妇女在行经前或行经时下腹子宫部位疼痛的症状。虽然你的女朋友可能还没行经，但可以肯定地说，她正处于安全期。

恐惧的思绪一消散，那弥天的悔恨便重又笼罩在了司马博的心头。他思忖再三，决定还是应该打电话过去，向唐姝卓表示深切的忏悔，哪怕听她痛骂一顿让她消消气呢，她不骂自己也骂。可他无数次地按下键去，听筒里都说"您拨打的电话已关机"。他知道唐姝卓家里还有座机，但人家没告诉他号码，他也没敢觍脸主动问。只是有一次，唐姝卓的手机通了，嘟嘟地一声声

响，他的心狂跳起来，琢磨第一句话该怎样说，可那电话又一下
断了，他再拨去，对方便又是关机。他明白了，手机上有来电显
示，唐姝卓知是他，便不接。人家既不想再搭理你，那就天各一
方，拉倒吧。

没想半月后的一天，已过了半夜，手机的信息提示音叮叮地
响了，收件箱里显出个"唐"字，那是独属于唐姝卓号码的汉字
存储。司马博激动起来，再按键，信息栏内却是一片空白，只有
那时间显示证明短信确实是刚刚发来的，而且确是唐姝卓发来
的。她为什么发了短信却一字也没有？她是不是又遇到了什么麻
烦事需要我帮助却又不好意思说？司马博发了好一阵呆，然后便
驱车直向她家飞速驶去。

到了楼门前，未待按键，电子门锁咔的一声响了。这说明了
什么？说明她早候在了窗帘后，就等着他的到来。司马博一步两
台阶，快速上楼，那房门也虚掩以候。司马博站在门外，平静了一
下忐忑的心，然后推门而进。唐姝卓背他而立，站在电视机前，手
里握着遥控器，屏幕上还无声地闪着画面，是一部现代都市言情
剧。司马博注意到了她的装束，她穿着睡衣，丝质，粉色，睡衣
虽然与连衣裙相比在遮掩女人身体方面也差不了多少，可它毕竟
是睡衣。她的脸色比上次要红润，也平静，长长的头发是披散的，
不似以前多是扎成马尾状。看不出她在生气，这可以确定无疑。

司马博轻轻舒了口气，低声说："唐老师……"

唐姝卓打断他，口气很严厉，声音却不大："不许再叫我老
师，我不配，你也不配！"

司马博又说："我……那天……"

唐姝卓再一次打断他："不许再提以前的事，我不爱听。"

司马博发现，有双男士拖鞋，是新的，摆在门前。为摆脱尴尬，他换了鞋，走到沙发前，坐下，不知再说什么好。唐姝卓仍那样站立不动，没有转过身来，可他发现了，有两颗大大的泪珠滴落在了地板上。

司马博的嘴巴干上来，他使劲咽了两下唾沫。茶几上有面巾纸箱，他似乎应该揪出几张面巾纸送上去。可他没敢动，他怕惹动她的怒气突然火山爆发。可那唐姝卓却好像脑后长了眼睛，这次是她先说话：

"茶几上的那杯茶是给你沏的，你渴就喝。北卧室的床是闲着的，你困了可以去睡，急着挣钱你就走。"

唐姝卓说完，就迈步进了她的南卧室，门虽掩上了，但没有那咔嗒一声的碰锁声。眼前的一切只能说明一个事实，她不仅饶恕了他，还希望他留下来给她以抚慰。司马博的心狂跳起来，这可是他做梦也没想到的一种结局，一出以狂暴躁动为序幕的人生戏剧，接下来的竟会是温柔与浪漫吗？

司马博跳起身，剥光了自己身上的所有衣服，冲进卫生间，打开沐浴喷头，用了大把的沐浴液，对周身上下每一寸皮肤每一个毛孔都进行了一番酣畅彻底的冲洗。在抓起浴巾擦身的时候，他发现浴巾旁早放了一套睡衣，跟唐姝卓身上的那套很匹配，也是丝质的，蓝色。司马博想了想，打开包装，正是男式的，大小肥瘦也合身。他压抑着心中的狂喜，轻手轻脚推开南卧室虚掩的房门，悄悄卧下去，将背对着他蜷着身体的唐姝卓揽在怀里。那女人身子滚热，却一动不动，仍微合着眼睛，任由他摆布。司马博不乏这方面的经验，此情此景，他也不再缺少应有的耐心，直到女人由娇喘吁吁变成了小声的呻唤，他才采取了下一步的行动。就好像对待他新买来的汽车，用过了磨合期，他才将油门一踩到底。唐姝卓终于睁开了眼睛，那眼睛迷醉着，一双手抓住了他的胸肌，有那么一瞬，她还猛地僵挺起身子，一口咬在了他的肩头上。司马博大惊，忙说，别咬别咬，咬出血了。那女人不管不顾，仍紧咬不放，直到颓然而疲惫地倒回枕上。

事毕，唐姝卓复又恢复原状，蜷了身子背他而卧。司马博揽着她的身子，看着自己胸前的红紫抓痕，不禁想起苏晓玲，好在她没像晓玲那样留着长长的指甲，不然，就要抓破啦。还有肩头，也只留下两排清晰的牙印，再用点力，也会咬出血的。他问，你使劲抓我咬我干什么呢？唐姝卓不答。他再问，她突然甩手在他身上重重地打了一下。他明白了，那是羞涩，那是娇嗔，那是责怪，便不再问了。

司马博睡了，睡得很沉，但时间不会很长。激灵一下醒来，才发现不知什么时候唐姝卓已转过身来，卧在他的怀里，胳膊和腿都紧紧地盘绕着他，微微的鼻息在这静静的夜里显得格外酣甜。他摸索寻找着，打开床头灯，拿起床头柜上的手表，才知已是三点五十分，正是黎明前的时刻，过一会儿外面该有晨练的人了。他又贪恋地抱了她一会儿，然后将胳臂从她颈下抽出来，拿开她压在自己身上的胳膊和腿脚，尽量不出声响地下床了。

司马博直到穿好衣服，在房门前换鞋的时候，才发现唐姝卓已站在身后。他想回身抱她一下，却被她冷冰冰地推开了，问话复又似石似铁，就像老师斥问一个不听话的学生：

"你结婚了吗？"

司马博摇头："没有。"

"你有女朋友吗？"

"嗯……算有一个。刚谈，还不知会怎样。"

"那你就去谈，去结婚生子。我跟你什么关系都没有。"

唐姝卓说着，将手里两只拴在一起的钥匙丢在鞋柜上："这是楼门和房门钥匙，以后夜里困了，想来，北屋随你；不想来，不会有人请。"说完，她转身，径回卧室去了。

司马博惊呆了，也喜呆了。这等于给他颁发了闺房密室的特别通行证。可她前面问的那几句话又是什么意思？司马博来不及多想，一时也想不明白，紧紧地抓起钥匙，开门下楼去了。

此后的几天，司马博一直在想着这个问题，想得头脑发涨，想得五内俱焚。他似乎想明白了，又似乎难得要领。有了这唐姝卓，不能不让他想到苏晓玲。比起这大知识分子，苏晓玲当然更热烈火爆敢笑敢骂一眼见底，可那泼辣无羁中也透着粗俗不堪。没有这唐姝卓之前，她俗便俗，自己也算不上什么雅鸟。可眼下真正的雅女已让自己躺到了她的床上，他就不能不在雅与俗中进行比较和选择了。唐姝卓有房，有车，有不可比拟的高文化，还有不可想象的高工资，如果真能和她成了一家子，别说日后吃住不愁，生个孩子都可能培养成让人眼热的人物。可苏晓玲只读了职高，算不算正经高中都得另说，生个孩子也跟她一样整天骂骂咋吵嘻嘻哈哈吗？龙生龙，凤生凤，耗子生儿会掏洞啊！司马博还想到和苏晓玲的第一次，事后他问，闹半天你不是原装啊？苏晓玲不羞不恼地说，原装咋？不原装又咋？请问你是原装吗？司马博把地跺得咚咚响，说天地良心，我绝对是原装！苏晓玲嘻嘻笑，说你少扯，你敢说你没跑过马？你跑马时没梦到过跟别的女人？或许梦到的还是你亲姐亲妹呢。司马博红头涨脸地想一想，确也是，那些梦都极荒唐，长了牛皮厚的脸也没法对人说。他又问，那你的原装给了谁？苏晓玲登时翻了面孔，说别给了你鼻子就上脸，往后再跟姑奶奶扯这个，痛快给我滚筷子！害得司马博又得赔笑去哄她。可司马博这回撞了比天还大的桃花运，而且还真的是原装，女人把原装给了你，那就等于把一辈子给了你，你就必须得对原装负责任，正经男人谁不这么想呢。可女博士真的能嫁给自己这个车豁子吗？她问的说的那些话，是在为自己不想当插足的第三者开脱责任呢，还是申明她所开出的通行证仅仅限于秘密交往莫论结局呢？

　　司马博开始有意识地疏远冷淡苏晓玲了，没有非说不可的事，他不再主动给她打电话。交接车时，他也不再主动有亲昵的表示。有一天，交接车时，苏晓玲悄悄告诉他，说她嫂出差了，她爸她妈一起去她哥家照看孙子了。他听得懂这话的意思，是说眼下家里只有她一人住，让他夜里去。可那夜他没去，还把手机关上了。第二天早晨，苏晓玲脸黑着，问他夜里死哪儿去了，他说有人闹了急病，他的车被包下了。苏晓玲又问，你的手机也叫人家包下啦？司马博说，电池没电了，昨儿忘了充。苏晓玲把车门关得炸雷一样响，旋风一样就把车开跑了。那天夜里，司马博不能再关机，也不好再撒谎说有包车，半夜时果然苏晓玲又打进手机来，开口就气汹汹地问，是不是铁板烧滚油了没处放，你还端上了？司马博赔着小心说，刹车出了点毛病，我正找人修。你先睡，要是能完事，我就赶过去。苏晓玲恨道，你别来了，本姑奶奶找得着家教！说完就关了电话。"家教"这话来自手机上的段子，说有对夫妻都是教师，以"上课"为亲热暗语。一日，丈夫麻将正酣，妻子想上课，丈夫挥手说，今晚自习，明天补课。天亮丈夫回家欲上课，妻子恨说，昨晚我已请过家教了。平时，的哥的姐们不管是谁收到这样的段子，都会交流，没想让苏晓玲用到这儿了。

　　苏晓玲虽说不爱读书，但脑子并不笨，对司马博的有意疏远不会没有察觉，司马博只是防着她采取下一步动作。好在他都是夜里出车满城转，想来她就是条警犬，鼻子的灵敏也有限，两条腿也难追得上四个轮子。有一天，天将亮时，司马博从唐姝卓家里跑出来，刚把车开出去不远，就听身后传来手机电池即将没电的提示音，那声音像无奈的叹息，一路滑落。他循声找去，发现后座平缝里藏着一只手机，他认识，是苏晓玲的，一直开着。司马博心里动了动，又冷笑。她把手机当成窃听器，自己则躲在家里，抱着座机话筒肯定也是一夜没睡，哼，白天还得开车，够辛苦的啦！他仔细回想一下，这一夜通电话的次数屈指可数，并没多说什么，与乘客闲聊也是有一搭没一搭，唐姝卓与他，更是很少有电话联系的。他将手机照原样放回，再和苏晓玲见面时也是只字不提，只装浑然不觉的样子。

对唐姝卓，他却越来越琢磨不透了。他去便去，走便走，有时夜里有活儿没去成她也从不多问，更别说见面时跟他说说家庭啊工作啊身体什么的，两人的交流基本只限于身体。可她在沉睡中，又常常像小猫一样蜷入他的怀中，有时还缠绕得很紧。她究竟在想什么？她到底打算把路子走到哪里呢？

<h2 style="text-align:center">八</h2>

唐姝卓把自己比喻成一个嗜毒成瘾的吸毒者。吸毒者的第一次，可能是被动的，报纸上说，那种感觉并不好，恶心，呕吐。她的感觉也不好，不仅疼痛，更重要的是屈辱，而且那种屈辱难对人言，只能和着泪水独自吞咽。但那第一次却往往给了人破罐子破摔的诱惑，既已如此，何计其他，于是便生出堕落的快感，上瘾了，再收不住自己的脚步。记得回到北口后，昔日的老同学几次聚会，半酣半醉间，基本都已结婚生子的女同学们凑到一起，低声问她，怎么还不结婚？别挑了，找个能疼你的，比啥都好。唐姝卓说，我自己过，不也挺好？少妇女同学低声说，那是两种好，不一样，就好像酒桌上了清蒸鱼又上了红烧肉，都好，你不能只吃一样扔了另一样吧？误了这个好，白来世上当回女人了。另一女同学咻咻笑，说你怎么知道姝卓白当了女人，这年月当女人非得结婚呀？不结婚还许能吃到油焖虾和爆炒肚呢。唐姝卓被说得面红耳赤，又没法反驳或气恼，只好打了那女同学一

下，笑骂她喝醉酒胡说八道。可突然之间就出了这种事，就把自己从大姑娘变成了女人，一个坚持素食的人被人强塞进了嘴里糖溜排骨，虽说那第一口的感觉并不好，还被骨头硌了一下牙床，但既已咽了下去，她就想再尝尝第二口，不是被人强塞，而是慢慢地吃，品品到底是一种怎样的味道，怎样的一种好。"反正"这个词有一种豁出去的意思，反正也三十出头了，反正也不再是姑娘了，再守身还能如玉不成？

于是，她自然也就又想到了那个她并不讨厌的司马博。想个什么事再把他找到家来？可他一逃了之不肯再露面呢？来了只办她吩咐的事再不会一逞疯狂呢？头几天，她一直关着手机，甚至还想到换个手机号码，让他再也找不到她，可一旦认定了"反正"这个词后，便又把手机打开了。那天，司马博将手机打进来，她一看来电显示就慌了，她还没想好怎样和他重新对话，所以就慌慌地关了手机。司马博再没打进电话，肯定是误会了她的意思。思来想去，她用了独属于自己的方式，并为他准备好了拖鞋和睡衣，他不愚钝，看了那明确无误的暗示，还用她再说什么吗？

女同学们说得果然不错，那电击一般欲仙欲死的瞬间确是一种难以言说的好，有男人睡在身边的梦很沉实，有了那种事情后，第二天心里很舒畅，痛经的魔鬼也却步而止，确是再没来找她的麻烦。有时母亲悄悄地问她，还疼吗？她便敷衍，说挺一挺呗，没事。

她知道自己在堕落，很不要脸，而且这样的事情前程难卜，若不是想死心塌地地嫁给他，不定哪天就惹出事来，而且一出事，就可能小不了，吃不了也兜不住。剖开心来说，她对他不讨厌，甚至随着两人交往的不断加深，她还生出对他的一些喜欢，甚至是依恋。如果自己只是大学本科生，那就屈尊下嫁，认了，不道德便不道德，把他从女朋友手里抢过来，明明白白地好下去，直至嫁给他，那又怎么样？可自己偏偏戴过博士帽，嫁了一个出租车司机，且不说老爸老妈那里难说通，学校里社会上又怎么评价？那肯定将成为报纸上社会版的头号新闻，众说纷纭，莫衷一是。她后悔当初脑袋一热就把钥匙交给了他，她想到了了断，再把钥匙从他手里收回来。可以后呢？收回来就再不能让他进门了，那毒瘾那魔鬼再找上来怎么办？他如果不肯单方收局半夜三更来敲门敲窗胡喊乱作呢？他心绪不平到外面信口胡说呢？一个出租车司机，他才不会像自己那么顾及脸面呢，甚至还会将与女博士睡过觉当成一种张扬炫耀的资本。好在眼下他还很识趣，都是过了半夜才悄悄地来，天将亮便自觉地离去。可夏天到了，夜越来越短了，这种状态还能维持多久？这一阵，教研室和市里的一家大型化工厂搞了一个合作科研项目，社会效益和经济前景都将不错，她是项目的带头人，所以白天除了上课，还要带着研究生钻实验室跑工厂，很忙，没有时间多想这个问题。她设想着找个合适的时机，既体面地收回钥匙，又可保证他不会再在这事上纠缠，哪怕再给他一笔钱呢。

　　可哪能料想，噩运突然之间就降临到头上了。那一夜，他又来了，就在两人刚刚进入癫狂状态的时候，房门敲响了，敲得很重，震耳欲聋。唐姝卓急起身，穿好睡衣，到了门前问，谁？外面答，请开门，我是警察。唐姝卓拂住心口，故作平静地说，我已经睡了，有事明天再来。警察又重重地敲了两下门，说请马上开门，我们查户口。又有一年长女人说，唐老师，开门吧，我是小区居委会的刘大妈，他们真是警察。唐姝卓慌了，急往卧室跑，又扭头对门外说，你们等一等，我要穿衣服。那时候，司马博已在急急地穿衣蹬裤，又跑到窗前，掀起窗帘的一角往外看。好在是三楼，他在设想是否能从窗口躲出去，也许抓条床单，就不至于摔坏。可楼门外停着两辆警车，都大亮着前灯，还有几个人影在灯光里晃动。慌急中，司马博指了指衣柜，唐姝卓点头，他便跨了进去。唐姝卓又慌慌张张地将床上的东西都塞进柜里，关严了衣柜门。

房门打开，冲进了三个警察，有两个手里还握着手枪。警察进屋并不问什么，拨开唐姝卓便往屋里冲，很快从衣柜里搜出了司马博，并将他按伏于地戴上了手铐。

警察问唐姝卓："他是你什么人？"

唐姝卓煞白了脸，吭哧吭哧地答："是我……男朋友。"

狼狈又惊悸的司马博心里竟一悠，很好，认账了，男朋友！

警察又问司马博："你叫什么名字？"

"司马博。"

"前楼停着的 G1502 是你的车吧？"

"是。"

警察头一摆："就是他了，带走。"

肯定是车出了问题。可出了什么问题呢？这一夜，平平安安，没刮没碰，更没撞人，车怎么了呢？

警察又对唐姝卓说："请你也跟我们走一趟。"

唐姝卓问："去哪儿？"

"别问，到地方你就知道了。"

"他出了什么事？他的事跟我又有什么关系？"唐姝卓又问。

"先别废话，到时候自然有人问你。"

唐姝卓和司马博哪里知道，就在一小时前，市里发生了一起极其恶劣的交通肇事逃逸案。撞人的也是一辆出租车，将一位正过路口的男子撞倒后，那辆车停下了，司机从车窗探出头来，看伤者在血泊中挣扎，又看四周无人，为了彻底逃避撞人救治和赔偿的责任，竟又将车退回来，凶残地在伤者身上碾过，然后才逃离而去。这就不仅仅是交通逃逸，而是故意杀人了！那个司机自以为得计，没想被从附近胡同口冲出的一位骑自行车的人发现了踪影，并记下了车牌的后三位尾号502。骑车人立即报警，交警大队又立即通过交通台指示所有夜行出租车司机密切注意车牌尾号为502的出租车的去向。那一刻，司马博正急着赶往温柔浪漫之乡，因此就提前关闭了广播。他的车匆匆而行，他的车牌尾号正是502，因此被别的车死死盯紧并一路尾随一点也不奇怪。尽管出于与这起逃逸事件并无任何关联的目的考虑，他有意将车停在了唐姝卓家前面的那一幢楼前，可这正好为那个尾随的司机提供了警觉的注脚，等司马博轻手轻脚地上了楼进了屋，开了灯又闭了灯后，楼下盯梢的那个司机便十万火急地打去了报警电话。交警赶来了，随着交警赶来的还有全副武装的刑警。警察们还是慎重的，先在外面检查了一番司马博的车。那辆车前面确有一块明显的撞痕，那是前天苏晓玲开车时被一个骑车的酒蒙撞的，交接车时苏晓玲告诉了司马博这件事，并说已经私了，那个酒蒙当时就摔给了她八百元钱叫她自己去修车。可这些日子司马博前半夜急着挣钱，好留出后半夜去睡那欲死欲仙的美梦，所以就把这修车的事暂且丢在了脑后。车上的这个撞痕也成为警察认定司马博即是肇事逃逸者的强有力证据。至于司马博惊慌失措又狼狈不堪地藏进了大衣柜，那就更让警察们确信他是逃逸者无疑了。为人没做亏心事，何怕警察半夜来叫门？

唐姝卓变成了任人摆布的木偶，她和司马博被分别推进了两辆警车。在警车行驶过程中，她听一个警察打手机请示公安局领导，说逃逸嫌疑犯已拘捕在案，相关证人也带在了车上，他问是先送到交警大队审理，还是直接送刑警大队？公安局领导答，先把交通肇事的责任审理清楚，然后移交刑警大队。局领导还强调，一定要尽快审理个水落石出，争取天亮后即给新闻媒体一个明确的答复，已有记者连夜把电话打到他家里去了。这种事，见了报就一定"山清水秀"，绝不能让市民们说三道四胡乱猜测。

两人下了汽车，前后进了交警大队的楼门，又被一同推进电梯。电梯里还挤着好几位警察，将他们分隔开。唐姝卓头垂着，一袭长发遮住了半边脸，那张脸又似病中一无血色。司马博则镇静了许多，他估计到必是阴差阳错，警察们一定把案子整岔劈了，那就审吧，问吧，等着你们给我说道歉话吧。他大大咧咧地说，该怎么回事就怎么回事，照实了说，没什么了不起！他这话是说给唐姝卓的，她肯定听得明白。挤在电梯里的警察大声呵斥他，少说话！他问，我说错什么了吗？警察便又断喝，闭嘴！

唐姝卓万没料到的是，她出了电梯门，被警察拥着走向某间办公室时，旁边一间屋里突然冲出一个年轻女子，那女子披散着头发，疯了似的往她身上扑，伸出尖利的指甲往她脸上抓挠。走在唐姝卓身旁的警察急上前拦挡，跟在女子身后跑出来的警察也急按住了她的胳臂。那女子动不了了，便撒泼似的跳骂，我操你妈的，你狗屁的大博士，你臭不要脸！那女孩子又歇斯底里地骂当事的另一人，你司马博王八蛋，你是浑身冒坏水的癞蛤蟆！你们不得好死！

声声入耳的这一番骂，先让站在一旁的司马博心里生出些许疑惑，她怎么来这儿了呢？随即就是一袭而过的窃喜，她赶上了，好，让她什么都知道了，更好！再有她这一番骂，尤其是好上加好了！知道了，就不用再说明遮掩什么了，挥挥手说拜拜，好合好分，倒也痛快，不用为难了。而那一位，当众挨了这一通骂，也再不用半遮半盖，既已到了三岔路口，下一步想往哪边走，你说话吧！

那一瞬，唐姝卓只觉大脑里一片空白，她感觉不到脸上的抓痛，她只觉那锋锐的骂声似万支利箭直穿她的耳膜，直扎她的心脏。而且，今夜发生的这一切，明早就将通过新闻媒体公之于众。她羞臊万分，她无地自容，她只想逃避，恨不得找条地缝钻进去。她猜想得到那个女子是谁，她骂的那一声"死"，明确无误地为她指明了出路。趁着警察们往屋里推那女子的当儿，她猛地转身，直向走廊尽头开敞的门奔跑而去。警察们怔了一下神，奋身去追去拦，司马博猛地推开身边的警察，也去追，但就在警察要抓住裙裾时，唐姝卓已扑过门外阳台的护栏，直通通地向着七楼下的水泥地面扑去了。

七层楼啊，神仙也奈何不了啦！

唐姝卓在眨眼间成功地完成了她的逃逸，终结了她的羞辱与顾虑，也终结了她年轻的生命。她再不会知道，就在那眨眼间，如疯似狂的苏晓玲顿时哑了嘴巴，高大魁实的司马博也一下瘫软了身体。一切都跟她再无关系了……

九

那辆真正的肇事车很快露身，那个毫无人性凶残至极的杀人嫌疑犯也很快被抓捕归案。

可一位才华横溢风华正茂的女博士却永远地去了。

据说，为此事，北口市公安局向上级机关提供了长达数十页的文字说明和检讨，并请求给予相关领导和办事人员以行政和纪律处分。那份材料里说，为了迅速取得证据，交警大队在询问司马博前，先将同开一车的另一名司机苏晓玲找到了交警大队，又考虑到苏晓玲开车与逃逸案发生的时间并不在同一时段，因此才放松了对她的警戒与监管；材料里还说，交警大队平时只处理交通肇事纠纷，因各种事由来此机关的司机或相关人员从没发生过如此过激的行为，加之那天天气闷热，值班人员就开启了走廊的门窗。有失预防，付出的是血的代价，北口市公安局及所属交警大队为此深刻检讨并决定对死者家属给予必要赔偿，尽量消除因此事而产生的一切不良影响。

后来还听说，公安局数次派人去了唐家，告知领取赔偿金，但唐父唐母一直没去。赔偿金后来是由北口大学代领的，至于是否交到了两位老人手上或者怎样处置，至今存疑。

司马博走出交警大队后，就躲到了乡下舅舅家里。舅舅已知道了他的事，不时坐在身边陪他叹息，说可惜念了那么多年的大书啦，连好死不如赖活的道理都不懂啦，嫁了我家大博又怎么样，再说都钻进一个被窝睡过，也不是黄花大闺女了，咋说嫁了也比死了强啊！见司马博动了动嘴巴要说话，舅舅又责怪他，你也三十多岁了，啥事不懂，咋能整出这一只脚踩两条船的事呢？那是早晚要出大事的，不是她，就是你，非得有一个要掉进水去淹死的。司马博知道心里的许多话，是跟舅舅说不清的，便缄了嘴巴，再不吭声。唐姝卓死后第七天，他一身黑装，到了城外的墓地。远远地，他看到了唐父唐母的身影。只几天，两位老人都苍老了许多，蹒跚着，相搀相扶着。司马博躲在树后，直到老人们离开，他才到唐姝卓墓前痛洒了一阵眼泪，然后他将汽车停在苏晓玲家的楼下，便从北口市消失了。

远在异地他乡的司马博寄到市交警大队一封信，并委托转送到唐姝卓老父老母手里。信中说，我给二老留下一个手机号码，这个手机我将不分昼夜永远为你们开着。如果需要，我将即刻赶回去，代你们的女儿尽孝道，养老送终。如果二老再不愿看到我，我至死也不敢回北口了……

松涛呼啸

一

这个故事发生在我的老家万家堡，说起来，有些年头了。

那是新中国成立后的第一个国庆日。那年的国庆节热闹呀，不光城里热闹，咱乡下也热闹。老百姓庆祝天下太平，也庆祝五谷丰登。想想看，除了风调雨顺，土改后的农民有了自家的土地，哪个不豁出浑身的力气侍候，天遂人愿，真是种啥得啥。十一前，秋庄稼基本都登场了，堡子里的人张罗搞庆祝，扭秧歌，踩高跷，一时找不来鲜亮衣裳，便把家里的花被面扯下来，披身上，扎腰上，图的就是一个乐！

那晚，包元瑛从城里回来，裹在大秧歌的队伍里。到底是年轻啊，包元瑛那年刚十九，腰身轻盈，腿脚甩得开，再加她爸是堡子里的贫协主席，人们便推她扭在领舞的位置。包元瑛从小不扭捏，让领舞便领舞，直舞得浑身热气腾腾汗水淋漓。包元瑛这般舞乐，其实心中另有思忖，也许今晚一舞，便是今生绝唱，就算在此跟姑婶叔伯们告别吧。

一曲唢呐调和锣鼓点落音，人们稍歇。包元瑛对男领舞说，我得回趟家，裤子都溻了。快步往家走，人影渐稀时，路边暗处突然闪出一个人，高高挑挑的，包元瑛心里一激灵，凝目细看，便打了那人一下，嗔怪道："死三哥，也不吭一声，吓我一跳。啥时回来的？"

被称作三哥的人叫邢岳山，是村里的地主邢凤林的三儿子，当时正在沈阳东北大学读书。邢岳山说："傍黑时到的家。听到这边锣鼓喧天的，就过来看看。"

"那怎么不下场？"

邢岳山笑了笑，没回答，但那笑容里含着明显的苦涩。

包元瑛又问："二伯挺好的吧？我刚才还寻思，明天一定要去看看二伯呢。"

二伯是指邢岳山的父亲邢凤林。邢岳山说："你的意思我带到就行了。如今不比以前，小心有人说闲话。"

包元瑛冷笑道："舌头长在别人嘴巴里，咱管不着。可二伯又没搞反攻倒算，我还怕谁说不成？"

已到了街口，包元瑛左拐不远就是家了。邢岳山先住了脚步，还前后地看了看。包元瑛说："眼看到家了，就进屋坐坐呗。我换下褂子就出来，咱俩一块去。"

邢岳山说："瑛子，我这次回家来，想办件大事，思来想去的，也就你能帮三哥这个忙。"

包元瑛哼道："驴高马大的男子汉，咋这么说话！啥事，说。"

"我想去当兵。"

包元瑛怔了："想当兵就去征兵处呗，哪儿都有。"

"我家不是成分不好嘛。我去征兵处看过，只要村里给出个证明，证明我家是中农就行，当然，贫下中农更好。"

包元瑛脑子里迅速转圈圈，帮助邢岳山打证明的方案似乎在一瞬间就有了模样。她说："三哥，这事你可得想好了。眼下戏匣子里天天在喊保家卫国，又说鸭绿江那边已经打了起来，现在当兵，极有可能直接开到战场上去。"

邢岳山重重点头："这我都知道。有些话，我也只能跟妹子说。自打我家被划为地主，我看我爸我妈一下子老了十岁不止。我家的房子土地被分出去，我不心疼，我爸我妈也想得开，他们就是咽不下见人矮三分的这口气。正好，眼下国家正需要人，我想，我这当儿子的理应挺身而出，我要让身边所有的人都看看，我们邢家人跟国家是一条心，跟共产党是一条心，跟贫下中农也是一条心，真需要的时候，命都豁得出来！"

包元瑛心里生出感动，她能理解邢岳山和邢家人的心情。一家人本无恶念，更无恶行，并在村民中一直享有不错的声誉，突然有一天，在人前行走都要像耗子样溜边。包元瑛想，换作自己，也会像岳山哥一样挺身而出，证明一下自己吧。

包元瑛说："三哥，我明晚去看二伯，等我消息吧。"

包元瑛心里还有一句话，咽了再咽，终没说出口。

二

万家堡是个大村落，人口过千，姓氏近百，取名万家堡，也许就因这里张王李赵，周吴郑王，几乎百姓都有，不似那王家庄李相屯吧。

包家和邢家的关系，可是非比寻常。时光倒退四十年，两家本都是堡子里的寻常农家，包家既没像土改时那般家徒四壁，邢家也没像土改时被人分了田地房屋。包家是旗人，辛亥年，包元瑛的爷爷突然中了邪似的抽起大烟来，不光自己抽，还让老婆陪着抽，谁劝都不听，抽光了家里的闲银时，元瑛爷便揣着田契去邢家。邢家不借钱，也不接田契，只劝元瑛爷赶快戒烟，说要真是揭不开锅了，我这就叫凤林赶毛驴给你家送两斗。元瑛爷不听劝，晃悠悠抖着手里的田契，仍是满嘴的歪理。及至元瑛爷爷抽到起不来炕时，他叫人把邢四爷请到床前，说我这辈子就这德行了，现在心里放不下的只有儿子，往后，永年要有过不去的坎儿，还请四哥帮衬。

旗人便是满族人，特别讲究红白之礼。为办元瑛爷爷的丧事，元瑛父亲包永年连家里的房子都卖掉了，然后就带着老婆孩子住进了邢家西厢房。别看元瑛爷是个不着调的大烟鬼，父亲却是个难得的庄稼把式，犁镰锄镐样样拿得起放得下，邢凤林则精算计，田园四季，怎样轮作，怎样换茬，极少有失误。

　　邢岳山比包元瑛年长三岁。两家同住一个院落，清晨房门一打开，两个鼻涕孩便厮滚在一起，就像院子里的鸡鹅一般，暮落时才各归各巢。邢岳山七岁时，父亲送他读私塾。初时，小岳山回到家里，还是和小元瑛一块玩耍，过了两年，小元瑛便缠着让他教字。这一教，便让小岳山大觉惊异，他跟包永年说，叔让瑛子也去念学堂吧，瑛子的脑子好使得很。包永年不说家里穷，而是说丫头片子不像你，男孩长大要干大事业。包永年说这话时是在饭桌上，对面盘腿端坐着东家邢凤林。邢家和包家的关系，便是无论家里雇不雇别的工夫，包永年都和东家一桌吃饭。不久后的一天，又是在饭桌上，邢凤林说，歇过伏，学堂就开学了。你嫂子找出两块布料，你拿回去，让弟妹给瑛子做两身衣裳，送瑛子去学堂吧。包永年惊了，说二哥，这可使不得。邢凤林笑说，怎么使不得，我还是瑛子干爸不是？庄稼误了是一季，孩子误了就是一辈子。学堂的费用我已经交办利落了，瑛子能念到哪儿她干爸供到哪儿，这事别费唾沫了。

　　关于元瑛认干爹，也是邢凤林和包永年定下的。元瑛四岁时，和小岳山在院子里过家家，过得热热闹闹。给牲口铡草的邢凤林看在眼里，便对掌铡刀的包永年说，看来，这俩小东西还真像一对鸳鸯，那咱老哥俩就给他们定下来？包永年说，可别，这个玩笑开不得。邢凤林说，我可没开玩笑。我喜欢瑛子，岳山妈也喜欢，是真喜欢，不是顺嘴说说。包永年说，搭亲家总得讲个门当户对，咱两家不合适。邢凤林说，怎就不合适？当年瘾上大烟那一口的要是我爹，你对我还能连声二哥都不叫了？包永年还要说什么，邢凤林说，罢了，我也不跟你争辩什么门户，反正孩子都小，先让瑛子认我干爹，这总行吧？包永年再无话可说。邢凤林两口生了五个孩子，清一色小子，活下来三个，盼的就是有个闺女。那一年，邢家二嫂已四十出头，想生也难，这点请求，再不应承就有点不近人情了。

邢岳山考上大学那一年，辽沈战役开战，隔了一年，包元瑛本来也可考取县里国高的，但邢凤林再不敢力鼎千斤，甚至连"干闺女"三个字都很少再从他嘴里说出，因为大战过后，就不断有消息传来，说共产党的工作组很快开进村庄，发动群众，土地改革。按北边传来的说法，邢凤林估摸地主老财的帽子，自己八成是躲不过去了。那些说法自然也躲不过包永年的耳朵，他对元瑛说，女孩子家家，咱就念到这儿了行不？元瑛使劲摇头，摇飞了如雨的泪水。包永年说，那你就打听打听，哪家学校收的费用少点？元瑛说，卫生学校不收费用，就是毕业后要当护士，给人打针送药。包永年当即拍板，说只要你不觉委屈，那就念这家！

邢凤林估计到了自己是地主，却没料到包永年当上了村里的贫协主席。这事说来也简单，包家是真穷呀，彻底地无房无地，还长年累月当长工，划定成分是雇农。再有，就是包永年为人厚道，人缘好。以前打头时，收工路上，看有人暮色里还在田里忙，他常带头跨进田里。听说村里哪家盖房，不管邢家这边多忙，他也总要赶过去，或脱坯，或垒墙，帮上一阵，好在邢凤林对此宽容，从不挑眼。选贫协主席时，眼见着他身后装豆粒的粗瓷碗比别人充实许多，让工作队长也无可奈何。邢凤林被撵去场院土坯房住的当夜，包永年两口子一块悄悄摸进去，说，二哥二嫂，这可闹心死了，你家的房子非得让我去住。邢凤林强作欢笑，说你去住我心里倒舒坦点。包永年说，就当我们两口子去看几天家，只盼二哥二嫂早点回去。邢凤林笑说，这就是你没觉悟了，这话往后可不许再说。包永年嘟哝说，工作队长也说我觉悟低，可觉悟是个啥嘛……

那年 10 月 2 日夜，包元瑛去了邢岳山的家。土改后，邢凤林老两口在场院房其实没住几天，就带上已是耄耋之年的老父亲住到大儿子家去了。场院房太破旧，透风漏雨，大儿子家四间房，是前几年为结婚新盖的，儿子住大两间，中间是厨房，共用，西边那间便请回三位老人。土改时，有人提出将邢凤林大儿子的房子也一并分给贫雇农，贫协主席包永年不同意，他说，邢家的事我多少知道一二，老大成家后就单过了，分地主子弟的房子，这不符合政策吧？有此一言，总算为邢家留下了一处遮风挡雨的房子。那晚，元瑛和邢家的三位老人说了一阵话，起身告辞。邢岳山心里挂念着头一晚相求的事，自然送出院门外。夜色中，包元瑛将一张纸片塞进邢岳山手心。邢岳山窃喜，低声叮嘱，这事可对谁也不能说呀。包元瑛狠狠回瞪了一眼，低声嗔道："废话！我偏说！"

那张纸片上什么都没写，空白着，只是加盖了大红的印章。印章是元瑛偷盖出来的，如果求告老爸，兴许也能盖得出来，但老爸若是摇头呢？反正邢岳山用这个是为了保家卫国，那是甘愿为国家卖命的事。包元瑛对邢岳山此举是由衷佩服的，这才是男人！

偷盖印章是头天晚上的事。夜深，家里人都睡了，包元瑛听父亲母亲的鼾声一粗一细，或长或短，配合得挺和谐，便悄然起身。她知道爸妈的衣裤都搭在地心条凳上，她还知道那枚印章总是拴根麻绳，挂在父亲的腰带上。屋子里太黑，还是弄出了动静。母亲问，谁呀？包元瑛答，我的这件褂子也溻了，我再换一件。母亲说，等等，我给你点灯。元瑛说，可别，我光着身子呢。

证明信空白就空白吧，邢岳山又不是不会写字，自己写嘛。

三

包元瑛压在心里没告诉邢岳山的话说来也简单，那就是她参加了志愿军，准确地说，是已经成为志愿军预备队的一员。当然，这话她不光暂时跟邢岳山保密，更重要的是不能让老爸老妈知道。卫生学校动员学生参加志愿军，并没大张旗鼓，而是党团组织小范围发动。参加了志愿军预备队的包元瑛便开始接受救治伤员的各种实战训练。

虽然官方采取的策略是内紧外松，但战火已起的紧迫感人们早已有所感觉，包括田野里劳作的农人。包元瑛放假回家，在饭桌上，父亲问，你们学校里没动员学生当兵？元瑛不答，却问，堡子里派任务了吗？父亲说，前街的黄大勇和北沟的刘久报了名，乡里通知，近时期他们不许外出，有事必须跟乡里请假。

母亲说，好在咱家元瑛是个姑娘，不然，国家选中了你，还能不去？元瑛忙着给父亲添饭，不想在这个话题上纠缠。乡下人有句话，常挂嘴边，出水才见两脚泥，也许过不了多久，爸妈就什么都知道了。

10 月 2 日那天，包元瑛先去了北沟看刘久，又去前街看黄大勇。都是童年玩伴，虽没和邢岳山那般熟稔亲热，但同住一个村庄，此去跨出国门，那就胜过亲人了。刘久在田里抢着大镐刨高粱茬子。高粱的收割程序一般是，割倒秸棵后切下穗子，埋在土里的根茬则留待一段时间，甚至等来年春天田地开化之后，农民才手执尺多长的小镐，躬着身子，一镐一棵。这种农活很耗体力，被列入农活里的"四大累"。包元瑛进了高粱地，招呼说，刘久哥，这就急着刨茬子呀？刘久拄镐而立，用袖头擦额上的汗水，说秋庄稼刚割下来，根须土抓得牢，只能用大镐了。又说，也许我要去当兵了，不定哪天就接了命令，能帮家里干点就干点吧。

和刘久说了一阵话，又去前街，黄大勇却没在家。大勇妈说大勇去看放假回家的姑父了。大勇妈亲热地拉起包元瑛的手，说真应了女大十八变的话，还没订下婆家吧？包元瑛被问红了脸，旁边的王婶说，不是说，他爸和早先的东家早给俩孩子定下来了吗？大勇妈说，老皇历了，那也算？现在可是新社会。元瑛我现在就倚老卖老说一句，俺家大勇已报名当兵了，在部队干上几年，跟他姑父似的，兴许也能当个营长团长什么的。到那时，我给你当婆婆，中不？在女人们的笑声中，包元瑛红涨着脸，慌慌地跑开了。

包元瑛跟邢岳山、刘久、黄大勇的会面是在半个月后县中学的操场上，四人都穿上了黄色的志愿军军装。北口县里的新兵基本分在一个军，军的主力听说已开过了鸭绿江，新兵们也即将开赴前线。包元瑛是医护人员，战地医院分队的位置对着学校的大门，正合了包元瑛的心思。她大瞪两眼关注着一队队走进校园的新兵，想看看都有哪些自己认识的人。当然，她心中挂念的主要还是邢岳山。果然，在潮水般涌进校园的队伍里，终于出现了邢岳山的身影，与其他新兵不同的是，这一队每人都背着超大的行囊。包元瑛高兴地冲出队列，大声呼喊邢岳山的名字。邢岳山停下了脚步，带队首长说，不许超过五分钟。

两人走向操场边上，包元瑛说："三哥，你真当了兵呀！"

邢岳山碰了包元瑛一下，眼睛挤了挤，包元瑛明白，那是责怪她声音太高了。

包元瑛放低了声音，问："鼓鼓囊囊的，背的什么？"

邢岳山说："步话机呀。征兵人问我是不是上过学，我说国高毕业。征兵人说，难得来个读过书的，那就去通讯营吧，马上接受训练。"

包元瑛问："你不是在念大学吗？"

邢岳山贴着元瑛耳边说："说大学就可能露馅了。乡下人家没点闲钱，哪家供得起大学生。"

包元瑛吐了一下舌头，暗叹果然是读过大书的，心眼儿就是多。又问："入伍了怎么也不告诉我？"

邢岳山说:"有纪律嘛。当天入伍,换上军装上训练课,哪挤得出时间。再说,"邢岳山故意撇嘴,"你不是也没告诉我吗?我估摸,你们上前线的医护人员国庆节时肯定也定下来了,没错吧?"

包元瑛娇嗔地瞪眼:"邢岳山是孔明再世,就你聪明!"

主席台上响起哨音,那是整理队伍的命令。包元瑛急切地报告信息:"咱们堡子入伍的还有刘久和黄大勇。我在战地医院,但我希望你们永远不要到医院里来,明白吧?"

邢岳山在包元瑛肩膀上拍了拍,跑向队伍。

四

包元瑛再次见到刘久,是在入朝参战两个月后。前方战事紧急,炮声隆隆,美军的战机不时低空掠过。战地医院的忙乱是可想而知的,不断有伤员从战场上送来,于是,痛苦而仇恨的喊骂声便充斥在那个狭长的山谷里。

包元瑛先看到的是两条已被炸残的腿,手术后才发现伤员是刘久。伤员被抬进医院,医护人员哪还有时间辨别伤员姓甚名谁什么职务,争分夺秒要做的是准备手术器具和药物。清洗伤员身上的污秽是护理员的事。那两条腿,真是被炸得太惨了,膝盖以上,一片血肉模糊,骨茬四处支棱。主刀的医生看过一眼,立即吩咐截肢。包元瑛问,两腿都截吗?医生说,都截。那夜,因医院血浆库的供应难以保证,包元瑛还献出400毫升的血,一时只觉头晕,便回宿舍帐篷睡下了。

　　跟刘久面对面已是第二天早上。战地医院的工作真是太忙太紧张，只要前方枪炮声一响，包扎，手术，便一个紧接一个，待枪炮声落下来，送来的伤员反而更密集，那是清理战场的结果。昨夜，不知睡时已是几点，也不知睡了多长时间，护理员摇醒她说，19床醒过来了，挂的药也快没了，下一步该做什么呀？

　　站到19号床前，包元瑛才算彻底醒过来，转瞬间又觉恍惚，仿佛重坠梦境。

　　19床的伤员艰难地举起右臂，将颤抖的五指举向额角，那是在敬军礼，嘴里吐出的词语是："谢谢，谢谢救下我！"

　　包元瑛的惊醒是因为19床的面庞太过熟悉，那不是来自同一个堡子的刘久吗？泪水突然涌上来。包元瑛想起昨夜手术台上，那两条废腿被截断后，是她亲手托起，砰的一声扔进了墙角的荆条筐。那时，怎么也没想到那是刘久的腿呀！仅仅三个月前，在老家的田地里，刘久稳健挺立，抢着大镐刨茬子，那时，他多么健壮，似乎力大无穷。包元瑛急忙抓住刘久的手，说："久哥，我是元瑛，我是瑛子呀！"

　　刘久的眼睛亮了，泪水也溢出眼窝，喃喃地说："哟，是元瑛妹子呀！知道你也来朝鲜了……邢岳山跟我学了你的话，说你不希望在医院看到我们，可我还是来了……"

　　包元瑛问："刘久哥，你感觉哪儿不好吗？"

　　刘久说："最好给我脚下再压条被子，我怎么总觉得腿凉呢，特别是脚，有时还像被砸了一下，疼，哎哟，疼，又来了。"

包元瑛的泪水又涌了上来。医学上这叫幻肢痛，是大脑皮质功能重组的反映，术后的患者以为他的腿脚还在，只是受了伤。但能现在就把实情告诉他吗，那种心理上的重创可能比肉体上的伤害更严重。包元瑛做出在刘久腿部掖掖被子的样子，安慰说："手术挺成功。久哥，安心休养吧。"

走出病房，包元瑛眼前仍闪现刘久在家乡时的样子。刘久从小为人实诚厚道。秋天，孩子们在一块玩，见树上结了果子，有人爬不上去，刘久就站在树下，让别的孩子踏着他的肩膀，摘果在手的孩子跳下来，转身跑，还故意在远处晃着果子眼气他，刘久却从不生气，还跟着哈哈笑。再有，就是刘久抢大镐刨茬子的样子，头上满是晶莹的汗水。刘家叔婶给儿子取名刘久，只是企盼这孩子活在世上平安长久，却哪料到刚到朝鲜，就把两条腿丢掉了呀……

那天，医生查房后，对包元瑛说，抓紧联系回国的汽车，送刘久回去，越快越好。包元瑛说，两条腿都没了，是不是多休养几天再回去才好？医生说，除了两条腿，他小腹内也有弹片，那个手术咱们做不了，赶紧送后方医院，我已在病历上做了特别说明。

两条腿都没了，却还不算完。包元瑛惊呆了。

五

1951 年 4 月，三八线两侧的丘壑峰峦虽已被炮火蹂躏得满目疮痍，但各种鲜花嫩草还是不失时机地展示起生命的顽强，春天不可阻挡地来了。

新的战役正在酝酿，战地医院有了难得的几天休整与安静。那天傍晚，包元瑛在宿舍帐篷里给家里写信，为了不让老爸老妈惦记，她说医院毕竟不比前方，伤员虽不少见，却难见刀光剑影。她也没把刘久负伤的事说给家里，同堡之人的不幸，会引起家人的担惊受怕。有护理员跑来喊她，说有人找！包元瑛起身出去，暮色中，那个高高挑挑时常在梦中出现的身影不由让她怦然心动。

"三哥，怎么会是你？"包元瑛问。

"我不能来吗？"邢岳山笑，一口白牙在暮色中很是显眼。

包元瑛退后一步，故意夸张地上上下下观看："不会有什么事吧？"

邢岳山甩甩胳膊踢踢腿，仍是笑："俺是金刚不坏之躯，就是来看看你。"

"晚饭吃过了吧？我去食堂给你看看。"

邢岳山忙摆手："我身上带着军用饼干呢，美式的，战利品，想不想尝尝？"

"尝过。干巴巴的，没意思。要不，到我的帐篷坐坐？"

邢岳山说："不了。我今夜有任务，急着赶回去，咱们就在这儿说说话吧。"

身边不时有医护人员经过，还有伤病员，一个个探头探脑，还有人对她挤眉弄眼，似乎在看什么稀奇事。包元瑛说："三哥一定要急着回去，那我就送送你。咱们一边走一边说话。"

两人出了医院的铁刺围墙，又过了防卫哨，哨兵叮嘱，前面不安全，包元瑛点头应道，我送送老乡，就回。

也是怪事，刚才在大院时，还是有说有笑，及至走在暮色愈重的山野里，两人却一时没了话说。好一阵，邢岳山才说："可能……又要有大战役了。志愿军入朝后，已经打了三次大战役，咱们都胜了。美国佬不甘心，听说，这回下了老本，增调了不少精锐部队和武器……"

包元瑛突然气哼哼地打断："别说这个，我不爱听！"

邢岳山怔了，以前，在国内老家，元瑛从来都是小妹妹，当哥的说什么她都爱听，今儿这是怎么了，自己说错什么了吗？便小心地问："那你爱听啥？"

包元瑛仍是倔哼哼："说你自己的事。"

邢岳山说："我入团了，入党申请书也交上去了。"

包元瑛说："我早交了，不值一提。你跟我说说，你今儿怎么突然想起来看我？"

邢岳山停住脚步，前后看了看，确认无人跟随，才小声说："这是军事秘密，懂吧？师里派出侦察小分队，要潜入到美军阵地，确认炮兵方位，争取先发制人。"

"那你什么时候回来？"

"今天后半夜出发，明天夜里深入敌军阵地，估计后天天亮前就回来了。"

"非常危险，九死一生，是不是？"

"当然，不入虎穴，焉得虎子。进了美军阵地，就得求老天保佑了。我如果能立上一功，也许入党就不差啥了。首长说，作为小分队的一员，必须要有为国捐躯、敢于牺牲的斗志，所以，我才请假，来跟妹妹告个别。也许，也许，这辈子……"

包元瑛不让邢岳山再说下去，一下抱住他，嘴巴咬住了邢岳山臂膀，喃喃说："三哥，你要回来，一定要回来……我昨天夜里还梦到了你，我……经常梦到你。"

这就是爱情吗？邢岳山没想到爱情会来得这么突然。少年时，时常听爸妈提起娃娃亲的事，他那时小，没觉什么，及至父亲被划为地主分子，他才不时想起和包元瑛的事情。沧桑巨变，乾坤颠倒，元瑛还会看上自己吗？至于元瑛说到的梦，别说是夜间的睡梦里，大白天的，他都不知自己恍恍惚惚地看到了多少次元瑛呀。时值春末，虽说山野间气温有点凉，但两个穿上了单衣的青年男女紧紧拥抱在一起，邢岳山很快感觉到了来自包元瑛身体的灼热与战栗。邢岳山关切地问："瑛子，你是不是发烧了？"包元瑛的拳头落在邢岳山的后背上，低声嗔怪："傻哥，你是真傻还是装傻呀……"

邢岳山陡然醒悟过来，拦腰抱起包元瑛就向不远处的树丛里走。两人，都是第一次，慌乱，急切，短暂，笨拙，不得要领。此后的许多年，包元瑛不时想起那个夜晚的事情，隐约记得身旁似乎开着野花，那花朵释放着香气，香气中好像还隐含着涩涩的苦味。那是什么花呢？辨不清，也记不准，但印象却深刻。其实，回到医院之后，包元瑛就有了第二天的打算，天亮后，一定要找到那片花丛，不管是什么花儿，都要采回一捧，插进瓶子养起来，永远地养着，因为那是他们的婚床呀！但实在遗憾，那夜，未待天明，天地间炮声隆隆，医院院子里也落进了两颗炮弹，一颗炸了，另一颗哑火，所幸没有伤人。战火一起，很快便有伤员送过来，医院里立刻不舍昼夜地忙开了，哪还记得去采花。那夜，应该还不是岳山哥说的大战役吧，因为炮声只响了一会儿便停了，倒是第二夜的炮声，响起来便不停，拖拖拉拉足有半个月。后来才知，那就是抗美援朝战争中的第四次战役。

好不容易挤出点时间去医院外走一走，天地间已昨是今非，时节变了，模样变了，山野间新一轮的山花虽然依旧烂漫，却再难感受到那一夜的澎湃激情。

那夜，初尝禁果的邢岳山意犹未尽，欲浪很快再次袭来，他再一次抱紧了包元瑛。包元瑛说："岳山哥，快回去吧，你还有任务呢。"

邢岳山不松手，也不说话，仍死死地抱着包元瑛。包元瑛喃喃道："岳山哥，你是男人啦。是男人就要说话算数，你一定要回来，平平安安地回来。等咱们打完仗一回国，我就是你媳妇啦！咱们可不是……娃娃亲，咱俩是梁山伯与祝英台，呸呸，不对！咱们是牛郎织女，啊呸，也不对。咱们就是自由恋爱，革命伴侣，白头偕老，对吧？岳山哥，瑛子等着你快点回来呀！"

邢岳山突然松开双臂，转身就走，快步如飞，一头钻进漆黑的夜色中。包元瑛站在山路边，突然生出自责，岳山哥不是生气了吧？几次想追上去，可她忍着，忍着，只是在心底不住地祷念："邢岳山，我的男人，我的男人呀……"

六

包元瑛没有把邢岳山盼回来，两天没消息，半月没消息，一个月后，第四次战役结束，仍没有关于邢岳山的任何消息，全须全尾的大活人未见，担架送来的伤员中未见，就连阵亡名单中也没有那个名字。难道岳山哥就像阵地上的硝烟一样，说消失就消失，再没踪影了吗？包元瑛情知活不见人，死不见尸的后果可能更不妙，但她又去跟谁说？只好悄悄躲到无人处流泪，一次又一次。

邢岳山的消息没等到，但另一个信息却凿凿实实不可怀疑地摆在了面前。包元瑛每月的经期都准，但那月，没来，再苦等一月，仍没来。卫生学校的优等生包元瑛不用任何人提醒，十有八九是怀孕了。战场上杳无音信的恋人有了后代，不管是男是女，这总该是个好消息。起初，包元瑛不知自己是该高兴还是忧伤，但很快，她意识到此事已容不得她再去品咂其中的味道，四个月后，将显怀，况且时节已到了暑期，薄身薄衫不能帮助她再做任何掩饰，她毕竟是违犯了军中的纪律。为此，包元瑛也曾想过许多办法。求助本院的医生中止妊娠？那叫不打自招。服用药物？在后方医院，或许可行，但在战地医院，虽说各种药品器具不断运送而来，却独独难寻堕胎的药物。实在无奈，包元瑛只好按老辈人说过的法子，找高处往下跳，在山石嶙峋处翻滚，后来，干脆就在背人处找木棒往小腹上打，但没用，一切都没用。

每次折腾完自己，包元瑛就呜呜痛哭，说小岳山呀，你咋这么犟呀，你可怜可怜妈行不行，妈还不能生下你，美国佬还在三八线那边杀人放火呢，你爸爸就是去打美国佬了……

那年，三伏天的时候，护士长代表医院领导找包元瑛谈话，话语虽委婉，神情却异常冷峻。护士长说，有同志看出你患有妇科疾病，今晚正好有运送伤员的汽车回国，你抓紧收拾好个人物品，回国检查。包元瑛小心地问，我治疗完，就抓紧回来，行吧？护士长摇头说，我说了不算，回去听上级领导安排吧。见包元瑛站在那里发呆，护士长的神情有些缓和，上前拍了拍包元瑛肩膀，说其实同志们都惋惜，希望你能回来。同为女人，身体第一，多多保重吧。

也许，这是来自战地医院同志们最真诚的安慰了。包元瑛年轻，活泼，充满爱国激情，在工作中任劳任怨，护理技术日臻成熟，但她违纪了，似乎，也只能如此。

包元瑛回到了国内，先在安东市小做停留，又坐火车去了沈阳。后方医院并没给她做什么妇科检查，而是直接将她带进了一座壁垒森严的大楼。屋子里坐着两位中年女士，都穿军装，自我介绍一位是总医院组织科长，另一位是军纪监察部参谋。组织科长先开口，口气冷峻，比开门见山还直接。

"这件事，两种态度，两种处理方式，也必然是两种结果。第一种，三天之内，你上交检讨书，检讨书中必须明确交代出那个男人姓甚名谁，在哪个部队或部门工作，什么职务，交代事发时间和地点。组织上将根据具体情况，决定对你的处理意见。第二种，如果不对组织忠诚坦白，结果只有开除军籍。"

包元瑛慌了，使劲摇头："不要开除，不要。我知道我犯了错误，我保证再也不犯。我只请求组织帮我把胎儿处理掉，然后让我回朝鲜。我愿意为打败美国野心狼做出贡献，哪怕拼上我这条小命。"

监察参谋态度稍好些，听口音是西北那边的人，她长叹一口气，说："姑娘，你还是年轻呀。组织科首长的意见没听清楚吗？想回部队，也不是完全没有可能，但必须有前提。前提懂吧？前提就是你一定要把事情的前因后果讲清楚，把造成后果的那个人交代出来。组织上将根据你的检举做调查核实，该谁的责任处理谁。比如，你是和男方自由恋爱一时迷乱呢，还是被男方逼迫无可奈何，组织上自会区别情况处理，甚至可能还会考虑把你另派到新的医院，不至于让你一去就抬不起头来。但你要是什么都不说，那起码说明你对组织不够忠诚，跟组织离心离德。我的这个意思你总该懂吧？"

包元瑛深深低头，不再说什么。两位女领导送她去了医院，在妇产科安排了一个病房，很安静，小书桌上放着稿纸，还有钢笔水和蘸水笔。医院给了她三天餐券，可去食堂，也可接受送餐。三天里，没人来看望，也没人来劝说宽慰。包元瑛已在战地医院工作了近一年，听说了许多女医生女护士变成首长家属的故事，还有女医生女护士爱上了负伤住院的战斗英雄。包元瑛在战地医院时，也有负伤住院的首长通过别人做出种种试探，有人还赤裸裸地直接问到她，至于战士，那就更多了，一旦伤情有所好转，那些在战场上奋不顾身的勇士就把火辣辣的目光投射过来，人走到哪，目光就追到哪。还有战士找各种各样的理由跟她说话。包元瑛明白那些将士的心意，便一概回以不解风情的痴憨，不管人家说什么，都是憨憨一笑，匆匆离开。那时，不知为什么，只要一遇到这种事，她便会想到那个高高挑挑的身影，虽然那时她和邢岳山的关系还隔着一层薄薄的窗户纸。

组织科长和监察参谋的话，包元瑛心里一清二楚。不管两位老大姐说什么，怎么说，都是刀子嘴豆腐心，嘴上冷冰冰，心里却热烘烘。只要她说出一个人，说出是被强迫的，组织上就有了从宽发落的理由。眼下战火连天，多少人出生入死，想搞清男女间情感上的前因后果，哪有那么容易，若是检举出的那个人不幸阵亡了呢，那更是死无对证。可包元瑛不想这么做，也不能这么做，绝对不能，那不光是无端地侮辱为国家浴血奋战的将士，更是糟蹋自己。那天，那个事，自己心甘情愿，要在心里回味一辈子，是最最美好的事情，岂能玷污了它！至于邢岳山，那是自己引为骄傲和自豪的男人，任何人埋汰他都不行，何况自己！

包元瑛在病床上躺了三天，翻来覆去思前想后，反倒有了一个愈发深扎心底不可动摇的决定，那就是，一定要把肚里的这个孩子生下来。邢岳山执行任务已去了几个月，去的地方敌军重重，至今音信全无，多笨的人也猜想得到那是什么结果。现代化的战争，冲天的战火，连大山都要遭受剥层皮的轰炸，死不见尸的事已是太过平常。岳山哥既然回不来，那他的孩子自己更要生下来，那是邢岳山的血脉！至于自己，该怎样怎样吧。

第四天，仍没人来，只是小桌上又多了三天餐券。包元瑛将属于自己的物品装进一个装药品的纸壳箱。

第五天，包元瑛坐在小桌前，一笔一画地写下："我只请求，让我生下孩子后，重返前线！"

第六天，包元瑛脱下了身上的军装。那天，监察参谋来了，反复看了包元瑛只写了数字的那页纸，折好，放进衣袋，问："跟部队要说的话，就这些了吗？"

包元瑛点头。

监察参谋从衣袋里摸出三块银元，又将一页打印好的纸片放在桌上，说："这是军籍处分决定，签上名字吧。三块银元，是遣散费请收好。"

包元瑛拿起了笔，没有坐，而是躬着身子。那个字签得很漫长，泪水滴答，一颗颗淋落在处分决定上。

参谋大姐收起了那片纸，又从衣袋里摸出两块银元，说："公事办完了，咱姐儿俩说说姐妹间的话。你身子沉，坐嘛。这两块钱，是我和组织科长个人的，一点心意吧。女人生孩子，是一辈子的大事，千万不能大意。"

包元瑛将两块银元往参谋大姐面前推了推，说："部队给的，我留下。这个钱，我不能要，谢谢两位大姐！"

参谋大姐将两块银元放在包元瑛手上，眼圈也红了，说："战争期间，不时有人阵前装病装伤，甚至自残，所以部队执行战场纪律，必须坚决而严厉。可我们看得出，你不是那种人。这几天，你以前所在的战地医院的领导和同志们不时有电话打过来，还写信，都夸你好，希望你能重回医院。我实话实说，这几天，我和组织科长虽没来看你，可你在这里的情况我们都知道……只是你这妹子，怎么这么死心眼儿呀，我们说的那些话，你真的没听懂吗？你是一点让我们从轻处理的理由都不给呀！"

包元瑛的泪水再一次流下来，她哽咽着说："懂，我都懂……可我真想把肚里的这个孩子生下来呀。那个人……上战场了，再没回来，八成已经成了烈士……"那一刻，包元瑛恨不得号啕大哭一场，可她忍着，强忍着，忍得浑身颤抖。

参谋大姐将手帕递给包元瑛，叹息说："那个男人有你这样的姑娘挂念着，就是死，也值了。别哭了，哭坏了身子，对大人对孩子都不好。这样吧，离开部队后，你带上我的信，去北陵东边一个叫西瓦窑的村子，找我信中写的人家。这家老两口非常善良朴实，他们一定会好好照顾你的。前几年解放沈阳时，我和我家那位就住在他家，后来他家的儿子也参加了解放军。要是谁问到孩子的父亲，你就说在朝鲜战场上。临到生产前，我建议你最好给老家写封信，让母亲或姑嫂什么人赶过来。至于以后的事，你再酌情而为吧，也许孩子父亲那时就从战场上凯旋了。你生孩子时，再回总院找我，可千万不能相信乡间的接生婆呀，记住了吧？我能帮妹子的，就只有这些了……"

七

依照参谋大姐的建议，包元瑛相对安宁平静地度过了1951年的秋天。秋高气爽阳光明媚的日子，她捧着日益鼓胀起来的肚子，遥望北陵公园。大地的高粱玉米已经收割干净，呈现眼前的是一片枯黄，只有北陵一带仍是浓重的黛青，高耸的方城楼脊上的琉璃瓦在秋日下熠熠生辉。而向东望，便是昔日东北军的北大营。二十年前的 9 月 18 日，小鬼子就是在那里发动的侵华战争。北陵是清朝皇帝皇太极的陵寝，大号昭陵，因地处沈阳北郊，民间便叫北陵。沈阳东郊还有东陵，大号福陵，是开国皇帝努尔哈赤的陵寝。北陵和东陵除了地表恢宏的建筑，还有大面积参天的古松。

包元瑛对房东关婶说，我想去北陵走走。关婶说，那还不容易，可总得猫过月子再去吧。包元瑛心里说，生过孩子，我哪还好在这里住。按部队的规定，受过开除处分的，都是遣送原籍，参谋大姐让她先把孩子生下来再说，已是特殊关照了。虽说关叔关婶待人都好，别说房租的事只字不提，就是想交伙食费，关婶都坚决不收，说砢碜（东北话，脏，不洁净）你叔你婶不是？包元瑛说，我听说陵墓里葬的是皇太极，还有她的福晋，哦，就是孝端文皇后，是蒙古族人，姓博尔济吉特。关婶有些吃惊，说你年纪轻轻的，连这个都知道呀？包元瑛淡然一笑说，不怕婶笑话，若细论起来，这个皇后还是我的祖姑奶奶呢。关婶越发吃惊，那你是蒙古族人呀？包元瑛摇头说，我家是旗人。旗人与蒙古族人也难分谁和谁。辛亥革命后，蒙八旗的人一部分回草原上去了，还有一部分留下来，就是旗人，新中国成立后叫满族。我这都是听老辈人说的。关婶说，你要说起这些旧事，咱就越扯越近了。我跟你说，我是汉人，可我婆家也是旗人，祖上几辈都在这皇陵附近守陵，沈阳城旗人多了去了，三代以上，差不多都跟旗人挂着亲。

这般聊起来，包元瑛再提去北陵，关婶就不拦阻了，还放下手中的活计，陪着一块去。

包元瑛虽说跟关婶处得亲如家人，但心里有些话，还是不能跟关婶说。比如说，她能说自己已被军队开除军籍了吗？关婶如此款待于她，那是因为参谋大姐的关照与安排。再比如，她想去北陵走走，也并不完全是因为那里安葬的是她祖奶奶，真实的想法她也不能跟关婶说。就在那一年，1951年夏天，北陵与西瓦窑之间的一片高岗上，建起了抗美援朝烈士陵园，第一批烈士的遗骸已经安葬在那里。有关婶陪着，走过烈士陵园，包元瑛住下脚步，在不远处垂首祷念，寄托自己的哀思与崇敬，也请烈士们的在天之灵保佑岳山哥以及还在朝鲜战场上英勇杀敌的战友们平安吉祥。

包元瑛只让关婶陪着去了一趟北陵，另一次她是特意选关婶不在家时独自去的。入冬前的关东人很忙碌，尤其是家庭主妇们，就像北陵公园中的那些小松鼠，忙着储备各种过冬的食物。包元瑛不想让好心的关婶再为自己操心。

包元瑛不想将自己眼下的处境告诉亲朋好友，更不想为此解释，包括对老父老母。因此，一些写给包元瑛的信件还是寄到战地医院去，医院好友将信件转寄给总医院的参谋大姐，参谋大姐再派人把信送到西瓦窑。对那些信，包元瑛能不回就不回，好在是战时，估计大家能理解。可有一封信还是让包元瑛犹豫了好长时间，最后还是回了。那封信是刘久写来的，发自沈阳的一家疗养院。刘久在信中说自己回国后又做了一次手术，现在由国家养了起来。他说他的身体里流淌着元瑛妹妹的鲜血，他永生感谢！他说现在最大的憾事是不能重返前线杀敌，又说这辈子也许只能躺在床上靠国家养着，他不知自己还能干什么。这封信，包元瑛看了一遍又一遍，想着刘久失去双腿的样子，她能理解刘久的心情。信上的字支棱八翘笨笨嗬嗬，字句却通顺，意思也表述得很清楚。刘久没读过多少书，这封信可能是求人起草，他再一笔一笔抄下来的。包元瑛问了关婶那家疗养院的位置，想去看望刘久，但想了想，还是算了吧，自己眼下的身子已不可掩饰，便只是回了封信，邮寄地址仍写战地医院。

冬至节气时，包元瑛给老家写了封信，说自己病了，请老妈放下家里的活计，来沈阳照顾。又再三强调，此事保密，除了老爸，谁也不可告诉。妈妈很快慌慌张张地来了，见了女儿臃肿的样子，自是吃惊，一再追问孩子是谁的。包元瑛不说，问的次数多了，元瑛便抹了把泪水，激歪歪地说，他上战场打仗，死活不知，这行了吧？

心中的多少忧伤与郁闷，想发泄一下，也只能跟至亲的骨肉了。

小寒时节，包元瑛生下一男婴，六斤六两。母亲说，六六好，大吉大顺。

八

1952 年，龙年的正月一过，包元瑛母女二人便抱着襁褓中的孩子回了万家堡。关家叔婶一再挽留，说刚出数九，天还冷，不如再住两个月，等春暖花开时再走也不迟。元瑛母女的想法是，既是一定要走，还是早点好，在关家几个月，已给好心的叔婶添了不少麻烦。包元瑛将四块银元悄悄压在枕下。她本想把五块银元都留下，但那毕竟是参军入伍的念想，便自己保存一块。

包元瑛抱着孩子回了万家堡，在村庄里是不小的爆炸性新闻。年过二十的女人生孩子，在那个年月，不是新闻，但没听说包家的姑娘结婚呀。哦，在部队结了婚，那也对，可男人是谁，怎么也没见婆家人露面呀？好在包元瑛的父亲是村官，所以爱嚼舌头的村妇们便只是躲在犄角旮旯里嘀咕，只有关系特别亲近的人才会提着慰问品去看望。

邢凤林老两口是在包元瑛回堡子的当晚去的。元瑛见老两口进门，泪水立刻开了闸，难止难休。她叫了一声爸，又叫了一声妈，立刻意识到自己过于激动，竟忘了掩饰，尽管来人就是自己的公婆，是孩子嫡亲的爷爷奶奶，但那些话能说吗？邢凤林老两口被叫得一怔，包永年两口也听得一怔。多年以来，元瑛一直都是喊干爸干妈的，省去了那个"干"字这是第一次。包元瑛将孩子往老人身边推，说快让干姥姥干姥爷看看……是男孩……

孩子两个月大了，褪去刚出娘胎的猫崽样，已现出虎头虎脑的生气，尤其是那双又黑又亮的眼睛，给老人们一种久违的熟悉。老太太不由回头望了一眼邢凤林，邢凤林也是暗惊，心里也不知是该喜悦还是悲伤，便问："这小虎羔子叫个啥名字呀？"

包元瑛说："想求干爸给起一个呢。"

邢凤林说："堡子里识文断字的不少，你不好出门，我去替你求。"

包元瑛说："我谁也不求，只求干爸。"

邢凤林心里一忍再忍，还是问："还不知孩子爸姓什么呢。"

包元瑛也忍着心痛，答复是对所有人一样的说法："他爸上战场了，就先随我吧。"

邢凤林忙点头："好，好，让我想想。"

邢家老两口说了一会儿话，便离去了。元瑛妈一直抱着邢凤林老两口带来的那只老母鸡，说："老姐姐，刚才我摸了摸鸡屁股，明早它就有蛋。你把它抱回去吧，家里做饭，掉米粒菜叶子什么的，鸡啄啄，就把蛋生下来了。我知道你家也就这一只鸡了。"

邢老太说："干闺女有这么大的事，我们老两口只抱一只鸡来，这老脸就够臊得慌了。老妹子还让不让我出这个门呀？"

元瑛妈知道贫贱人家百事哀的道理。邢家老两口自从住进大儿子家，与大儿媳多有不睦，但这是别人家的家丑，又岂可说破，便笑说："我可没说这只鸡我不要，我只是让老姐姐把它抱回去，先替我养着。我知道这是只爱抱窝的老抱子，眼看开春了，你再让它抱上一窝，再给我送回来，这行吧？"

那天，走在回家的路上，邢老太扯住邢凤林的袖子问："你说，元瑛的孩子咋那么像咱岳山小时候！"

邢凤林斥道:"你小声!我又不傻。"

邢老太已带了哭音,说:"要真是咱邢家的苗,岳山就是回不来,也能闭上眼了。"

邢凤林说:"你没听咱俩刚进门时,元瑛喊的是啥?元瑛是有情有义的孩子,她可是头一次这么喊呀。再有,她一直没给孩子起名字,还说只等着我来起,这也是话里有话呀。"

邢老太闻此言,蹲下身子捂脸呜呜哭起来。邢凤林站在一旁,仰脸望寒空,不去劝,只是老泪长流。邢岳山到了朝鲜后,才给家里写信,后来便是每月一封,记得最后那封信上写,他要去执行战斗任务了,老爸老妈,以后谁要再喊你们地主,你就告诉他们,我儿子是甘愿为国家牺牲的志愿军战士!

数日后,邢老太给包元瑛送来好不容易攒下的几只鸡蛋,带来的还有一张纸条,上面只有用毛笔端端正正写下的两个字:子瑞。包元瑛重重点头,说就是它了。元瑛妈不识字,问是啥,包永年说,给孩子起了名,叫子瑞。元瑛妈一时不解,嘀咕说,孩子长大后,非有人喊他包子不可,不行换一个呀?包永年瞪了她一眼,说,不知道邢家老大的儿子叫啥呀?元瑛妈顿悟,从此再不说这个话。

邢家老大的儿子,叫子祥,也是爷爷邢凤林起的。

包元瑛回到万家堡后,眼看着小子瑞一天天长大,会爬了,会走了,会喊妈妈了。包元瑛把对邢岳山的怀念渐渐转换成对孩子的百转柔情,看来,岳山真的是光荣献身,回不来了,那就不想了,我一个人也要把子瑞拉扯大。不时地,包元瑛也会想起同村走出去的另两个人，刘久和黄大勇。刘久大哥给自己写过信，可那时因情况特殊，自己只是简单地回复了几句话，按常理，同在沈阳，本应该去看望的，想来，刘久是比自己更不幸的人呀。还有那个黄大勇，听老爸老妈带回家的消息，说黄大勇还在朝鲜呢，在给团长当警卫员。

1953 年春天，包元瑛帮妈妈切好土豆，母子准备下田时，父亲突然从村部回来，吆喝着快蒸鸡蛋糕，说部队来人了。这时节，正是青黄不接，往哪家派饭都是难，包永年便常把来村办事的客人带回家。包元瑛听说是部队来人，心里猛地一揪，莫不是邢岳山有了消息？她问，没听说是为啥事？父亲说，刘久在疗养院里不想活了，来的两人是疗养院的，想跟刘家人商量，怎样开导安慰，总不能让刘久大难不死从战场上回来再寻了短见吧。元瑛妈说，那这顿饭怎不派到刘久家去？父亲斥道，听了刘久的事，刘家人心里能畅快？客人还咽得下去饭菜？你这人！

听说刘久想轻生，包元瑛悬起的心越发揪得紧，好一阵难以释怀。刘久虽然在战场上失去了双腿，但精神上却还坚强，怎么就不想活了呢？很快，父亲陪着两位同志来家了，一男一女，看得出，女的是主事人。在等待开饭时，包元瑛抱着子瑞凑上前，跟女干部说："我前两年也去过朝鲜，在医院当护士，后来因为生孩子，就回来了。刘久跟我不光是老乡，他负伤截肢那次手术，我就在手术室里。大姐能不能跟我说说，刘久为什么就不想活了呢？"

女干部惊异地问："那个手术，你真在场呀？"

包元瑛说："我撒那个谎干什么。当时血浆不够，我还献了血呢。"

女干部仍有点将信将疑："那你说说刘久的手术情况。"

包元瑛说："刘久的两条腿几乎是齐根炸断的。术后第二天，主治医生又安排尽快回国，说他小腹内也有伤，而且不轻，前方医院治不了。"

女干部说："问题就出在小腹里的伤，弹片彻底损坏了刘久的生殖系统。术后一段时间，刘久还没太在意，可后来，伤口一天天好转，他才发现自己丧失了勃起功能。他问大夫，以后还能不能结婚生子？大夫只好直言相对。从那以后，刘久才生出轻生的念头，而且越来越强烈，吓得留住在疗养院的残疾伤员都不敢跟他同居一室。当然，刘久不再是个完整男人的情况我们只是跟妹子说，连刘久的爸妈我们也话到嘴边留半句，只说还在恢复期，一切都有可能。我们担心事情一旦传开，刘久破罐破摔，越发不想活。我们这次来，就是请刘家老两口想想办法。"

包元瑛点头说："我明白。我虽不是心理医生，但我学过护理方面的知识，明白伤残人员的心理承受能力对日后康复的意义有多大。"

母亲招呼客人吃饭，包元瑛抱孩子去了院子。子瑞在树下蹒跚学步，包元瑛坐在小板凳上发呆，想一想刘久在田野里抢大镐的样子，只想哭。男人呀，有时可能比女人还脆弱，尤其在性的问题上，一旦没了希望，就好像天上永远没有了太阳。

客人用过餐，出门告辞。包元瑛迎过去："大姐，就走吗？"

女干部说："就走。早说好的，刘久的爸妈跟我们一块去沈阳。哦，你快进屋喂孩子吧，鸡蛋糕蒸得真好，我给孩子舀出一小碗，别放凉了。"

包元瑛说："我跟大姐一块去沈阳，看看刘久可好？"

女干部犹豫了一下："不用了吧。你有孩子呢。"

包元瑛说："我去跟刘久说说话，兴许会管用。"

女干部点头了，让她快去做准备。元瑛妈欲接孩子，包元瑛说："不，我带上他。这么多人呢，还有刘家叔婶，不用惦记。"

那次，在沈阳的疗养院，刘久爸妈都跟儿子说了什么，包元瑛不知道，只看到老两口流着泪水出来，刘婶已瘫软得没有了行走的力气。包元瑛坐在走廊里，病房里的咆哮和摔盆摔碗的声音清晰可闻，撕人心肺。总算等到病房里安静下来，护理员提着垃圾袋出来，包元瑛才抱孩子进了屋。

包元瑛的突然出现，让刘久大为吃惊，让他更觉吃惊的是包元瑛怀里的孩子。他努力平复一下情绪，用力撑起上半身，沙哑着嗓子问："是瑛子？你怎么来了？"

包元瑛故作轻松地说："想刘久哥了，就来看看呗。"

刘久指着孩子："这孩子……"

包元瑛仍是大咧咧的模样："我儿子。还算漂亮吧？"

刘久越发吃惊："你……结婚了？他爸爸……"

包元瑛叹了口气，说："上战场了，去了就没回来。"

刘久说："哪个部队的？没找部队问问呀？"

包元瑛说："又没结婚，我怎么说？就为这，我被开除了军籍。唉，不说他了，估计那个人也不在世上了，何苦再让人家在地底下不得安生。细想想，咱们只要还活着，总比死在战场上的人幸运。"

两人一时都静下来，不再说话。刘久猜不准包元瑛此番来，是看望，还是奉了领导的指示安慰劝说。包元瑛则把孩子放在了刘久的怀里，说快让叔叔抱，刘久叔可是志愿军的英雄呀。

静了片刻，包元瑛看着刘久专注搂抱孩子的神情，开始将心中的谋划小心地往前推进。她低声说："刘久哥，跟你，我就不遮不掩了。其实，我也挺难的。大姑娘家家的，还没个婆家就把孩子生了下来，南北二屯的人怎么嚼舌头，我没听到也猜得到。再有，我虽念过卫校，又上过战场，可部队的处分决定装进了档案，就不好找工作了，没办法，我们娘儿俩只好住在我妈家，夜里睡不着，都不敢往长远想。"

闻此言，刘久一时不知怎么应答，只是更紧地搂住孩子，把脸贴在那细嫩的脸蛋上。小子瑞会认生了，挣着往妈妈身上扑。

包元瑛却不接孩子，而是说："妹子思来想去的，只好来求久哥了。打小，我就知道久哥心疼妹子，是个能扛事的男子汉。一块玩时，有大狗追过来，久哥总是替妹子挡着；入秋时，孩子们去地里抠地瓜掰苞米，烤熟了吃，久哥也总是把最大的那个给妹子……"

刘久叹了口气，说："眼下我这样子，连床都下不了，一日三餐都得让人侍候着，我早不想活了。你说求哥，那你看我还能帮你做个啥嘛？"

包元瑛说："那妹子就夯着胆子说句话，求哥无论如何也别让妹子出不去这个门。久哥，我这孩子眼看着一天天大了，已有点懂事了，他不能总没个爸呀。从今往后，你就是他爸，行吗？"

刘久大吃一惊。刚才，他脑子里飞闪过千百种包元瑛求助他的可能，唯独没有这一种。他说："妹子，你不是脑子……我都这个样子了……"

包元瑛打断刘久："哥你听我把话说完。你既成了孩子的爸爸，那我就是你媳妇。咱们去政府正式登记，办不办婚礼再商量，反正有了法律的认可与保护，那就名正言顺，天王老子也得闭上嘴巴。依我的主意，你也不用再住在这里，你跟我回老家，咱们一块过日子。我跟懂政策的人打听过，因参战造成重度残疾的人员，只要家人愿意照顾，国家不光支付今后的生活、医疗费用，还可以资助残疾人员在家乡盖房子。你的伤也就这样了，听说，国家很快就会帮助你们配备轮椅，安装假肢，那以后久哥不光不用我照顾，兴许还能帮助我拉扯拉扯这个孩子呢。"

刘久急切地说："妹子，你听我说。我的伤，不光在腿上……"

包元瑛再一次打断："久哥，我知道，啥都知道。妹子当过护士，又生了孩子，也算过来之人，什么不懂？细想想，人这一辈子，也就那么回事。老天既让我有了这么个孩子，那就是格外开恩了。这孩子往后也是你儿子，随着你刘家的姓，由你帮我抚养成人，自然也会给我们养老送终。其实，眼下我只是担心，久哥不会嫌弃我的名声吧？"

刘久无言了，把脸伏在孩子的身上，好一阵，才说："妹子，往后再不许跟哥说嫌弃不嫌弃的话。你……让哥再想想，行吗？"

九

一周后，两辆吉普车开进万家堡，前车上坐着刘久的父母还有疗养院的副院长和医生，后车上则坐着刘久和包元瑛，小子瑞一路都在母亲的怀里，在摇摇晃晃的汽车里睡得很香甜。汽车停在北沟刘家门外，先放下来的是轮椅，副院长和医生将刘久扶抱到轮椅上时，刘久已多了两条假腿，因穿着军裤，外人倒也看不出什么。但那假腿是用木头临时雕成的，不过是个遮人眼目的样子货。村人们闻讯，很快围拢上来，想着刘久离开村庄时的健壮与威武，自是不胜感叹，有人还抹了眼泪。

当晚，包元瑛就将自己要嫁给刘久的决定告诉了爸妈。这个话从女儿口里说出来，两位老人也是吃惊不小。母亲说：

"瑛子，你要嫁人，我和你爸不反对，咱不求你们娘儿俩日后大富大贵，但总得嫁个有胳膊有腿能干活的人吧。"

包元瑛冷着脸说："子瑞总不能一辈子没个爸。我跟爸妈说，刘久就是子瑞的亲爸，以前我一直没跟二老说，那是因为刘久在战场上受了伤，我不知道他能不能挺过这道鬼门关，现在我已把他接回老家了，过些天政府会帮他把房子盖起来，我们就搬到一起过日子了。"

包元瑛说得果断决绝，全无半点商量的意思，包永年老两口知道女儿的脾性，知道再说什么也是空耗唾沫，便只好躲出去唉声叹气。可老两口心中还是存着巨大的不解，且说那子瑞，眉眼越来越像一个人，那应该是个不便说破的秘密。元瑛与邢岳山打小情投意合，元瑛抱孩子回到家，当晚便求邢凤林起名字。回堡子一年多，从没见她抱孩子去过刘家串门，反倒是隔三岔五就去邢家。元瑛真要想带孩子嫁人，其实并不难，自古以来，中国乡间可能什么都缺，唯独不缺娶不起媳妇的光棍汉，元瑛想选个身强体壮的男人绝不是难事。包元瑛突然亮出的这个决定，真是太让老爸老妈大惑不解了。

其实，包元瑛生出嫁刘久的念头，也并非是一时的心血来潮。听说刘久在疗养院一再轻生，她似乎能够理解。男人嘛，就算不求顶天立地的事业，但一生卧在床上，吃喝拉撒都得靠人侍候，那又与死何异？尤其是，男人年纪轻轻便失去了生命之根，彻底断绝了子嗣的念想，那更失去了生活下去的乐趣与希望。包元瑛突然感到，要救刘久，似乎天降大任，只有自己了。在疗养院，她先求刘久帮帮自己，让刘久感觉到活下去的意义，再让子瑞成为刘久的儿子，一个有妻有子又有生活保障的男人，他还有理由和勇气轻言弃世吗？况且，从孩子的角度讲，子瑞很快就懂事了，确是不能让他永远生活在缺失父爱的阴影里，这事早解决当为长远。

包元瑛成功了。只是，夜深人静时，听着子瑞甜甜的小呼噜，她也不知多少次暗自垂泪。看来，邢岳山若是永远回不来，成了刘久媳妇，自己便永远成了活寡妇。而刘久不能行丈夫之事，是个秘密，对谁都不能讲，包括刘久的父母，也包括自己的父亲和母亲。

隔了一天，包元瑛抱着孩子去了邢家，对老两口平平静静地说："干爸干妈，刘久回来了。过几天，等房子盖起来，我就要带子瑞去和刘久一起过日子了，孩子随刘姓，可子瑞的名字永远不变。"

这几句话，包元瑛在心里酝酿了无数遍，可话出口，她还是难以自控，所以便深深地垂头，声音也有着难以掩饰的颤抖与哽咽。邢家二老面面相觑，不知怎么应答。倒是爬到炕上玩耍的子瑞奶声奶气地说："妈妈怎么哭了？奶奶，你快哄妈妈。"

邢老太问："那……还操办不？"

包元瑛只是摇头，淋落了满炕的泪水。

几天后，一辆嘎斯卡车开进了万家堡，车上满满地载着木料和砖瓦。驾驶楼里下来的干部问，东西是卸在院子里，还是另找地方？刘久望向闻讯赶来的包元瑛。包元瑛大声亮嗓地说，你是一家之主，你瞅我干啥？刘久又问匆匆赶来的包永年，说叔，我自己选块房场，不会让您老作难吧？包永年说，你是保家卫国的功臣，你尽管选，剩下的事交我办。刘久便对干部说，那就麻烦把东西再往沟里深处送一送，省得我们再找人费二遍事了。

刘久选的地方距他父母家近二里，再往山沟深处，已没了人家。节气虽过惊蛰，但北方大地还是一片荒茫，尤其北沟两侧的坡岭上，原是一片杂木林，前几年东北地区战火连天，不时有躲战乱的老百姓住进山林，一时不慎，便引发了山火，至今北沟两侧的坡岭还是光秃秃一片黝黑。刘久父亲也是外来户，老家原在黑龙江畔，黑土地被日本开拓团相中，便举家来万家堡落脚谋生。刘久选的地方让所有人不解，尤其是他的父母一再拧眉跺脚。包永年又问："大侄子，先别急，叔陪你去堡子里前街幺街都走走看看，那边，离官道总是近便些。"

刘久说："不用。我这两条腿已是废了，只想清静。再说，这地方离我爸我妈近，往后也好有个照应。元瑛，你说呢？"

包元瑛说："久哥说好，那就是好。只是，这地方缺了一口井，往后用水，怕要费事了……"

随车来的干部忙拍脑袋，说："你看你看，竟把这事忙忘了。五天之内，我把打井队带过来，只要地下水脉不是问题，这事就算解决了。大家想想，还需要啥？"

九九一过，大地回春，阳面山坡上已现出茵茵绿色，正是乡间起屋造房的好时光。包永年动员来村里的能工巧匠，不过十天半月，三间砖瓦房已漂漂亮亮立在向阳坡上，四周还围起了砖石围墙。刘久和包元瑛领过结婚证，虽一再声称不操办，但刘家还是杀了一头猪，宰了几只鸡，请来刘包两家的姑叔姨舅和村里一些有声望的长者，摆了四桌，既算婚礼，也是乡间少不得的燎锅底，新立门户的小日子便过了起来。席间，亲朋们一再举杯祝福，包元瑛和刘久忙着答谢应酬，两人心中的多少苦楚，不说也罢。

十

邢岳山还活在世上的消息，是这年秋天传到万家堡的。

中国人民志愿军协同朝鲜人民军，与以美国为首的十六国部队经过近三年的艰苦鏖战，终于在板门店签下停战协议，朝鲜半岛恢复了昔日的平静。这个消息令全世界欢呼，尤其是作为抗美援朝大后方的六亿中国人民。

又是金秋十月，两位干部模样的人来到万家堡，在村委会出示了盖着大红印章的介绍信。那年，村里的贫协虽还存在，但涉及村民的日常管理和接来送往的事务统归村委会，包永年肩上多了一个村委会主任的职务，村民们循着旧时的习惯，喊他村长。

包永年识字不多，对带着公家介绍信的人小心地问："领导有什么指示，您说。先打扰一句，二位午间要是在堡子里用餐，我这就把饭派下去，眼看近晌了。"

两位干部一直严肃着。高个子摆摆手："我们只是调查一些情况，完事就走。请问，邢岳山是你们村里的人吧？"

包永年心里陡然一惊，怎么问起了邢岳山？当时，村委会里还有两位村民，正为垄挨垄的农田谁侵占了谁争里表，听问邢岳山，也都瞪圆了眼睛。

包永年答："抗美援朝的头一年，邢岳山去当了志愿军，听说刚到朝鲜时还不时往家来封信，后来就没了消息，不知是死是活。"

小个子的干部问："他家现在还有人吗？"

包永年答："有啊。老爹邢凤林，他有两个哥，老大在家种地，老二听说在鞍山当工人，解放第二年去的。"

高个子问："土改时，他家划的是什么成分？"

包永年答："地主。"

两位干部对望了一眼，小个子追问一句："你可说准了。"

一个村民忍不住插嘴："这还有啥准不准。换个门户，邢岳山能念得起那么大的书？别说学费和伙食费了，只怕一年到头那几次来往路费都拿不出。不过，咱拍心窝子说良心话，邢凤林虽说是地主，可不像戏台子演的那个黄世仁，人家可没欺男霸女，堡子里谁家有个为难遭灾的事，只要求上门，从没让谁空手出来过。哦对了，这事村长最知道，新中国成立前，村长一直在邢家当长工。"

包永年麻搭了那个村民一眼，说："领导问啥说啥。"

"当兵前，邢岳山在哪个学校读书？"小个子目光炯炯，盯向了爱说话的村民。

村民被盯得有些胆怯，只怕自己说错了哪句话，声音低了许多："听说是沈阳城里最大的学堂。那年邢岳山回堡子，我问过，到底有多大？邢岳山说连老师带学生足有好几千人，是当年少帅张学良办的。他还逗乐子说，要是非问大小，那可是大鼻子他爹，老鼻子大了。"

另一位村民说："八成是叫东北大学。"

两位干部按几人的话认真做了笔录，念给几人听，还让各位都按下指印。两人走时，包永年一直送到村口，才小心地问出早压在舌底的话："二位领导，依我的笨心眼寻思，邢岳山还活着，对不？"

高个子答："不该问的别问，你是一村之长，这点规矩总该懂吧。"

小个子补充道："不该猜的也别猜，不该传的更不要传。一会儿你回去，这话一定要跟那两位老乡说，传出毛病，后果自负。"

包永年又问："那他现在在哪儿呀？"

两位干部对他摆摆手，未答，走了。

包永年回到村委会，将公家人的叮嘱认真重复过，俩村民愈发不解，说人是死是活，这也算秘密呀？包永年故意黑下脸说，让你们别猜别传，那就把自个儿的臭嘴管住。接着掰扯你们两家的事！

如此重要的消息，不管公家人怎么叮嘱，有两个人，是万万不可不告知一声的，一个是邢凤林，那是邢岳山的亲爹。儿子去了战场没消息后，老两口躲在家中流过多少眼泪，不用说也可知。况且，那天，应对调查，在场的还有村里人，虽说按公家人的吩咐，已对那两人做过叮嘱，但这种事，只怕越叮嘱越是管不住，过几日，昔日的老东家追问到自己，自己又以何面目应对？所以，那天当夜，包永年便悄悄去了邢家，为防女人嘴松，还特意把岳山妈支了出去。邢凤林听说儿子还活着，忍不住喜极而泣。鼻涕一把泪一把后，邢凤林问："岳山既活着，朝鲜那边仗也打完了，为啥他还不回家呀？是不是觉得我是地主分子，也要远躲着呀？我们老两口可是生他养他的亲爹亲妈呀！"

包永年说："这事兴许挺复杂，你问我，我也是翻来覆去不知琢磨多少个来回了。可我估摸着，绝不会是岳山不想回家，岳山不是那路人。刚才，我把老嫂子支出去，就是想让老哥哥心里知道就中了，省得老嫂子到处打听惹麻烦。我这意思老哥能明白吧？反正，只要岳山还活着，就是天大的喜事，过些日子，岳山回来了，一天云也就散开了，是不？"

包永年要告诉的另一个人则是元瑛。元瑛虽说已跟刘久结婚搬到北沟住了，但包永年心里一清二楚，元瑛的心还在邢岳山身上。元瑛之所以忙着结婚，一是以为岳山已不在人世，二是要为子瑞找上一个爹。包永年知道有些话只能跟元瑛悄悄说，为了不让刘久察觉，他让元瑛妈去一趟北沟，说自己心口疼，让闺女回家来看看。老伴说，早起大饼子你一家伙造了三块，疼个啥？包永年斥道，让你去就去，少废话！元瑛回来时，你就留在北沟照看孩子，别让元瑛又是背又是抱的。

包元瑛回到家来，听父亲如此这般一说，先是喜，后是惊，转隙，神色便有了变化。她让包永年将干部的问话原原本本再说一遍，包永年重新复述，包元瑛的眉头越发拧成了大疙瘩。

包永年问："咋，有说道？"

邢岳山还活着，这确是天大的喜讯，但包元瑛意识到，邢岳山为上战场而拿出假证明的事情已经露馅了，虽说邢岳山为保家卫国舍生忘死不含糊，但从来调查的干部又是笔录又是按手印的举动看，组织上没把这事当小事。给邢岳山出具的那个证明是自己偷盖的公章，但这事眼下能跟父亲摆明了说吗？但愿组织上看在邢岳山甘愿为国家一死的分儿上，别再计较这件事情了吧。

包元瑛叹息一声，心事重重地说："只怕岳山哥……要摊上麻烦啦……"

包永年嘟哝道："瞎说，仗都打完了，还有什么麻烦事？"

包元瑛说："但愿吧，但愿岳山哥早点回来。"好一阵，又说："爸，只怕遇到麻烦的还有你呢……"

"啥意思？说明白点。"包永年问。

"我也是估摸……"包元瑛不再往下说。

让人猜想着还活在人世间的邢岳山再度变成远去的黄鹤，从此再没音信，而且此一去，竟是十倍于邢岳山奔赴朝鲜战场的时间。

1953年冬天，冰天雪地，格外寒冷。小寒节气后的一天，乡长亲自来万家堡，召开村民大会，宣布撤销包永年村委会主任职务，同时撤销预备党员资格。包永年大惑不解，问为什么，乡长一直对包永年印象不错，便拍拍包永年肩头，苦笑说，老兄啊，我是奉命行事，至于为什么，我还不知道去问谁呢。

包永年突然想起几月前元瑛的话，莫不是女儿事先就知道了什么？他问元瑛，女儿竟是出奇的淡然，说不让干就不干了吧。正好你的小外孙也一天天大了，田里的活计不忙时，就帮我带带孩子，多好啊！

女儿的这个态度，越发让包永年百思不得其解。

十一

1954年春天，一个风和日丽的日子。一辆嘎斯卡车开进万家堡，一路打听着开进北沟。汽车后厢装着许多草袋子，一个个鼓鼓囊囊。村民们猜测着，不知政府又给刘久家送来了什么。

院子里，包元瑛正扶着刚安上假肢的刘久练习走路。假肢是春节后疗养院专程派人来给安上的，说这次可不是前两年那个木头的。刘久对假肢还很不适应，笨笨嗬嗬走上没几步，就叫疼。包元瑛帮解下来看，也难怪，残肢截断面和假肢接触的部位已被磨得血糊糊。两人按照说明书，对假肢的接触部位又是敲又是磨，如是几番，情况好了些，但刘久还是不愿用那东西。包元瑛先是劝，再是哄，后来就亦真亦假地责骂，说你还能一辈子总躺炕上等人侍候呀！你就一辈子甘当废物啦！人家来人不是说，初用时不适应很正常，等接触的地方磨出了膙子，才能撑住劲儿！来，把假肢装上，练不够时辰，咱们谁都别吃饭！

那天，远远地看汽车开进北沟，两人相互扶立，巴巴地观望。汽车停在院门外，车门开处，跳下一位汉子，甩着左臂的空袖子往院里跑。刘久喊，我的天，你咋来啦！猛地就往前扑。元瑛一时没注意，刘久已重重扑倒在地，来人已到了跟前，便与刘久紧紧地抱在了一起。

刘久给包元瑛介绍："来家了，就别喊这个长那个长的了，生分。叫大哥，姜大哥，战场上救过我的命！"

姜大哥说："兄弟在战场上没救过我命呀？往后，谁都别提救不救命的事。兄弟，你站稳，让我腾腾手。在疗养院，你们两口子的事我都听说了，弟妹就是咱们志愿军的女菩萨！"

姜大哥退后两步，这才两腿立正，挺直腰身，右臂举起，五指并拢，口里还朗声喊道："敬礼！"

包元瑛已来不及阻止，一时也想不起应该怎样回敬，一双手只是掩住嘴巴，一任滚烫的泪水簌簌流淌。在志愿军战地医院时，她不知接受过多少次这样庄严的军礼。那些受伤的将士，或重回前线杀敌，或返回祖国休养，临行时都是这样敬礼，感激白衣天使的救治。

那天，包元瑛杀了一只鸡，又跑回娘家找来半瓶白酒，两位生死弟兄边喝边聊，时哭时笑。姜大哥在部队时，是刘久的连长。一年前，朝鲜战争结束，回国后，转业去了一家国营农场当副场长。农场要栽树，他便跟林区联系，志愿军的战友遍天下，汽车上的那些草袋子，装的都是他从林区拉回的树苗。回来的路上，他打听着昔日的战友，只要能见一面，他都绕路去看看。他去疗养院，得知刘久已回老家，有了媳妇和儿子，便绕道而来。席间，姜大哥指点着新建的房舍和院外的坡岭，说房子和小院都不错，只是有点秃。这样吧，正好我车上拉有树苗，给你留下一袋，一百棵，你围着院子栽上一圈，用不了几年，就绿树成荫了。我给兄弟做主，栽樟子松吧，虽说长得没有杨树快，但长大后，枝叶冲天，树干粗壮笔直，木质也硬实，盖房架桥打家具什么的，都是上好的材料。而且这樟子松皮实，冬天不怕冷，夏天不怕热，还抗旱，特别适合你这坡坡岭岭的地方。刘久心里高兴，嘴上却客气，说大哥的好主意，我抓紧落实就是。只是这树苗是大哥为公家采买来的，我和你弟妹再想办法就是。姜大哥将酒杯砰地撞出一个响，说兄弟扯淡。公家？那公家派别人去试试。我拉回百袋树苗，别人可能三十袋也拉不回，这其中主要还是看咱们志愿军战友的情义。我这也是借树献菩萨，来，弟妹，喝一个。

老连长走后，刘久和包元瑛开始栽树。两人决定把树栽在院墙外，正好围一圈。配假肢干活不方便，刘久便扔开它，两手各抓一块木块，用两臂撑着半截身子，在地上移来移去。树苗尺多长，树龄两三岁，那小树坑自然也不需多深多大，但松软泥土和筛除山石却是必须的。刘久用挖战壕的短柄铁锹挖坑，不光顺手，还让他仿佛又重回了战场。他兴致勃勃地对包元瑛说，把这小铁锹从朝鲜带回来，以前还以为只是留个念想，没想还有正经大用项！好，好啊，我刘久又活回来啦！包元瑛怕他累着，抢锹帮他干，刘久却说，挖坑栽树归我，你去洋井压水。虽说姜大哥说樟松耐旱，可小树苗就像刚出生的小猫小狗，娇气，多给它浇点水，总没毛病。

百余棵树苗，不过三天，便全栽完了。让包元瑛没想到的是，栽树竟给刘久带来了意想不到的精气神。以前，让刘久戴假肢练习走路，包元瑛都是连哄带逼，没想从那以后，他再不用元瑛多费一句话，有时看元瑛在厨间或小菜园里忙，他便扶着墙壁自己练，摔了跟斗也不吭一声。那年中秋节，刘久自己拄着木棍走到父母家中，又走到堡子中央，只让元瑛推着轮椅跟在一旁，他要亲自走上前向双方二老表示祝福。村民们看刘久自己走出北沟，引发了好一阵的称奇和叫好！

深秋时节，没读过几年书的刘久让包元瑛帮着遣词造句和修改错别字，给姜大哥写去一封信，信中说，那一百多棵树苗，基本都栽活了，我也能拄着拐杖走动了。只是现在，我望着四周被山火烧过的荒坡秃岭心疼，要是都栽上樟子松该有多好！我知道大哥栽树也得求援，大哥能不能把向谁求援，去哪儿求援告诉我一声。现在我和元瑛生活得很富裕，乡下的日子开销不高，政府按月汇来的生活费用不完，如果有树苗卖，我们可以花钱，元瑛可以专程去取。姜大哥很快有了回信，说看了兄弟的信，我除了高兴，还有钦佩！树苗的事不必为难，很快会有林场的战友写信给你，他也是我们的生死弟兄。数日后，刘久收到一个沉甸甸的邮包，是好几斤樟子松种子，里面还有一封信和一个油印的小册子。信中说，既有造林之志，求苗何如育苗？树籽寄上，小册子里有育苗的详细说明。以后在育苗的事情上遇到困难，来信就是……

十二

现在我们要回过头，说一说邢岳山的故事了。

1951 年 4 月的那个春夜，邢岳山与包元瑛告别后回到部队，当夜就随侦察小分队出发，天亮前潜伏在汉界楚河前的我军一侧最前沿，只待夜幕再度降临，小分队便向敌军营垒纵深处挺进。

那夜，趁着云遮天地最黑暗的片刻，小分队兵分三路，迅速向东、南、西三个方向冲进刚刚萌生新叶的山林中。邢岳山是中间一路，身后背着步话机，身前身后各有一个战友掩护。那两位战友说是保护他，实际是保护他背上的步话机。小分队的任务明确而单纯，就是寻找敌军炮兵和坦克阵地，然后用步话机将方位报告给我军指挥部，引导我军炮火向敌军重武器阵地轰击。抗美援朝的前三次战役，中朝军队基本全胜，美国佬扬言要去鸭绿江边过圣诞节的牛皮大话彻底成了梦想，便从国内调来大批重型武器，志愿军将士面临的必将是一场更加惨烈的厮杀。志愿军派出小分队侦察，就是要确认方位，先发制人，尽可能地让美军火炮先哑了嘴巴。如此一说，读者诸君也就猜想得到深入虎穴的侦察小分队将面临怎样的凶险了，四面是敌，虎口拔牙，说是九死一生，有去难回一点都不为过。侦察小分队是自愿报名，首长又在勇士中一选再选。邢岳山说上过国高，略懂英语，这便成了他被优中选优的硬件。

那夜，邢岳山所在的这一组向南挺进二十多公里，先后发现了美军的两处炮兵阵地。当他们撤到邻近的山头，看着敌军炮兵被我军排山倒海的炮火覆盖的时候，心中不知有多么高兴。但很快，他们就发现小分队已被美军包围，驴高马大的美国兵的身影清晰可见，包围圈越来越小。别看美国军人动作笨拙，脑子却不笨，在使用现代技术方面还远胜于中国军人。步话机只要一发报，就有电波，循着电波便可锁定步话机的位置。所以进入敌方阵地后，小分队的步话机都是处于关闭状态，只有向我方报告时，才可瞬间开机。但尽管这样，还是被敌人发现了目标。小组长命令邢岳山准备放弃步话机，并在放弃前最后一次报告包围圈方位。情况已是万分危机，若是我军炮火立即飞过来，或许还可借着美军混乱冲出包围，就是与敌人同归于尽也是好的！

　　三人抱着冲锋枪边打边冲，冲在前面的小组长和另一战友相续中枪倒地，邢岳山急拉这个，又去拉那个，突觉脑袋被重重一击，就什么也不知了。

　　邢岳山醒来时，已在美军帐篷里，身子被捆得结结实实，受伤的脑袋已得到包扎。过后他才想明白，去拉战友的时候，脑袋是挨了美国兵枪托的重重一击。本来，在战场上，他也是戴着钢盔的，但在那之前，他戴耳机对着步话机喊话，把钢盔摘了下去，再向前冲时，就忘了重新戴回去。邢岳山挣扎着四下看，大声喊，人呢？我们的人呢？监押的美国兵不明白，翻着白眼摇脑袋。邢岳山突然想起自己该用英语喊。美国兵明白了，摊手耸肩说，很不幸，都阵亡了。

　　得知邢岳山会英语，美国兵很兴奋，急将他押到另一个帐篷，还给他松了绑，并让他坐在马扎上。审讯他的是个美国军官，高个子，很白净，满面笑容，拿出巧克力让他吃，还问他想不想吸香烟。美军军官问对面阵地中国军队的番号，问部队配备了什么重型武器，又问中国军队的战役部署。邢岳山意识到刚才那两句英语喊错了，用在了不该用的地方，便什么也不答，也不接受黄鼠狼给鸡拜年的任何好意。在身边忙前忙后的美军士兵得了笑面军官的授意，扬起硬邦邦的大靴子往邢岳山身上踢，一下又一下。邢岳山忍无可忍，再用英语回敬，有本事你就再给我一枪，你们这帮王八蛋！挨了骂的美军军官竟然仍是笑眯眯，不慌不忙地说，说我是乌龟我很高兴，乌龟很长寿。为什么还要说我是蛋？我圆滚滚的很胖吗？被踢得浑身疼痛的邢岳山被气得哭笑不得，干脆闭紧嘴巴，再不吭声。

十三

几天后，邢岳山被押上汽车，送往战俘营。大规模的战役已经全面开始，双方的战俘都少不了，大卡车里坐满了失去战斗力的志愿军战士，或低头唉声叹气，或因伤痛而一声声呻吟。汽车一路向南，又上了渡船，四周是波涛汹涌的大海。落脚点是一个岛，后来知道叫巨济岛，面积仅次于济州岛。邢岳山所在的战俘营是 72 号。

在战俘营，邢岳山度过了比大海更加波涛汹涌的七百多个日日夜夜。

1953 年 7 月，温暖的夏风从海上吹过来。海岛上的大喇叭已在一次又一次广播，朝鲜半岛交战双方已在板门店签署停战协议。这是个令人振奋的好消息，总算盼到头了，回家的日子快到了。

9 月初，早晚已有些凉意，遣返正式开始。美军人要求志愿军战俘收拾好行囊，然后逐个走进一间屋子。那间屋子除了入口，还有两扇门，靠左的门上悬贴着五星红旗，还贴着一张白纸，上写"中国大陆"；另一门上则是青天白日满地红，写"中华民国"。两扇门外都候着美军派来的大客车。

邢岳山没有犹豫，大步奔向了五星红旗。

十四

时值九月，东北大地一片斑斓。沉甸甸的玉米已耷拉下大棒子，但上半身的叶子还呈着绿色；遍地的高粱举起了紫红色的火炬；已呈金黄色的是谷子糜子还有即将成熟的水稻。看来今年的收成又不错，已有农民开镰收割了。

回到国内来，心中的感觉竟和气候节气完全一致。过了三八线，跨回鸭绿江，志愿军总部领导和当地党政领导站在路边，或鼓掌，或挥手，公路两侧还有戴着红领巾的儿童挥舞着彩旗欢呼，那堪比入秋时节的秋老虎，热得让人冒汗。到了沈阳北部不算远的昌图县，下了汽车换坐胶皮轱辘大马车，一路颠簸着住到金家镇的一个村子里，归管处领导大声宣布，说中央下达了指示，虽然眼下国家经济还有困难，但归管处的伙食一定要坚持中灶标准，全部细粮，四菜一汤，荤素搭配。归国人员报以热烈的掌声。入秋后的东北早晚气温不冷不热，很宜人。但那让人舒服的温度毕竟短暂，秋天了嘛，不时袭来的寒流不可遏止。让人们明显感觉冷意的是邮寄家书。到了住地后，久与家人失去联系的人们忙着写信，按要求交到归管处统一邮寄，但等了一日又一日，就是盼不来家人的回信。面对人们一次次的追问，归管处干部明确答复，说书信的事还需大家耐心等一等。按照上级要求，我们随后还有许多工作要做，如果这时就把家信寄出去，就可能面临亲友探望的接待压力。这样的答复，虽然有点冷，但也还在情理之中，那就等吧。

白露霜降，小雪冬至，小寒大寒，天气越来越冷，心中也越来越寒。动员教育，检查交代，做出结论，等候处理，这些一阶阶的大步骤里，还有若干小步骤。

对于曾经的战俘，甄别是严格、细致、认真的，当然，也是必须的。邢岳山接受了不知多少次的谈话。

谈话内容主要是：

你为什么谎报家庭成分？

你谎报地主成分的证明信是怎么得来的？

你伪称国高毕业而隐瞒在东北大学读书的历史，目的是什么？

……

邢岳山不会撒谎，他给自己定下的供述原则是有一说一，有二说二，老天在上，时间自会证明他的清白。他承认确是在家庭出身和学历上说了假话，但那是因为他想入伍保家卫国，他怕说出地主成分和在读大学，就难以实现投笔从戎的志愿。问话者追问那份贫协证明信是谁给他出具的，邢岳山知道这个问题很要害，实话实说便拖累到了包元瑛，元瑛现在是在部队医院还是转业去了地方，一切都不可知，但帮人谎报成分却是大事，这事即使有天大的干系，也只能自己扛下来。他说入伍那年秋天，他回老家，看村贫协主席在田里割庄稼，褂子扔在地头，衣袋里滚出一个小布口袋，他打开看，竟是村贫协的公章。正巧他书包里有现成的白纸，他脑子一动，便盖了一张，目的只备日后救急。当时乡下土改已经结束，父亲被划为地主分子，日后的很多事没了贫协的证明难免寸步难行。他没料到此后没几天，途经北口县回沈阳时，见县里正在征兵，他灵机一动，便在那张空白的证明信上写了自己家的成分是中农。邢岳山自我感觉这个小谎撒得也算天衣无缝，既不牵扯包元瑛，也与元瑛的父亲包永年无涉。审讯人将信将疑，拿出一张白纸，递上钢笔，让他将那份伪造的证明信重写一遍。邢岳山没迟疑，写过，呈上去。审讯人带回去与档案里的证明比对，措词无误，关键是两纸的笔迹完全相同。审讯人将重点转移到战俘营，又问台湾特务用英语都跟他说了什么。邢岳山对此问题从容了许多，答说他们翻来覆去，百般利诱，不过都是劝我不要回大陆。可我不是已经回来了吗？事实胜过雄辩，还需要我再说什么吗？

这样的谈话或曰审讯，不知进行了多少次，邢岳山提交的书面材料已是厚厚一摞。过了春节和正月，有比较确切的消息传来，甄别工作告一段落，结论已上报送审，只要不是主动缴械投敌分子，绝大部分归管人员将恢复军籍，曾经的党团员也将重新参加组织生活。沉郁了多日的归管处重有了欢欣鼓舞的笑模样，早晨和傍晚，人们开始涌向简易的篮球场，打起了对抗赛。二月二龙抬头，人们还跳起了东北大秧歌，原计划只跳一两天，可开了头却难停下来。东北的三月，早晚虽还冷，但小阳春已不时露出笑靥。那些天，邢岳山的心境虽不似别人那般明快开朗，但细想想，也还是有些快乐。自己的问题有些复杂，谎报家庭成份和学历确是对组织不够忠诚，估计再回部队可能性不大，那就转业，要求重回大学，把中断的学业续起来。

民谚说，三伏天，孩子脸，说变就变。其实东北早春的天气变化得更快。进了四月，老天爷突然冷下脸，持续数天阴云密布，有时还下起雨夹雪，湿漉漉的是一种更让人难以忍受的清寒。往年五一节前，东北大地已见了桃花和梨花，可这一年，为避清寒，花骨朵也抱紧了身子，唯恐娇嫩的花蕊遭受不测。归管处宣布甄别决定，事态突然发生了大逆转，绝大多数归国战俘都被开除军籍，遣送原籍。会场里突然响起哭声，有的人跺脚捶胸大声号啕，更多的人则把脑袋耷在两腿间默默垂泪。

邢岳山坐在会场里，一颗心仿佛落进冰窟，一阵紧似一阵。他意识到，想重回大学校园已是白日做梦，能回老家执锄抡镐或是最好的结局。但他迟迟没有听到自己的名字，直至曾经的战俘们全部被带回宿舍，他却被单独关进一间屋子。

十来天后，一个深夜，吉普车把他拉走，一路驰骋着到了郊外的一条铁路专用线，又把他推进一个铁皮货运车厢，闷罐车内已先上来十多个人。邢岳山问，这是要送我去哪儿？回答的只是闷罐车门咣的一响，震耳欲聋，还有外面上铁锁的咔嚓声。

数日后，下了火车又坐卡车的邢岳山被送到一地。放眼四望，一片荒凉，连棵树都看不到。他又问，这是哪儿？管教人员说，新疆，塔里木大戈壁。

十五

包元瑛和刘久的婚后生活很平静。

按照国家的相关政策，包元瑛和子瑞都办成了非农户口，享受城里人的待遇，刘久按月发放的工资和生活补贴准时汇过来。乡政府那边有逢五排十的集市，还有供销社，去一趟，就把过日子需要的米面肉菜什么的都买回来了。日子过得让村里人很是羡慕。

第一批围墙而栽的樟树已长有半人高，绿油油的很茁壮。刘久和包元瑛在院子里辟出一块地，按栽培说明书将樟树种子播下去，拱出土的小树苗虽孱弱，长得也缓慢，但毕竟是在一天天地成长，两年后，就可以移植栽种了。已能借助假肢扶杖而行的刘久按照老办法，开始一尺一尺地扩展樟树林的领域。到了植树之地，他把假肢卸下，匍匐在地，执锹挖坑。挑水浇灌的活计还是元瑛的，小子瑞则是传令兵和通讯员，一家人为此忙碌，其乐融融，倒也别有一番情趣。

北沟外的世界在发生着日新月异的变化，让人唏嘘也让人感叹。互助组变成了初级社，初级社变成了高级社，高级社又变成大队，乡政府改叫人民公社。村里吃起了大食堂，但很快，大食堂的一日三餐再难糊口。这时候的元瑛一家三口才显出了村人难比的优越，尤其是残疾军人刘久还可保证每月一定数量细粮和肉蛋的副食供应。入夜时分，包元瑛带上家里节省下来的杂合面馒头去刘久父母家，再去自己父母家，有时，她也偷偷去邢凤林家。邢凤林捧着馒头掉眼泪，说白活成一辈子的庄稼人，丢人啦，饿谁也不能饿着子瑞，孩子正长身子呢。元瑛母亲则说，当初，你非得带孩子和刘久结婚，我和你爸一直心里画魂儿，到了今儿，才算明白，人呀，不管到啥时候，总得先把肚子放在头里呀。

邢凤林在三年困难时期死去，死时骨瘦如柴。两年后，邢老太也死了，说自己请人算过命，寿路已尽，该陪老爷子去了，从此不吃不喝，也不接受治疗，连扎进血管输送葡萄糖的针头也坚决拔下去。几年后，包永年也因故去世了。

　　婚后，包元瑛和刘久在东屋炕上只睡了三四年，中间睡着渐渐长大的子瑞。子瑞上村小那年，刘久对包元瑛说，孩子上学了，回家要写作业，你把西屋收拾收拾，往后，就带孩子去那屋睡吧。元瑛说，你夜里起夜，总不能把假肢卸了又装的。刘久说，备上夜壶，放在炕沿下，夜里有事，我再喊你嘛。包元瑛还是犹豫，嘟哝说，我还是不放心。刘久哈哈笑，说不放心什么，怕我寻死？不会了，再不会了。我现在只想把北沟两侧的坡岭都栽上樟子松，能栽多少是多少。这辈子我也算找到一桩有用的事情干了！元瑛说，那等天冷时，我和孩子再搬过来？刘久仍是笑，说那又何苦。咱家现在最不缺的就是柴火。想栽樟子松，就得把那些新蹿出来的树棵子齐根砍断，那树棵子晾干了，都是好柴火，多的是。包元瑛看刘久真心实意，也不再勉强。

　　睡在西屋，听着子瑞睡梦中的香甜喘息和梦语，漫漫长夜，包元瑛时常彻夜难眠，不知不觉间，泪水便流淌出来。岳山哥再无消息，也许真是不在人世了吧。前些年，听父亲说有干部来外调，现在想来，也好似南柯一梦，不然，他即便不想回老家，也总不会忘了他老爸老妈吧。莫不是邢家二老知道了岳山哥的什么消息，但看自己已结婚，便有意遮瞒？不，不可能，绝对不可能！即使邢家二老瞒自己，也断不会不要他们的孙子。有些话虽没说破，可二老却深知子瑞是邢家之后，这人世间，没有什么比血脉亲情更难让人割舍的了。

　　子瑞上小学那年，包元瑛不过二十几岁，正是青春年少欲望满满的年龄，而与刘久的婚姻，不过是徒有其名。在难以入眠的夜晚，包元瑛无数次回想起青少年时和岳山哥在一起的情景，尤其是 1951 年的那个春夜，每一句话，每一个动作，甚至每一声喘息和呻吟，包元瑛都无数次地咀嚼与回味。就是因为那一夜，自己的命运才发生了斗转星移的大变化，自己是应该感谢那一夜还是怨恨那一夜呢？想不明白，想不明白……

　　1969 年的春天，万家堡来了几位市里的干部，其中有一位就是当年和包元瑛、刘久一起入朝打美国鬼子的黄大勇。黄大勇夫妇在村庄各处转过看过，在仍健在的父母家住过，也曾来北沟和刘久、包元瑛聚过叙过。几天后的傍晚，黄大勇突然扛着行李再次来到北沟，也不用请，便一屁股坐到正吃晚饭的小炕桌前，笑哈哈地说，我看你们家是三间房，往后，大哥大嫂住东屋，我和侄子住西屋，中吧？侄子放心，我睡觉赛死猪，除了放屁咬牙打呼噜，没别的毛病。大侄子也别矫性，进了部队营房，夜里睡觉都这样。吃饭呢，市里对下放干部有伙食补贴标准，连同粮证和副食票，我一并交到元瑛嫂子手上，少不补，多不退，也不用嫂子给我单做，做饭时多加捧米就是。白天呢，我陪大哥上山栽树，说句不算吹牛的话，讲栽树我虽不如大哥专业，可下来前好歹也在市林业局当过几年副局长，也算见过肥猪跑。黄大勇在村里时就是个机灵快乐的人，见人三分笑，露出两颗小虎牙，回到老家来，说是天性也好，有些做作也罢，反正越发显出无官一身轻的豁达。这般说着，他还顺手抓过一块饼子，开口就咬，说这饼子好，软和，掺了豆面，对吧？刘久故意沉着脸说，这顿饭可没带你的份儿。黄大勇说，管你带没带，不够吃就一起饿着。刘久又说，你媳妇来了可不好住。黄大勇说，她在市里当副校长，学校还有一大摊子事拨拉不开呢，再说，家里还有俩孩子，也不能总缺爹少娘。她随我下来，不过是充个数，连三天打鱼两天晒网都算不上。你们想想看，我要还是住在我妈我哥家，总让二老和哥嫂侍候着，心里更不舒坦，是吧？反正行李我已扛过来了，哥嫂收不收留，我也学《沙家浜》里的胡传魁，扎下来，不走了！

东北人的性情，有些事，根本不商量，看似随意，却透着不分彼此的亲近。

其实，黄大勇回万家堡的时间不过两年多一点。屈指算一算，每到周日或法定的节假日，黄大勇都要回市里与妻儿团聚，周六上午走，周一傍晚回，再加上黄大勇时常有会议，回市里，赴县里，或是去公社大队，黄大勇真正在北沟栽树的时间还不足二百天。但就是这二百天，已足够让黄大勇满足与骄傲。他重被小轿车接回市里，到市农林局革命委员会后不久，省报就用了将近一版的篇幅发表了一篇通讯，题目是《一位志愿军老兵与他身后的松林》，还配发了巴掌大的照片。照片里，黄大勇肩着镐，臂弯里夹着大捆的树苗，身后是已有些规模的樟松林。大队是订了省报的，很快有人把报纸送到北沟来，刘久看了挺高兴，哈哈笑说这大勇，挺会整事，是当官的材料。包元瑛问，也不知是啥时照的？刘久说，就是蛤蟆轿来接他那天，来人挎着照相机，还说给我也照两张，我没照。包元瑛说，没照好，听说胶卷不便宜，照一张最少顶二斤高粱米。

黄大勇在北沟的时间虽有限，但包元瑛和刘久对他的感谢还是由衷的，久远的，那不仅仅是因为几人在边栽树边交谈的时光中，黄大勇带来了外面世界的别样色彩，还因为黄大勇回到市里后不久，就给子瑞搞来了一份师范大学的录取通知书。那一年，还没恢复高考，但有些大学已在招收工农兵学员。子瑞的父亲刘久是志愿军老战士，实打实的根正苗红，黄大勇两口子办成这事不费力。子瑞后来当了县高中的教师，还当过校长，直至退休，此为后话，不提。

黄大勇回市里当了农林局的头头后，还办了一件说大不大、说小也不小的事，就是落实了那片林地的归属。顺着北沟往上走，便是一道山梁，呈胳膊肘状，当地人称肘弯岭。肘弯岭乃三县交汇之处，新中国成立之初的那场山火，三县都怕担责任，便闭了眼睛装糊涂，推说那片山岭归别人。及至过火的林地慢慢复生，又见栽下的樟子林越来越喜人，又有人打起了争夺管辖权的主意。黄大勇主管农林局时，已是六十年代后期，杂乱之事总要理出个头绪。黄大勇一言九鼎，说那片山林既然辖属不清，那就统由市局管起来。多年后，国家下达了山林私人承包及管理的相关政策，自然又引发了一些事端。此都为插曲小调，不提也罢。

十六

1978年夏初的一天，包元瑛的母亲突然蹒跚着两条老寒腿，来到北沟。元瑛妈已经七十来岁，身体本就不好，再加两条腿怕冷怕湿，平时连家门都不大出。包元瑛几次接她来北沟住，老太太却说，人老了，就像一棵树，千万别挪窝。那天，包元瑛正在压水，看母亲来，很是吃惊，忙扶母亲去热炕上坐。

元瑛妈喘息了一阵，张口问话，不亚石破天惊："邢岳山回来了，你还不知道吧？"

元瑛手上的碗差点掉在地上。"岳山……岳山真回来了？他……他还活着？"

"都回来好几天了，是上头警察送到乡里，乡派出所又派人把他送到大队的，说是只能在村里活动，想外出，得向大队报告，也不知咋了，怎么还受着管制呢？"

"你跟岳山说过话了？"

"咋没说。他进屋，扑通一声，就给我跪下了，哭得滴里秃噜的，说我老爸老妈都不在了，我永年叔也走了，往后，婶子就是我的长辈，是我最亲最近的人了。他哭得我心难受，也跟着抹眼泪。也不用多问，眼一搭就知他这些年没少吃苦，黑瘦黑瘦的，满头白发，才五十傍边儿的人，腰就佝偻了。可模样还没大变，进屋往那一跪，我就认出他了。"

包元瑛的泪水不可遏止地流下来，只觉心里揪揪得紧，又问："他……没问到我？"

"能不问？我实话实说呗。说你在部队只干了两年，为生孩子就回家来了。说你后来跟刘久结了婚，现在两口子就天天在北沟栽树。说那孩子是个男孩，叫子瑞，是元瑛请你爸起的名字，眼下也二十好几了，在县城里当老师。岳山听我这么说，坐在那里发呆，好半天不说话。"

包元瑛也发起呆来，好一阵才又问："妈没问问，岳山哥回堡子后可住在哪儿？"

母亲说："前些年，老公母俩相继过世后，岳山他哥就把房子扒了重盖，正好在西房山压了间小耳房，收拾收拾，就让岳山住了。我说，这季节，小耳房还猫得住人，可天一杀冷，怕就扛不住冻了。正好咱家两间半房，就住我一个老太太，要不，就把这屋间壁一下，你来我这儿住？没想，岳山听我这么说，只是一个劲儿地摇头，也不知他心里怎么想。就为这，我才急慌慌地跑到北沟来。一个堡子才多大，你终是要跟岳山见面的。你现在毕竟是有家有口的人，和岳山见面后怎么说，是不是还有什么打算，这都得你早拿主意。妈知你心里肯定是难，谁也放不下。为这事，连妈都好几天吃不下睡不着了。"

这确是个天大的难题。此后的数日里，包元瑛睁眼闭眼都是岳山哥。老妈说他苍老了，老成什么样？除了黑瘦，身子骨可有毛病？包元瑛恨不得一时就见到邢岳山，可脚步几次到了院门口，却再不敢往前走。见了面说什么？能只是客气地问候一句吗？那可是日思夜想挂念了近三十年的人呀，他可是子瑞的亲生父亲呀！现在问题的关键是她还没跟刘久说，她不知该怎么说。如果刘久说，老乡亲老战友回来了，无论如何也得请他来家吃顿饭，那自己是点头还是摇头？听老妈的说法，好不容易回到家来的岳山哥眼下并不安稳，可能还处于被管制的状态，见了面，自己对这也只是不闻不问装糊涂吗？

那几天，包元瑛不出院也不挑水上山，对刘久只称脑子迷糊。她怕只要出了院子，难免碰上四处走动的邢岳山，岳山哥要是有意进北沟来找自己呢？刘久说，要不我陪你去公社卫生院拿点药？包元瑛摇头，说不用，挺几天就过去了。听人说，女人傍了半百的边儿，身子犯点毛病也正常。刘久不勉强，每天仍是上山栽树，一副悠悠万世，唯此为大的样子。

十七

几天后的一天，近晌时分，躺在西屋炕上想心事的包元瑛突听院门响，还听刘久亮声大嗓地喊，元瑛，元瑛，快看看，谁来家了！以往，刘久上山栽树，中午饭都是挑水上山的包元瑛顺便带上去，这几天，元瑛托病不上山，刘久便把馒头、饼子什么的带上，再把军用水壶灌满，说天暖了，好将就。包元瑛急起身，隔窗望去，果然见刘久身后跟着一个人，确是黑瘦，一头白发，不是邢岳山又是谁！包元瑛怔了怔，急下炕，连鞋子都忘了趿，光着脚就往外跑，可冲出西屋，却再迈不动脚步，坐在灶台边就捂脸呜呜哭起来。

两个男人迈进房门，站在包元瑛身边，谁也不说话，都红着两眼。足有一支烟的时辰，刘久才说："别哭了，快去抓只鸡，家里正好有酒，今天我们老哥俩一醉方休。"

其实，邢岳山回到万家堡，刘久知道好几天了，一点不比包元瑛晚多少。起先，刘久只是发觉带到山上的树苗明显见少，而且接连几日，都是见少。这是谁干的呢，"偷"？大可不必嘛。干这种事的人，十有八九是堡子里或南北二屯的乡亲，想用几棵树苗，张口说话就是了。刘久存了这个心思，便有意躲起来，给对方闪出空当，果然见有人拿走了一些树苗，远看身形或面相，虽眼熟，却一时叫不出名字。刘久悄然尾随，见那人向着樟松林另一侧而去，到了边缘处，竟也是又砍树棵又刨坑，行距株距都与自己一般无二，原来是来帮自己栽树！人家既不想露面，那就随他。隔两日，老父跑到山上来，抱怨道，别一个心眼只知栽树，邢岳山回了堡子可知道？刘久顿时大悟，原来帮他栽树的那个人是邢岳山！原来他还活着！别看平时老父和家人闷声不响，却都知包元瑛和邢岳山的关系非比寻常，那个子瑞的脸庞和体型生生就是邢岳山的活标本！

又两日，也就是那天头晌，邢岳山再来取树苗，刘久便立在了面前，说岳山，既回了堡子，怎么不到家里坐一坐？面对如此场面，邢岳山竟不慌不窘，也不尴尬，只是淡然一笑说，知道你和元瑛生活得挺好，我这心也就踏实了。刘久抓住邢岳山的手，苦笑道，少扯，既是生死兄弟，这就跟我回家！

那天，在饭桌上，邢岳山自然说起自己不堪回首的往事，刘久问："怎么就又让你回来了呢？"

邢岳山说："本以为，我这辈子，就在戈壁滩上打发了，哪承想，一个月前，来劳改农场拉货的大卡车带去通知，让我抓紧收拾东西，跟他们走，然后就先是阿克苏，又去乌鲁木齐，再坐火车到北京，回沈阳，直接送回老家了。"

包元瑛急切地问："这么多年，你不会一封信也不给家里写吧？监狱里的犯人还能给家里写信呢。"

邢岳山苦笑道："能不写吗？写好的信凑一起，足有两麻袋。

可往外寄信必须经过审查，这一审查，就没了消息。"

刘久问："一个大活人，就算战俘是个污点，也不能一关就是二十多年，连个罪名都没有吧？他们给你的罪名定的啥？"

邢岳山摇头："没有，直到今天也没有。可能是我的情况特殊吧。瞒报成份和学历终归是咱的错，不说也罢，但这不是要害。依我自个儿估摸，组织上就是一直怀疑我是美蒋特工，却又没个真凭实据，所以才送到新疆，且让你活着，静待事变。反正年轻轻的放在大戈壁，也不算白吃白喝浪费国家粮食，在那里挖渠筑坝开发绿洲，也不少生产粮食棉花什么的。"

包元瑛再问："那突然放你回来，总该有个说法吧？"

邢岳山再晃头："回来的这一路上，凡遇到领导或管教干部，我自然都要问，但给我的回答却如出一辙，都说再等等，我们也在等上级指示。可上级是谁，哪知道啊。"

那天，三人说了很多，喝的也不少，但落肚的白酒肯定没有眼泪多。入夜，刘久一力做主，让包元瑛搬回东屋，腾出西屋给邢岳山，还说，往后，这儿就是你的家，白天，咱哥俩一块上山栽树，晚上一块回家喝茶扯淡，元瑛负责后勤。现在，我也过把当司令的瘾，不商量，就这么执行吧！

多年以来，包元瑛和刘久一直处于分屋不分家的状态，只有儿子回来或有昔日的战友来家探望留宿时，两人才暂时住在一起。那夜，虽酒意浓浓，但躺在暖暖的火炕上，两人还是难以入眠。窗子开着，如水的月光泼泻进来，夏夜清凉的微风吹拂着两人火热的胸膛。刘久长长叹息说："朝也盼，夜也想，总算把邢岳山盼回来了。你是不是已有了长远的打算？"

包元瑛不知刘久心底怎样想，可话已问到头上，便把逼到门前的险球又送了回去，说："你不是说这回由你当司令吗，那就继续过你的司令瘾。"

这话答得有意思，既有试探，也见了由你定夺的大度。刘久沉默良久，才说："岳山回来，我知道好几天了，也一直在寻思这件事。依我看，咱俩就办了离婚吧，然后，你就大大方方地和岳山住在一起。"

这话，包元瑛虽也想过，但从刘久嘴里这么轻松地说出来，还是让包元瑛颇觉吃惊。她急急坐起，问："那你怎么办？"

刘久脸上，竟仍是轻松的笑靥："你们俩成了一家子，那本是天设地造老天爷安排，再加你们二位的忠贞不二，天理人伦，都只能如此。你们若想去堡子里挑门单过呢，我不阻拦。但我想，你不会，岳山也断然不会同意。那怎么办？本司令的意见是，咱们三人合成一家，你和岳山住西屋，我仍住东屋。既是一家，总得有个家长，谁也别恭让，还是我，东者为尊嘛。这是对外，对内，一切都由你说了算，只要保证我们吃好喝好，能天天上山栽树就行。"

包元瑛万没料到事情竟是这般易如反掌就得到了解决，她伏到刘久胸脯上去，热泪再一次如江河奔涌。她说："久哥，我的亲哥呀……这几天，可把妹子难死了！"

婚后二十多年，两人还是第一次这样紧紧拥抱在一起。

刘久也流了眼泪，可他不去擦，两只粗糙的大掌只是在元瑛背上轻轻地拍抚，仍似开着玩笑地说："半百之人，咋还像个小丫头似的，哥不糊涂，更不会犯浑。"

怀揣着百样心境的堡里人没有看到北沟里发生任何纷争与角逐，扑入众人眼帘的却是三口人风平浪静亲如家人的场面，更让人难以预料的是纠结没有发生在三位当事者之中，却风起北沟外，风起那些事不相干的局外人。

那是个风和日丽的日子，三人一块去了公社民政所，准备先办离婚，再办结婚。民政所的人很吃惊，怔了一阵后，跑出去请示。领导的意见是，让万家堡大队开介绍信。

领导的指示似乎也没什么不妥。那个年月，无论离婚还是结婚，都要由双方所在的单位或大队、街道开证明，尤其是离婚，还须反复做调解，确认双方感情难以调解，才可能开出证明。但是，像包元瑛等三人的情况，让大队开证明只是个拖延的说辞，背后不知给上级机关打过多少请示电话。上级机关的答复一直是"等一等"，公社便当二传手，将此三字再转达给大队革委会。

但包元瑛和刘久、邢岳山不想等，他们要做守法公民，似这样三人同在一个屋檐下算什么呢？所以，隔上十天半月，三人便要跑去一次大队或公社。这般争取、等待，过了三伏，天降白露，上级的指示总算有了些变化："那就给办了吧。但是，对邢岳山的管制不变！"

把离婚证和结婚证一并带回家里那天，入夜时分，刘久将早备好的鞭炮、二踢脚还有两箱烟火摆放在小院正中，说你们两人从今天起，就是正式夫妻了，大喜就得庆贺。咱们谁都不请，也不办什么酒席，这主婚人、证婚人、咨客司仪什么的，统统都是我一人。放心，咱们的婚礼简单，只以鞭炮和礼花敬告天地，敬告活在世上和已远去的父母，敬告所有亲友和乡亲。

那夜，北沟的鞭炮和二踢脚炸响得清脆而洪亮，一簇簇焰火冲天而起，映照得天地都跟着耀眼。

第二夜，子瑞回家来了，是包元瑛写了信，叫在县中学读书的学生捎去的，信上只写，家有大事，见信速归。其实，家中的变化，子瑞早有耳闻，所以连暑假都没回家，母亲既有信，就不好不回了。进了屋，子瑞的目光躲闪着，就是不肯往邢岳山身上落。包元瑛搬过两张木椅，让刘久和邢岳山面南而坐，然后说，我跟邢岳山结婚了，以后是喊爸还是喊叔，随你。子瑞没犹豫，双膝一屈，跪落尘埃，却是面对刘久的方向，然后以膝前行，直扑到刘久面前，抱膝而呼，那声"爸"，直喊落了屋子里所有人的眼泪。

那夜，回了西屋，包元瑛宽慰邢岳山，说子瑞也是奔三的人了，男人嘛，面子矮，别怪他。邢岳山摇头说："看你说的。我怪子瑞什么，这孩子懂事，我高兴！"

其实，回到万家堡后没几天，邢岳山就见过子瑞了，只是那次他是在县高中校门外的不引人注意处，子瑞并不知有个憔悴而黑瘦的人正在不远处满怀深情地望着他。

十八

1978 年的秋天，数日降雨，连绵不绝。乡下人讨厌庄稼入场后的这种降水，称为"烂场雨"，会毁了许多已算基本到手的粮食。

不种庄稼的刘久却把下雨的这几天视为上天赐予的栽树最佳时机。有了秋雨，山土潮湿，不光挖坑省力，还可免去浇灌那道程序。那几天，刘久冒雨栽树，邢岳山和包元瑛则忙着收拾房子。前些年，虽说各种津贴还能按月汇寄，但对房屋修补这些事则是一拖再拖。偏又赶上连天雨，本来早该更换的房顶瓦片越发撑不住劲儿，屋子里已有几处在滴答。包元瑛为此跑去大队给疗养院打电话，回话倒客气，却百般理由一时来不了人，也送不来维修所需物品。秋雨过后，天气就要一天天冷下去，邢岳山不想再等，便将房顶上的瓦都揭下来，然后挑选没破损的先从东屋重铺，再铺中部厨间，西屋那一块也就只能搭盖秫秸遮掩了。入夜，东屋房顶严密，身下又有火炕烤着，便有了别一番滋味的温暖。而西屋，风雨从屋顶直扑而下，让人躲不胜躲。刘久到了西屋，故意黑下脸斥训："你们俩是不是还没在一起腻歪够呀？走，都给本司令滚东屋去！"

邢岳山哈哈笑，和元瑛抓紧收拾行李，说："司令不发话，还能怪我们呀？"

那夜，刘久仍睡炕头，邢岳山挨着他，包元瑛再挨邢岳山。虽是已住过多年的旧家舍，三人却都难以入眠。夜风起了，很凶猛，松涛的呼啸声声入耳。五十年代初栽下的樟子松已有二十多岁，好像人到青年，腰身挺拔，已显雄壮。

邢岳山问："你们听听，窗外的那一阵阵松涛，像什么？"

刘久说："像当年志愿军发起总攻，冲锋号一响，漫山遍野，数万将士齐声喊杀，就是这样的阵势。"

包元瑛说："第二次战役时，我们医院离前线很近，那种喊杀声我们也听得很清楚。其实，隔着一段距离，更像。"

邢岳山又问："咱们栽下的樟子松，统共已有了多少棵？"

刘久说："当初，每天栽多少，元瑛还计在一个小本子上，后来，就没再记。估摸着，总有十来万棵了吧。"

邢岳山说："据我们国家民政部门统计，在朝鲜战场为国捐躯的将士数目是十八万左右，为了保卫共和国，跨过鸭绿江的志愿军将士总数在百万以上。我看，以后咱们栽树，就订两个目标。第一个目标，是十八万棵，为了那些牺牲的英雄；第二个目标，一百万棵，为了所有曾入朝参战的战友。"

刘久用双臂撑着坐起，激动地说："岳山到底是读过大书的！这个目标订得好，订得我浑身长劲！只要咱们还有一口气，就把樟子松栽下去。听，松涛这回是唱起来了，唱得多雄壮，好像是部队拉歌，庆祝胜利呢！"

十九

1980 年深秋的一个傍晚，大队会计跑来北沟，说市民政局来了电话，第二天要有领导来，让邢岳山不要离开万家堡，保证随叫随到。邢岳山问，要不要我去大队恭候？大队会计说，他电话里问过了，说不用。来的领导说具体时间难定，你就在北沟家里等着好了。

市里来人会有什么事？莫不是又要把他带到什么地方去？不对，真要是那样，乡派出所来个人就可以把他提走，还用得着事先来电话吗？

那晚，邢岳山心中忐忑，睡不着。他对包元瑛说，兴许是这树不想让我栽了，往后，还得你和久哥受累。元瑛安慰他，不让他多想，自己却也睡不着，两人一块儿翻来覆去地在小火炕上烙饼。

次日，吃过早饭，刘久让包元瑛帮忙把树苗送上山，留邢岳山在家候着。邢岳山却抢先扛起树苗，说也没多远，有人来我再下来呗。刘久看他态度坚决，也不勉强。

那天是个小阳春，刮南风。顺风刮来村小学校做广播体操的音乐与口令，远远看见有辆吉普车向北沟开来，拖着一路黄尘。邢岳山在衣襟上抹了抹手上的泥巴，说我得下山了。刘久也忙把褂子披上，抓起一根木棒做拐棍，说你先去，我随后就到。不管是啥事，别急，也别怕，有我呢。

邢岳山急急往山下赶，刘久则在后面跟。远远地，看见吉普车在院门外停下，包元瑛陪着车上下来的两个人往山上走。那两个人，一个是蓝色中山装，当时的党政干部都这么穿，没什么特别，另一个则显赫了，一身草绿色的军装，一颗红星头上戴，革命的红旗挂两边，距离虽有点远，看得不那么真切，但影影绰绰的，还是感觉醒目。邢岳山停下脚步，回身等刘久。有军人来，八成是来看望刘久的。

很快，两人近了跟前。那位军人抢先一步，立定，敬礼，是那种很正规的军礼,庄严,神圣,口中还响亮地喊道:"向志愿军老战士敬礼!"

那一刻,邢岳山仍以为来人是看望刘久的,说:"刘久在后面,马上就下来。"

军人挺立不动,再一次响亮地喊道:"向志愿军老战士邢岳山同志敬礼!"

那是秋日里响晴的天,丽日高照,万里无云。撼人心魄的雷声,临空炸响,天地动容。邢岳山呆了,包元瑛呆了,随后赶到的刘久也呆了。几人回到家中,盘腿坐在小火炕上,听军官同志朗声传达志愿军被俘人员问题的复查处理意见。那天,几人满怀激动,不住地抹热泪,听完文件,邢岳山哽咽着说:"我想再听一遍,行不?"民政局的干部接过文件再读,并说,稍等几日,我们会将文件复印件寄到每位老同志手里。

时已近午,刘久让包元瑛快去准备午饭。军官同志制止道,我们还要急着赶往下一家。遭遇了不公平待遇的老同志心里已经委屈了这么多年,喜讯既已下达,我们理应争分夺秒。我们车上带着面包,且等下次来再叙。我们肯定还要来的,落实政策,涉及许多具体环节和项目,比如邢岳山同志虽已年过半百,但距离退休还有十来年时光,对日后的工作可有哪些设想,生活上还有什么要求,是继续留在老家还是想迁往哪座城市,这些具体工作都需一项项落实。请邢岳山同志和家属先把这些事考虑好,过段时间我们再来时,咱们再详谈畅饮也不迟。刘久高兴地说,你们下次来,我就用山上的山鸡野兔招待首长和领导,绝对的山珍野味。

二位同志匆匆而来，又匆匆而去，留给北沟里三位志愿军老兵的是梦中难寻的巨大惊喜，虽然中央文件中落实政策的只涉及邢岳山一人，但包元瑛和刘久的欣喜一点不比邢岳山少。

送走两位干部，在家里吃过午饭，邢岳山便又跟刘久一块上山栽树了，一连数日，都是这样。倒是刘久先忍不住了，问："民政局和军分区的人跟你说的那个事，你怎想？"

邢岳山淡然一笑，说："还是栽咱们的樟子松呗，想什么。"

刘久说："要是进城当个干部，或者像子瑞似的，站讲台，当老师，我看都行。你念过大书，还不像老太太擤大鼻涕似的，手拿把掐。"

邢岳山忍不住笑，说："老哥打个别的比方好不好？我擤了鼻涕也往你身上抹。"转而，叹口气，又说："这么多年，学过啥也差不多都忘光了，就别硬赶鸭子上架了。"

刘久说："这大半辈子，你咽下的苦其实远比我多。你也不用顾虑我，该走就走，城里咋也比北沟舒坦。啥时想老哥了，就和元瑛回来住几天嘛。"

邢岳山说："要图舒坦，我和元瑛就带上老哥一块走了。可这片林子呢？就扔下不管了？我跟老哥说句掏心窝子的话，其实，就是只为咱自个儿着想，我也不想离开北沟。人这一辈子，啥叫舒坦？白天在山林间干点活，回家有老哥和元瑛陪着说说话，夜里让火炕烙烙腰，听听樟松林一阵阵的长吟短唱，两眼一睁又是大天明，这世上就没有什么比这更舒心的日子啦。"

刘久说："这事，你也别犟着只是自个儿拿主意。"

邢岳山说："元瑛怎么想，不用商量，我都知道。难道老哥还摸不准元瑛的心思？"

刘久粗糙的大掌压在邢岳山的手上，动情地说："这辈子，没有元瑛，我活不到今天。我想，你心里要是没有元瑛，也熬不到重回万家堡的那一天。咱老哥俩这辈子有幸，有福，不光都生在万家堡，还都遇到了包元瑛这个好女人！"

两个刚强的汉子不再说话，都垂着头，一任泪水将林地上的枯树叶淋打得嘀嗒作响。

二十

邢岳山是按部队副营职待遇提前退伍安置的。很快，市民政局派人送来了补发的工资，装在一个牛皮纸口袋里，厚厚的一沓，沉甸甸。送客人走后，邢岳山将纸袋往刘久面前一放，笑说："咱这个家，老哥是家长，我如数交柜。"

刘久也笑，说："谁正儿八经的司令管这个？你既说交柜，咱家不是有后勤部长嘛。"说着，纸袋便到了包元瑛面前。

包元瑛却又把纸袋子放回邢岳山面前，说："以后国家按月给你的退休金，不管多少，你交我，我都跟收老哥的一样收下，咱们三人的钱放在一起花。可这笔钱，是国家对你以前三十年的补偿，还是你自己保管的好。"

邢岳山看包元瑛态度坚决，又看刘久点头赞许，便说："后勤部长既不收，那就赶快花出去。你们二位都帮我想一想，看花在什么地方正当紧，好钢要用在刀刃儿上。"

邢岳山看中的"刀刃"是给北沟家中安装电话。以前，家中有事，尤其是省城疗养院找刘久，都是去大队部。跑个来回总得个把钟头，若是刘久亲自去，还得有人陪。对此建议，刘久摇头，说就咱们仨，一年到头又有几个电话？包元瑛却明了邢岳山的心思，回到老家这几年，吃住在北沟，开销尽是刘久的津贴，刘久从来没有半句怨言，但岳山却难免心中不安。现在有能力了，岳山自然急着想给家里办点事。包元瑛说，我听收音机里近来常说一个词儿，叫前瞻性。我看岳山这个想法就有前瞻性。虽说眼下咱们用电话的事儿不多，但别忘了，咱们也都是扔下半百往花甲奔的人啦，谁敢保证永远没个大病小灾？身边有个电话，遇事打出去，急救站的汽车很快就开来了。刘久故意翻楞眼睛，还呸了一声，说这话我不爱听，谁大病小灾了，我们都得长命百岁。

话虽是这么说，但安装电话的事还是达成了共识。但那些年，安电话还不仅仅是钱的事，申请人的级别和待遇就是一道很高很陡的槛儿，再加北沟与连接村委会的电话线路又远，那也是审批者不肯点头的原因。放暑假时，子瑞带儿媳回北沟，邢岳山说了安装电话的事。儿媳在县里一所小学当老师，听后便大包大揽，说这事好办，我和子瑞回去后，在学生里找一找，不信学生家长里就没有电话局的人。久不和社会上的人打交道的三位长辈听此言，竟都有些慌，说可别坏了国家的规矩，你们年轻人更不能犯错误，电话的事，不急。

安装电话的事还是被搁置了。倒是这年春节，子瑞回家，带回了一台电视机，牡丹牌，14吋，还是彩色的。在凌厉的寒风里，邢岳山帮子瑞又是上房又是爬树，总算把天线安装上去，电视虽还模糊，但总算能看得懂屏幕上的内容了。邢岳山拿出票子给子瑞，子瑞不接，说这是我送给老人们的春节礼物。邢岳山再让包元瑛把钱给子瑞，包元瑛却瞪眼说，你是真不懂孩子的心还是假不懂，非得让子瑞扯着耳朵喊爸你才认他是你儿子呀？

正巧那晚，电视里播放《英雄儿女》。这个电影邢岳山还是头一次看，看到王成手执爆破筒对着步话机高喊"向我开炮"时，邢岳山泪水滂沱，鼻涕一把泪一把地说："那种时候……那种时候……我……我手里不是没有爆破筒嘛……"

二十一

邢岳山病逝于1993年，肝癌，享年六十五岁。

邢岳山刚从新疆回到万家堡的时候，身体就黑瘦。当时包元瑛和刘久以为他是累的，营养长期跟不上，便在饮食上下功夫。山上林子里的野鸡山兔不少，刘久设套子下夹子，三天两头便提回两只。子瑞从县里回家来，也总是带上一些补养身体的东西，但几年下来，并未见多大起色，反倒是邢岳山上山植树时，时常大汗淋漓。刘久催包元瑛陪着去医院看看，可邢岳山不去，只说干点活比什么都强。元瑛知道邢岳山的心思，去医院总得取药打针，那就要花钱，可那时邢岳山没有任何收入，包元瑛也没有，三口人的开销一直都指望着刘久那为数不多的工资和补贴，岳山不想再给家里添负担。及至落实了政策，欠下的工资也补发下来，邢岳山才在刘久和元瑛的一再催促下，总算去了一趟县医院，但他不许包元瑛陪，也不让子瑞知道，是自己去的，早起走，晚上就回来了，一脸的欣喜与释然，说医生有话，没大事，就是岁数大了，慢慢养着吧。但从那以后，他不再跟刘久和元瑛一起吃饭，只说自己牙口不行了，吃得慢，让元瑛把饭菜单独给盛出来，他要细嚼慢咽，饭后也将碗筷自己洗好单独存放。元瑛暗嘱子瑞打探，子瑞带回医院的诊断证明，说邢岳山患的是肝病，乙型肝炎，可能会传染，家属要格外小心在意，控制病情发展。子瑞还说，我叔回家来既没说，你们就装糊涂，也别问，省得他有思想负担。以后再不能让我叔累着，增加营养，好生将息吧。大夫说这病不好治。

又这般过了三年，邢岳山的身体越发不好，腹部硬硬的似一面鼓，但每天还是坚持上山植树。那年暑期，子瑞借了一辆小汽车，拉邢岳山去市里，再去沈阳的几家大医院。每次，医生都是单独找包元瑛或子瑞谈话。两人回来时，虽强颜欢笑，但邢岳山心里已是一清二楚。子瑞再想驱车奔北京，邢岳山就坚决制止了："哪也不去了，回家，回北沟，有这工夫，不如和你爸多栽几棵树！"

子瑞急切地说："爸，你别犟了好不好！我打听了，到底还是北京的医疗资源雄厚。"

那声爸，是子瑞头一次叫。邢岳山听得很清爽，很真切，他将自己那只日渐枯干无力的手掌跟儿子的手死死地抓握在一起，说:"子瑞,爸知道自己得的是什么病,晚期,硬化,浮水了,医院不给治,那就回家去,坐在樟松林子里,空气好,心情好,爸兴许还能多活几天。再四处跑,糟蹋钱是小事,不能让爸心不安呀!"

子瑞说:"爸,你有啥心不安的。别忘了,凡事还有儿子在呢。"

邢岳山一再摇头,说:"爸这辈子亏欠你妈太多太多了。爸知你和你妈的心,别跟爸犟了。"

归根结底,邢岳山想的,还是自己走后包元瑛的生活,过日子不能没钱,能多留一点是一点吧。在弥留的日子,邢岳山挣着生命最后的力气,喘息着对守在身边的刘久说:"我在新疆时……给自己立下……两个愿望,一个是……死也要死在……元瑛身旁,再一个,我要让人们知道……我邢岳山是条好狗……不是癞狗。好狗护三邻啊。咱们不光护三邻……还保过家卫过国……"

刘久把脑门与邢岳山顶在一起:"咱志愿军战士都是好汉,舍得生死的英雄好汉!"邢岳山喃喃说:"谢谢老哥……帮我把这两个梦都圆了。要说这辈子……的遗憾,就是和老哥没待够……"

刘久抓着邢岳山的手在自己脸上摩挲,说:"老弟先走一步,本司令再给你一个任务,到了那边,守住一个山头,用不了几年,老哥我必到,咱老哥俩还在一起。"

"那敢情好……老哥别急,多栽几年树吧,让咱们的樟松林子再大一点……"邢岳山痛苦的脸上露出难得的笑容。

邢岳山逝后，遵照遗嘱，骨灰撒在樟松林间，不立碑，也没有墓地。丧事后，子瑞再次提出将包元瑛和刘久接到城里一块住，刘久不去，包元瑛也不去，说我们还要栽树呢，只要还干得动，哪也不去。子瑞犹豫地问，世上的事，难免人多口杂，是不是办个复婚的手续才好？包元瑛瞪眼说，刘久是你爸，我是你妈，要那个手续有啥用？谁愿说啥说啥去！

九年后，2002 年，退休在家十余年的市林业局局长黄大勇因心脏病去世，享年七十三岁。很少出北沟的刘久和包元瑛得此消息，还是腰上扎着白孝带的黄大勇的儿女专程来家告知的。黄大勇的儿子说，遗体告别仪式已举行过，但遗体还保存在殡仪馆里。父亲生前多次跟儿子说，死后回老家，最好能睡在北沟樟松林里。黄大勇的女儿说，我爸一生最骄傲的两件事，一是参加了抗美援朝，二是跟刘叔包姨一块植树造林。把我爸安葬在樟松林里，不管需要什么费用，我们家属全部承担。见两位老人不说话，黄大勇的儿子又说，其实，在来北沟前，我们已去过乡政府，乡领导说，虽说国家提倡火葬，但在不占耕地的前提下，村民将亲友遗体安葬在山林间，乡政府也是默许的，只是要先交付一些费用。乡领导还说，这事只要刘久和包元瑛二位老人点头，乡里不干涉。

话已说得这般清楚，刘久便明确表态："黄大勇老哥死后要回北沟，我和元瑛都感动，也欢迎，我想，连先一步而去的你们的邢岳山邢叔叔也一定很高兴。邢岳山书读得多，活着时，没少跟我和包元瑛念叨两句诗，是陈毅元帅写的，'此去泉台招旧部，十万旌旗斩阎罗'。诗我不大明白，但大致的意思我还是懂的。我不是将军，但我和黄大勇、邢岳山、包元瑛肯定都是个不错的旧部战士。选个合适的日子，你们把黄大勇的骨灰送回来吧，和邢岳山的一样撒在樟松林子里，有这青山在，我看不比任何陵园逊色。我和包元瑛也都是七十多岁的人了，来日不多，但不管是谁先谁后，没二话，都这样。志愿军老兵说话算数，就像满山的樟子松，落地生根。二位小侄也别怪我们老头老太太死心眼一根筋，这些年，这类事没少有人找到过我们，村里乡里，甚至县里市里，我们都是这个意见。而且，我们还有附加条件，也不是谁的骨灰都可以撒到这里，只有当过志愿军的，我们才欢迎魂归樟松林。"

又十二年，2014年冬，刘久驾鹤西去，享年八十五岁。刘久的后事虽简单，却隆重。医生开出死亡证明后，遗体径送殡仪馆火化。头七那天，子瑞率领子孙后人，穿行樟松林，将骨灰一路掬撒，伴着队伍的是昂扬的《志愿军军歌》，录音机负在子瑞儿子背上。送行人回到家中，子瑞问母亲，父亲有儿有孙，葬礼是不是也太过简单了？包元瑛说，不简单。按你父亲的意思，连军歌都不用放，越简单越好。我觉着，你既没违你父亲的心意，又有自己的发挥，他的在天之灵一定很高兴。我日后也终有这一天，你给我记牢实了，那天，你给我放《英雄赞歌》，选马玉涛唱的那首。再往后，或清明，或想我和你爸你父亲了，你还放这支歌，我知道很多歌唱家都唱过这支歌，你轮着放，你爸和你父亲都喜欢。

　　刘久走后，子瑞也曾无数次劝说母亲跟他一块去住县城，软软硬硬的办法与手段都用过，但不管是谁，也不管怎么说，包元瑛都是摇头。好在子瑞也到退休年龄了，有大把的时光陪伴母亲，到了星期天节假日，儿媳孙媳也会带孩子们来北沟小聚。那时，广阔而清新的松林里，不仅会有短暂的欢闹，还会增添几棵孩子们栽下的树苗。

　　人老了，觉少了。月光下，子瑞常陪母亲坐在院子里，不厌其烦地听母亲讲述过去的故事。有时，起风了，松涛呼啸，包元瑛便说，听听，又打冲锋了，这回阵势不小；也有时，松涛只在林地边缘轻吟，或在林地上空打出一个短促的呼哨，子瑞便故意问，妈，这又是什么？包元瑛说，部队也不能总打仗，这是在开联欢会呢，有大合唱，有小合唱和独唱，也有笛子独奏……

百岁金莲

一

岳老太生于 1915 年，卒于 2014 年，享年九十九岁，中国民间习惯用虚岁，那就是百岁老人了。岳老太户籍上的名字叫岳金莲，曾用名是张岳氏。生前，无论是谁问姓名，她都大声亮嗓地报上张岳氏，只有再问你还有别的名字吗，老太太才会说出岳金莲，声音小了许多，神情里还透着些许少女般的羞涩与不情愿。

岳老太在北口县域还是颇有些名气的。每年春节前或重阳节，县里的民政部门或妇联领导都会登门，带上精米白面，离去前还会留下一个红包，里面是与年递增的票子。人们的敬重，除了岳老太高寿，再一点就是她的那双小脚以及跟这双小脚似乎有关却又无关的诸多故事。若说三寸，还是夸张了点，不足半尺吧，头部尖尖，脚背弓起，比眼下年轻人爱不释手的智能手机长不多点。岳老太深知客人对她的这双小脚的惊奇，所以每当得了有人拜访的通知，便提前将裤腿用长长的黑布带扎起，听大门外人语喧哗，还迈开步子走出房门迎接。客人要携扶老人回屋，老人常是坚决地推开，说不用不用，你们是客，别客气。然后才在众人的注视下，迈动那两只小脚，稳稳实实地进了屋子，腰身虽有些别样的扭动，但丝毫不影响脚步的稳健。曾孙女不止一次地对太奶奶说，下回，不管谁来，咱都不扎裤腿了，要不，就把我给你买的黑长裙穿上。岳老太瞪眼佯嗔，说人家不就是想看看小脚吗，那就让他们看，管够看，丢什么人啦！所以，岳老太的辞世，虽不敢放在全国全省的大格局上说事，但起码，在北口县乃至全市，却标志着小脚女人时代的彻底结束。

高寿的岳老太已见了六辈人。老伴和亲生的一儿一女都已先她而去，岳老太便跟长房长孙住在一起。岳老太的辞世，也有着让人惊诧的神奇色彩，没有病痛，也没有弥留。那天，是入冬时节，天气有点冷。孙子家有只羊滚了崖，孙子便把羊放了血，找来住在附近的亲属一起来家吃全羊喝羊汤。岳老太端坐正席，吃得满面红光，挺高兴。撤席时，老太说，你们玩吧，我去眯一觉。老太说的玩，就是打麻将或甩扑克，每次家人们聚一起，饭后都要乐上一阵。曾孙女跟过去说，太奶奶，天凉了，我再给你盖条小被。老太说，快去帮你妈擦桌洗碗，盖被子我还不行呀，还没活那么废物呢。老太临进自己的房门，转身对众人说，孩子们，好日子长着呢，要好好过，一步一步走稳当，我就不惦着你们了。这话说得有点突兀，刚喝过酒的孙子重孙们怔了一下，旋即哈哈笑答，托老祖宗的福，您老人家放心吧。

岳老太再没说什么，独自进了自己的房间，掩严了门。麻将打过两圈，孙媳轻轻推开老太的门，想看看老人家是否睡得安稳，但立刻转身跑回来，脸上满是惊惶，说你们快去看看，老祖宗这是怎么啦，怎么自个儿就把装老的衣裳都穿上啦！众人急进屋子，只见老太端端地躺在炕心一动不动，身上不仅齐齐整整地穿好了早备在柜子里的装老衣裤，还穿好了黑色的丧袍和丧靴，连绣着金凤翔云的黑色棉绒帽子都端端正正地戴在了头上，而身下，则平展展地铺着金黄色的丧褥。孙子也是年过花甲之人了，对世间的事也算有了经验，他轻步上前，附在老太耳畔喊了两声奶奶，又伸手在老太鼻下试过，怔愕有顷，转身往外推众人，说老祖宗睡着了，都出去吧。众人退到门外，惊怵地不知如何是好。孙子又将重孙扯到一边，悄声吩咐快打120，并将村里张罗丧事的咨客赶快请来。重孙不解，问到底是想送我太奶奶去医院，还是太奶奶真就不行了呀？家里有事，老爸你别先乱了分寸呀。孙子斥道，让你办什么就快去办，废什么话！

咨客先到，随孙子进了老太的房间，出来时对众人说，大家进屋，都跪下，听我的口令给老人家磕头送行。但谁也不许哭，老太太高寿百年，已驾鹤瀛台，是仙逝，喜丧。人这一辈子，能修行到老太太这个地步，万里难有其一，神仙不过如此。众人想想老祖宗临行前说给大家的话，一个个惊得瞠目结舌，即使有泪水流下来，也忙擦去了。

救护车很快也到了。医护人员进了屋子，用听诊器听过，黑着脸责怪，说人已走了，还叫我们来干什么？岳老太孙子说，老太太晌午跟我们吃饭，还一起说笑呢，只说进屋睡觉，自己就把衣裳穿上了，我们不知这是真死还是假死呀，要是真死了，又是因为什么病？医生叹息说，无疾而终，逝者先知，这在世界上不乏先例。但究竟是什么原因，就是现代医学也未有定论。节哀顺变吧。

虽说是喜丧，但丧事总要操办，而且更要办得隆重。灵棚搭起来了，讣告送出去了，鼓乐吹奏起来了。女人们在灵棚前摆起了几张炕桌，围坐在一起用金箔纸叠元宝，为远行的逝者带足富贵。女人们手在忙，嘴巴也不闲着，话题自然都离不开老祖宗。北方丧事的这个民俗世代流传不息，就是因为不仅让奔丧的亲友们在忙碌中有了一些抚慰和安宁，还等于举办了不限时也不拘于形式的悼念或曰追思活动。

侄孙媳说，咱家老太太这辈子亏就亏在那两只小脚上了，又没念过书，不然，那就是个上马抢刀，坐帐设谋的人物，就好比古时的花木兰、穆桂英。

曾孙女不同意，说祖奶奶活着时，自己可从不认这个账。要说不识字，咱们这些识文断字的要是讲起诸葛亮刘关张，讲起水泊梁山一百单八将，哪个讲得过她？以前我每次来家，都张罗着烧水给她洗脚，老太太总是笑哈哈的，说你们年轻人不就是稀罕我这两只小脚吗，那就洗吧。我故意挠她的脚心，可老太太就是

不躲，也不笑，生生忍着痒，看你还能怎么样。我对老太太说，
要是太奶奶也长一双大脚，这辈子又会怎样呢？老太太说，小脚
怎么了，小脚也没耽误我从小跟男孩子一样上树粘热儿（蝉，或
叫知了）、下河摸鱼，人这一辈子呀，最当紧的是心性，只要硬
得起来，没事不惹事，有事不怕事，就没什么过不去的山蹚不过
的河。要说邪乎（厉害），日本小鬼子邪乎不，可你们也亲眼见
过的，我那个日本儿子是不是哪年都要跑回来一两趟，跪在地上
管我这小脚老太太叫妈？

　　提起那个日本人，人们便齐齐扭头去找正在厨棚张罗的长孙
媳，问老太太过世的消息是否已告诉日本那边了？长孙媳摇头
说，二叔前年来家，临走前跪在老太太膝下痛哭，说自己得了绝
症，怕是以后再不能回来看妈了。老太太听这话，竟是一滴眼泪
没掉，只是抚着日本儿子的脑袋说，归齐了，人都得走这一步嘛。
你要真先到了那边，就给妈占个地儿，下辈们咱们还做娘儿俩。

　　一位刚从黑龙江虎林县赶过来的中年汉子在灵前燃过纸钱，
磕过头，起身坐到桌前，也叠起了元宝，良久，才说，姑奶奶走
了，那个日本人可能也不在世上了，有些话，以前姑奶奶不让说，
今儿，我看是跟大家详细说说的时候了。那个日本人，可不是姑
奶奶捡来的，而是姑奶奶设计在小鬼子眼皮子底下生生偷出来的，
帮手就是我爷爷。这话是前些年我爷爷去世前亲口说给我的……

二

　　岳老太年轻的时候，进城给有钱有势的人家当奶妈，那年她

二十五岁，算一算，是 1940 年吧。

从小没个正经名字的岳家二丫二十岁嫁到张家。二十五岁时已是两个孩子的母亲。老大是男孩，老二是女孩，这种结构可谓称心遂愿，千金不换。男人说，过两年，老三要也是个带把的，可就是双保险了。岳氏翻眼瞪他，说你可饶了我吧，这一大家子人怎么养活，我还替你愁呢。张家确是穷，老少三辈十来口人只指望种几亩薄田过日子，还要供小叔子在县城里读国立高级中学，以图改换张家日后的门庭，所以日子就过得更加窘促。好在岳氏的两乳争气，虽是吃糠咽菜，生过孩子后却乳如泉涌，让人意想不到地蓬勃旺盛。有人介绍她进城当奶妈，岳氏便狠狠心，把嗷嗷待哺的女儿连同稍大些的男孩都丢给了婆婆。

张岳氏进的人家是县里的税务局局长，肥差，把个弃旧换新的二茬媳妇养得白白胖胖，但媳妇生下孩子后却死活催不下奶来。这种事，有钱人不在乎，雇嬷嬷嘛。嬷嬷是旗人（满族人）的叫法，就是奶妈。张岳氏进了税务局局长的家，进门先试奶，那孩子进了岳氏的怀抱，立刻埋头吮吸，吃饱了便酣酣睡去。局长媳妇大喜，局长的眼睛却盯在岳氏的脚下，将中介人拉到一边，脸上露出的明显是挑剔。中介人会意，说你家雇的是奶妈，又不是忙活杂乱事的老妈子，脚大脚小有什么关系。要我说，这小脚更难得，不会奶完孩子四处跑，不乱跑就省嚼货，还养奶。这还是小账，若是好往外跑的人再鬼魔眼障地把你家值钱的东西塞在怀里带出去，那亏吃得才叫大呢。媳妇跟过去，用眼睛翻局长，说雇奶妈是给我儿子吃奶，又不是喂你，小脚大脚的跟你

有什么关系？除了嫌脚小，你是不是还嫌人家脸黑，不够漂亮
呀？局长听小媳妇说出这样的歪话，气得哭笑不得，转身离去，
扔下话，说你相中了，那就留下。哪天你带她去警察局把良民
证办下来。

日本人霸占中国东北那些年，对老百姓管得死紧，年过十四
岁都要办良民证。尤其是乡下人，进城超过三日的，还得重新办
理暂居证。办事人员看税务局局长的新太太亲自带人来了，自然
客气许多。问姓甚名谁，又问可还有别的名字？张岳氏说，有一
个就中呗，那东西又不是换季的衣裳，越多越好。办事人员说，
满天下的中国女人都是这个氏那个氏的，重名太多，你再新起一
个。张岳氏说，那就麻烦你帮我起一个不重的，我不识字。办事
人员上下看了看面前这个敢说话的乡下女人，嘴角闪过一丝浅
笑，执笔在证件上填写，说，拿好，别弄丢了。

张岳氏拿了新证件，有些兴奋。出了警察局的门，她将证件
递给局长媳妇，说也不知道给我起了个什么名字，你帮我看看。
局长媳妇原是在奉天城读过女子大学的，姓何，叫何凤娴。家里
有田产又开着矿山的父亲想跟税务局局长攀亲戚，便让她停了学
业回家嫁人。何凤娴看过证件，说还算行吧，岳金莲。张岳氏恨
道，这个也行？《水浒传》里有个潘金莲，除了谋害亲夫，还跟
西门庆狗扯羊皮，最后没落得好下场，活活让武松割了脑袋。恶
心死人的一个名字，还行？何凤娴说，你不是说没读过书吗，怎
么还懂这些？岳金莲说，可我听过评书呀。我娘家屯里有个说书
的先生，说得可好了，不光会说三国，还会说水浒和三侠五义，

我没出门子时可没少听。要不十冬腊月的，夜老长，庄稼院里的人还能总趴在火炕上睡觉呀。何凤娴说，我猜想呀，人家也不是想埋汰你，你又不姓潘，他是笑话你这双小脚呢。古来读书人好把小脚称作"三寸金莲"。岳金莲怔了怔，转而拊掌大笑，说我又不懂，那他笑话我啥，再说他家就没有女人裹小脚呀，他妈没裹，不信他奶他姥都没裹。反正我回乡下后，还叫我的张岳氏去。

岳金莲来的这户人家住的地方叫八大户，县城里的人都这么叫。阔大的院子，四周一人多高的砖墙围着，只有八户，一家一栋房，每栋房之间都有修剪得整整齐齐的丛树墙，树墙内则是花圃，从春到秋，总有各样的花朵开放。岳金莲心里奇怪，放着现成的园田和人工，种些菜蔬多好，花草再好看又顶什么用？这些话她跟女主人说过，何凤娴只是把嘴撇了撇，懒得多说，岳金莲也就不再问了。

住在这样院子里的人自然都不是寻常人家。一户是县长，日本人，瘸子，听说是跟老毛子争旅顺口时落下的。另一个是警察局局长，也是日本人，上战场跟中国人打仗，受了伤，但手脚却齐整利索。八大户里只有这两户是日本人，其余的六家则是中国人，但官帽子都戴得不小，税务局局长、民政局局长、财政局局长……出了大院门都是跟中国人用鼻子打哼哼的人物。

初来八大户的头一年，奶养的孩子小，岳金莲不大出屋。一年之后，孩子蹒跚学步了，也需要常抱到外面晒晒太阳，岳金莲便跟外部的世界有了更多的接触。八大户差不多家家都雇保姆，有的还不止一个，天气好的时候，保姆和奶妈们聚在一起，或晒晒太阳或吹吹凉风。那年春天，八大户的大门外突然围来很多人，一个个跪在那里不起身，差不多都是来找警察局局长的，说是家里的男人被抓了，求警察局放人。院里的用人们一时清闲，凑上前看热闹。跪地的人看有人过来，也不管是谁，忙上前磕头，说各位大姨，求你们跟局长递个话，把我儿子放了吧。我家只有那么一个壮劳力，没了他，这一家人可就没了活路啦。那天，岳金莲趁身边没人，低声问抱她腿求告的老太太，你家什么人被抓了？可是因为啥？老太太说，是我儿子。我家在河洼地种了两亩水田。开春育完秧后，家里剩下一捧稻种。前些日子，我孙子病了，发烧，好几天吃不下饭，我就把那捧稻种捣（舂）了，给孩子熬了碗大米粥。哪曾想，这碗粥就惹下了大祸，警察局把我儿子捆了，说是经济犯。岳金莲叹了口气，安慰说，大婶你别着急，又不是杀人放火，不就是一碗大米粥嘛，他们关几天也就放人了。老太太又抹眼泪又擤鼻涕地说，要是光押几天我还怕啥，他姨呀，你可能不知道，听局子里的人说，这拨人，不管犯啥罪，也不管事大事小，一码都送日本当劳工，那就是进了十八层地狱，想回来比登天还难啦！

　　岳金莲正惊愕间，突见两辆挎斗摩托突突地疾驰而来。大门口堵了人，摩托车不能直接开进去，小鬼子局长和警察们跳下车，二话不说，对着那些跪地求告的人又踢又踹。小鬼子局长一边踢还一边骂："八格牙路，死啦死啦的，滚，都滚！"警察的鞋是高帮的牛皮鞋，厚厚的鞋底下挂着铁掌。那铁蹄朝着人们脑袋胸脯上踢，踢倒了还径往脸上蹬踹。原先守着院门的伪警察见状，也抡起手里的棍棒上前踢打，哪里还容得跪地求告的人们有半句申辩。

这样的情景持续了数日，几乎每天都有中国的老百姓跪在大门外。有一天，那个因给病孙子熬大米粥被抓了儿子的老太太又来了，从挎来的荆条筐里捧出一只陶罐，跪着对持棒而立的警察说，这位长官，我老太太求你给局长捎个话，说我知道给小孙子吃大米不对，我犯罪了，该死，那我就去死，只求把我儿子放出来。我那一家子，老的老，小的小，离不开我儿子呀。老太太说着，抱起陶罐就咕咚咕咚喝下去。初时，人们还以为老太太喝的是凉水，等那罐里液体的味道飘散开来，人们才知大事不好，要出人命了。那是卤水，点豆腐用的。人身子里的血液要是像豆浆一样被点成脑儿，那还有个活吗？人们慌乱起来，有经验的大声喊，快去豆腐坊，找豆浆，灌下去兴许还有救！连那提棒的警察也慌了，转身往小鬼子局长家跑，局长家有电话。说话间，有人端着瓦盆子赶回来了，也顾不得豆浆凉热，捏开老太太的嘴巴就灌。说话间，又听摩托车轰轰作响，小鬼子局长跳下摩托，飞起一脚踢飞了盛豆浆的瓦罐子，又一脚将灌老太太豆浆的人踢翻在地，然后便抡胳膊吼骂，叽里哇啦，八格牙路不离口。眼见着，一个警察又从随后驶来的摩托上抱下一只腰粗的瓦坛，咚的一声放在门前的石墩上。跟在小鬼子局长身后的翻译官大声说，太君说了，中国人不是爱喝卤水吗，那就喝，管够。太君把东西给你们预备在这儿，谁愿喝多少喝多少。

这一幕，岳金莲眼睁睁看得一清二楚。见小鬼子局长坐着摩托来了，有人怕惹麻烦，扯着她的衣襟往后撤。可岳金莲不走，站稳一双小脚非要看看小鬼子还怎样逞凶。这日本人也太他妈的没人味了，且不论中国人吃一口自己种的大米是犯了多大的罪过，老太太已经喝下卤水，正是说咽气就咽气的紧急当口，你不说赶快救人，还把卤水坛子摆上来，还他妈的是人吗……

当晚，税务局局长回家吃饭，岳金莲便把窝在心里的话说了出来。当然，话出口，还是比较委婉的。她说，局长是有身份的人，有些话，您说出口，肯定会比我们小老百姓有分量。中国人偷吃一口大米，日本人怎就非往死逼，还非得把人家里的壮劳力抓去当劳工。再说，就在这大院门口，整得哭哭叫叫死去活来的，别人害不害怕我不敢说，只怕吓得我连奶水都要没了。局长媳妇也说，可不是，有本事去跟中国军队真刀实枪地打，值当跟手无寸铁的小老百姓吹胡子瞪眼当凶神吗？税务局局长沉着脸，先还只是闷头吃饭，放下筷子时才说，日本人眼下可不光跟中国打，在太平洋上连美国军队都敢公开叫板了。日本人怕美国人把战火烧到日本本土去，所以不光要抓紧把大批中国物资弄到日本去，还需要大批劳工去日本修筑战备工事，不抓中国人，他们哪还有那么多青壮男丁。所以呀，以后你们在家，外面的那些热闹还是少去看为好，不咸不淡的话也少说。嫌外面闹，就把家里的门窗都关严实了。小心那个龟岛局长哪天打人打红了眼，连你们也踹上两脚……

三

那一夜，岳金莲睡不安实，满脑子想的都是白天的事，还有税务局局长的话。闭上眼，眼前晃动的就是那个喝了卤水的老太婆惨白惨白的脸。那个老太婆太像自己的娘家妈了，年龄、体态都像，连说话的语气都像。老太婆走了绝路，是不是在外挨小鬼子欺负，回家又受了儿媳妇的责怪呢，怪她不该给孙子偷熬大米粥，又怪她熬过粥后没将锅碗收拾干净……

在大院里散心时，听小鬼子局长家的保姆嘀咕过，说局长全名叫龟岛一郎，刚来中国时是在军队，还当着一个小队长，打仗受了伤后，就来北口县当了警察局长。龟岛挨的那一枪也挨的是地方，活该在裆上，上蹿下跳的不受影响，可从心理上讲，就是废人一个了。龟岛恨中国人毁了他的命根子，所以对中国老百姓无所不用其极，就是回到家里，那种变态的心理也不时在自己媳妇身上发作。深夜，他时常不能在媳妇身上一逞男人的能耐，便又是咬又是拧百般折磨。媳妇有苦说不出，早生出带着儿子回日本的想法，但龟岛又不让，说满洲国兴许比日本本土安全些，他不能再丢了儿子。日本男人受中国传统文化的影响很深很重，骨子里认为只有儿孙才是传宗接代的承续，他不能让龟岛家族的根系在自己这儿断绝。

岳金莲睡不着觉的时候常想起在娘家时佟家三叔的评书。佟先生是旗人，年轻时读过几年私塾，后来，佟家家道日渐衰落，佟先生不再读书，变成了二八月庄稼人，其他时光，他还是与书本相伴，只要手里有书，不定歪在哪里，都能看上半天。再后来，老辈因抽大烟连房子和田地都卖了，佟家开始了揭不开锅的日子，佟先生便利用漫长的冬季说书，说三国，讲水浒，有时还讲杜十娘怒沉百宝箱，讲卖油翁独占花魁，据说都是"三言二拍"里的故事。佟先生不光在本屯讲，有时还去相邻的村庄，往往是，讲到兴处，佟先生就抹抹嘴巴，说傍黑喝稀粥，水了咣叽的，太不抗饿，说不动了。每到这时，就有人将带在身边的嚼货倒进佟先生早备着的布袋里去，或一升玉米，或一碗高粱，有时还有粘豆包或地瓜土豆。每当其时，佟先生总会合起双手，坐在那里作揖打拱，嘴里叨念，辱没先人，辱没读书人，谢谢，真是谢谢啦。

　　乡间的说书场所多是热烘烘的大火炕，挤坐二三十人不成问题。若是南北炕，那就更美，足可坐四五十人。所谓南北炕，就是在两间屋内，不仅靠南的一面铺炕，临北墙的一面也铺，两炕之间有烟道相连。农舍这般布局，也是情境使然。东北的大冬天冷呀，屋内两炕相通，既可省许多柴火，还可聚更多人气。家里有两代人，甚至三代人、四代人，都无妨，两炕之间拉起布幔，大炕中间再立起障板，就什么都有了，别挨冻是硬道理。看看夜深，总有耐不住的汉子放话，说先放放三气周瑜，来点干的吧。佟先生一笑，说那就请妹子侄女们回去歇着吧，记住我说到哪儿了，明天接着讲。据说，碍嘴的女人们离去后，佟先生便要重讲潘金莲杜十娘卖油郎了，但不再按书上的套路讲，而是添油加醋，荤荤素素，掰开饽饽说馅儿，重点是男女间的那点花粉事。佟先生杂书读得多，加之口才不错，落魄之人，岂敢再充斯文，自古以来，乡间这种人物不少，放下不提。

　　岳金莲在娘家时，自然就是那些妹子侄女中的一员。佟先生嘴巴里吐出的莲花虽没听得完全，但那些上得了台面的英雄豪杰的故事却听了一遍又一遍。岳金莲虽没进过学堂，可记性好，悟性更好，且不乏回味反刍举一反三的能力。有一次，佟先生讲完华容道关羽捉放曹的故事，岳金莲突然问，诸葛亮既是如此知人善任神机妙算，为什么还把荆州那么重要的地方交给骄傲自大的关羽镇守？一时间，佟先生竟被问哑了嘴巴，好半天说不出个所以然来，倒是在座的别人责怪说，听古就是听古，哪来的那么多为什么？事后，看岳金莲没在身边，佟先生感叹说，这丫头若不是生为女流，再读几年书，前程不可限量呀！

那一夜，当窗外传来报晓的鸡啼时，岳金莲突然生出那个计谋并迅即做出了至死不渝的决定。在此之前，她究竟想到了什么，是刘备去东吴娶了孙权的妹子，让周大都督赔了夫人又折兵呢，还是梁山好汉智取生辰纲？不得而知。反倒是主意一定，心绪也就沉静了下来，岳金莲是在一声接一声的鸡啼声中酣酣睡去的。

第二天，趁着小主人吃饱沉睡，岳金莲只说去外面转转，直走到县国高的校门外。下课了，她请学生把小叔子叫到校门外来，扯到僻静些的地方，低声吩咐，你赶快替嫂子写封信，寄给我娘家兄弟岳奉杰，叫他快来一趟，就说我摊上大事了，人命关天。

小叔子吃惊，瞪圆了眼睛：岳奉杰？嫂子知道他去了哪儿呀？

废话！叫你写你就写。他在哪儿，还有我让你写信的事，可就你知我知，漏出去半个字，小心嫂子从此不认你。

那嫂子摊上了什么大事，总得告诉我一声吧？

我就在你跟前活蹦乱跳地站着呢，你说我摊上了什么大事。

你手上也没个纸笔，我说下的这个地址，你不会记不住吧？

嫂子还信不着兄弟这个脑瓜子呀。

小叔子生就一颗爱念书又会念书的脑袋，可家里穷，供不起，若不是嫂子做主，并从当奶妈的工钱里一月拿出两块银元，再好用的脑子也只好认了在庄稼地里爬垄沟。所以，嫂子岳金莲的话，在小叔子这里，堪比懿旨。

数日后，岳奉杰的身影出现在了八大户院门外。岳金莲闪身出去，与娘家兄弟擦身一过时低声吩咐，看到大院门里那个正爬树的男孩子了吗，给我记扎实了。岳奉杰轻咳一声，算是回应。岳金莲进了一条胡同，岳奉杰跟上来。岳金莲说，也就在这三两天内，你想办法把那孩子整走，往远处带，越远越好。

岳奉杰前后瞄了一眼，见没人，才说，二姐派的活儿，兄弟照办就是。可二姐能不能再交个实底，也让兄弟下手时知个轻重。

岳金莲说，这孩子是日本种，爹妈都是小鬼子，爹还是警察局长，太不是个东西，对咱中国人什么狠招子都往出使。我就是想让他知道，家里人被祸害到底是个什么滋味。

岳奉杰冷笑道，原来是个鬼崽子，那就好办了，大不了，我当个耗子捏巴死他。

岳金莲狠狠剜了岳奉杰一眼，说那可不行，绝对不行！他爹是个王八蛋，孩子却没罪。如果只想要孩子的小命，我也犯不上把你大老远的找来。我再跟你说一遍，我要活的，只要活的，不管你把他带到哪儿去，都要保他个全须全尾。

岳奉杰说，要死的容易，想养活却难。孩子那么大了，什么记不住，又什么不懂？抽冷子一眼没盯住，让他跑回来，只怕不光你我，还得搭上咱老家和你婆家，都是塌天之祸。小鬼子报复起来，比狼都狠。

岳金莲叹了口气，装作生气的样子，拧身往回走，说用不着你给我掰扯，我掂得出斤两。这事你要是不答应，就请回吧。

岳奉杰忙追上两步，说二姐别生气嘛。我就是把这条命搭上，也不让那个孩子有半点风险，这总中了吧？

岳金莲停下脚，又说，那就这样，把孩子带到妥当的地方后，你抓紧找家照相馆，给孩子照张相，给我小叔子寄过来。以后，我什么时候想要照片，你再照，再寄，这能做到吧？

岳奉杰问，这又是为啥，莫不是二姐还想那个孩子？

岳金莲说，甭问，我要照片自然有用。

岳奉杰说，那事既然一定要办，我不好再在这儿逗留。二姐，后会有期。

岳金莲将三块银元塞给岳奉杰，说我手上也就这么多，一时遇急，你再想办法吧。

岳奉杰笑道，大不了，我就钻林子当了好汉。

岳金莲正色道，事情还远没到那一步，不能因小失大。

岳奉杰说，放心吧，兄弟当好汉，也是石秀，不会是没心没肺的李逵。

四

岳奉杰的爹与岳金莲的父亲是亲兄弟，两家住同一个屯子，院子只隔了一道障板。两年前的夏天，屯子发生了一件事，一个十七岁的姑娘下地干活回家时，因想打两颗乌米，钻进了青纱帐，没想到身后不远处正盯着一双淫邪的贼眼。那畜生家是财主，家有大片的田地。事毕，他对姑娘说，觉得屈，你就跟你爹你妈说，给我做小，我家不差你一张嘴。你要是想闹，我陪着。姑娘回家，自是痛哭不已，还数番想一死了之。事情传进岳奉杰耳里，顿时让血气方刚的小伙子愤怒不已。想想姑娘一见自己就红脸的样子，再想想姑娘悄悄塞给自己或一个煮鸡蛋，或一块烤地瓜，还轻唤一声奉杰哥的情景，岳奉杰越发怒不可遏。一片鲜嫩可人的青菜地，总不能就这样被疯猪白拱了吧。那一年，岳奉杰二十出头，母亲不止一次说，那丫头不错，家里地里都是过日子的好手，模样也周正。要不，咱找人去说说？父亲摇头叹息，说一家女，百家求，咱家不是穷嘛，真要给撅回来，只怕往后都不好跟人家大人见面了。母亲说，那就再等一两年，等丫头再大点，当爹妈的心思也就不那么高了。岳奉杰把二老的这些话说给姑娘，姑娘红脸回道，我的心思从来就是这么高。

第二天清早，那个畜生在一条街巷里被岳奉杰堵住，折了一条腿，瞎了一只眼。岳奉杰出了恶气后便跑了，跑得无影无踪。财主家报了警，警方将通缉的告示贴遍了四乡八镇。岳奉杰先是藏在茂密的庄稼地里，但抗不住连日的风雨，想到大伯家已出嫁的二姐是个敢撑事的人，便寻上门。岳金莲已知晓了奉杰的事，见面只赞了声是个爷们儿，便将他藏进了村后的山洞。数日后，看风声松了些，岳金莲说也不能总让你猫在这里。我在娘家时有个干姐妹，姓孙，后来嫁到黑龙江虎林去了，说起来你也认识。别看是个女人，孙姐也是个敢作敢当讲义气的人物。去年过年时回家，我还见了她，她说虎林那边虽说大冬天天寒地冻苦点累点，但比咱们这边好活人，那边地广人稀，外加林子密，实在不想听人使唤，自己在林子里开片荒，也饿不死。警察真要追得紧，实在没了去路，跑过乌苏里江，那边就是老毛子的地场。到了虎林后，孙姐和姐夫肯定能帮你安顿下来。你要多加小心就是，近三五年不要给家里写信，这边有什么大事，我自会想办法告诉你。

岳奉杰连连点头感谢，说二姐这边有什么事，也别忘了北边还有个兄弟。兄弟这辈子没什么本事，却有一腔热血，谁要敢欺负到二姐头上，兄弟就把这腔血喷给他。

第三天后晌，天擦黑时，八大户的院子里突然炸了锅，龟岛家的媳妇和保姆满院子山呼海叫，又找到街上去。龟岛媳妇叽里哇啦地哭诉些什么不甚明了，那保姆的表述却是一清二楚，说局长家的孩子义雄睡过午觉后到外面玩，龟岛媳妇让保姆留在家里忙家务，自己跟出去照看，没想孩子出了家门便没了踪影。很快，龟岛得了消息，带警察回了大院，还带来两条大狼狗，狼狗闻过义雄的衣物后便跟着警察出去搜寻，听说已下令关闭了四处城门，又封堵了去往四面八方的道路。岳金莲情知兄弟已经得手，便装作很着急的样子，也颠着一双小脚去外面帮助寻找，直到天黑透后才回家门。

数日后，一只牛皮纸信封丢在了龟岛家门前，打开，是龟岛义雄的照片，照片后还有一行字，扭扭歪歪，丢胳膊扔腿，"想让日本崽活着，就不要再欺负中国人"。看了照片，龟岛家又是一阵哭闹，龟岛媳妇揪着男人的衣襟哭喊，还我孩子，还我孩子！龟岛则瞪着血红的眼睛，跺脚骂，死了死了的，统统死了死了的！听了哭闹，大院里的不少人又都围过去，龟岛命令保姆关了门窗，谁也不许靠近。

当夜，龟岛把局里的两个警察叫到家里，关门密谋，直到夜深。后来，听龟岛家的保姆说，那两人都是局里搞刑事侦查的大警探，拿着照片左看右看琢磨了好久。保姆还神神秘秘地对院里的用人说，大家往后都多加小心吧，看样子侦探已把眼珠子盯在院子里的人身上了。岳金莲故作不解地问，他们这话也跟你说呀？保姆说，怎会跟我说。我也是锣鼓听音听出来的。今天一早，龟岛女人就问我，你看大院里雇来的那些人谁常跟外面的人打交道呀？我说，要说外面的人，也不能光是来院里挣工夫钱的用人，虽说大门有人把着，不准外人随便出入，可卖菜的，送信的，送牛奶的，哪天又少进了人。岳金莲点头称许，说这话在理儿。古时候有个笑话，说有人丢了斧头，他就看谁都像偷斧头的人。但愿日本人早点把孩子找回来吧。

龟岛家丢了孩子，并很快收到了义雄的照片，别看龟岛一郎跳脚挥拳骂得凶，可有媳妇逼着，还是很快做出了一些让步。警察局很快释放了一些中国人，听说，其中就有吃了大米的经济犯。再往后，警察局往日本押送的劳工便主要是些打架斗殴盗窃抢劫之类的刑事犯了。孩子虽丢，却还活着，若惹急了中国人，独生子便可能立时毙命，龟岛再凶残，这笔小账还是算得过来的。

至于日本孩子义雄当年是如何被弄出北口县城的，岳金莲也是几年后才从岳奉杰口里知晓。得了岳金莲的指令，岳奉杰先去宠物市场，选中一只小狗买下，只一两日，那小狗便跟他厮混熟了。那天午后，岳奉杰将小狗怀在宽大的衣襟内在八大户院门外转悠，见小义雄在大门外玩耍，便将小狗放了出去。初时，小狗并没引起日本孩子的多大兴趣，岳奉杰便摸出早备在怀里的牛肉干递给孩子，说你喂它这个，它就跟你玩了。小义雄问，它叫什么？岳奉杰说，它叫幺西。幺西是日本话的发音，好的意思。小义雄听了好奇，又问，它是日本狗吗？岳奉杰说，不是，是日本的一个朋友送给我的。小义雄用牛肉干逗小狗，小狗果然立时围上前蹿跳，将毛茸茸的尾巴都摇圆了。岳奉杰见状，站在不远处轻唤两声幺西，拔腿往远处走，那小狗自然紧随不舍，小义雄则跟在小狗后面追赶。

那一刻，小义雄的母亲正站在院门内跟几个中国女人说闲话。日本人对孩子虽喜爱，却与中国父母的喜爱方式大有不同。中国父母多是把孩子当成眼珠子，含在嘴里怕化，捧在手里怕摔。日本人则基本属于粗放型看管，孩子稍大一些，就任由他们自己去跑去疯。龟岛一郎有时也会带孩子到外面玩耍，他的方式更独特，竟怂恿小义雄攀高爬树，自己还有意退后几步，反倒惊得中国人暗暗称奇。小义雄的母亲叫龟岛珍子，性情比较温和，她知丈夫整日黑着脸，大院里的人避之如恶煞，似乎也有意想缓和一下和邻居们的关系。那天，陪着珍子说话的人中就有岳金莲，她用眼角的余光看到岳奉杰在大门外逗小义雄嬉狗，情知兄弟正在施法，便越发跟珍子说得兴致勃勃。她讲发生在中国乡间的三仙（狐、黄鼠狼、蛇）故事，并佐以亦真亦假的鬼魅传说，直听得珍子瞪圆双眼，并不时参与讨论。反正，等珍子想起儿子跑大门外喊时，小义雄早没了踪影。

那日，岳奉杰将小义雄带进一条僻静小巷，见身边无人，便将孩子的口鼻捂紧，又塞进孩子嘴里两片瞌睡药。义雄很快睡去，岳奉杰将孩子装进麻袋，背着，然后径奔了穿城而过的一条河流，肩扛麻袋逆水而上蹚出好远，才上了对岸。好在那个时刻，夜幕已垂，人们多已归家，一路上并没遇到什么人。到了对岸，岳奉杰将孩子放进一个白日里早已找好的废弃瓦窑，仍让他睡，自己却躲在不远处的土坑，防着警察找到孩子，自己也好趁乱逃离。至于走河道，也是岳奉杰前几年逃命时积下的经验。他早知道日本警察养的狼狗鼻子超灵，但只要过了河流，那东西便失了灵性，只会对着湍奔的河水汪汪吠叫。而那条叫幺西的小狗，岳奉杰怕它上岸后惹祸，在河心时便狠狠心，下力掐死，任它随波而去了。

岳奉杰在土坑中陪着沉睡的小义雄挨了一夜冻，天将亮，便只身去了县城西北角的禽畜市场。他选中一只壳郎（半大的猪），三十斤左右，估计跟小义雄分量差不多，买下，背回瓦窑，再将两片瞌睡药塞进小义雄嘴巴，然后才将孩子与猪装进同一条麻袋，连背带扛地弄到北城门边，寻到一辆正准备出城的老牛车，见车上也装着几个又拱又叫的臭麻袋，便对赶车的老者说，大叔，是出城往北走吧？我是城北孙家沟的，进城买了两只壳郎，拜托帮我捎上一程可好？到孙家沟时也傍晌了，我让我媳妇炒俩菜，咱爷儿俩好好喝一壶。那老者看模样便知是个憨厚人，应道，也不是背山挑河，还喝什么酒。放上吧。岳奉杰将麻袋在老牛车上放好，又让大叔赶车先走，只说自己还要去买只鸡。

买鸡并不需要多少时辰，岳奉杰远远躲在人群中，只防着老牛车出城门时事发。正是日上三竿集市散场那一阵，眼见守城门的黑衣狗子盘问，还持棍子往车上捅搠，估计挨搠的猪羔子必是吱哇哼叫，狗子信了，摆手放行。岳奉杰暗嘘一口长气，随后出城，快步追上，与那老者一路攀谈前行。眼看着日头爷已升到头顶，孙家沟进村的路口也到了脚下，岳奉杰再次假意请老者到家喝酒，老者自是不去，说牛车晃得慢，我还得抓紧赶路。岳奉杰借坡下驴，说大叔非要客气，那就带上这只小公鸡，到家让我婶杀了炖上，下酒解乏。老者仍摆手，岳奉杰说，大叔要是连我的这点心意都不接受，就实在让大侄过意不去了。我就是怕你老不肯到家，才提前买下这只鸡。那老者见岳奉杰确是实心实意，在他肩上重重拍两下，跟在老牛车后面远远地去了。

岳奉杰重新背起沉甸甸的麻袋，手里还提着一只芦花鸡，踏着事先察看好的小径，躲进了村外高粱地。时已入伏，高粱足有一人多高，能躲人了。到了深处，岳奉杰先将袋子里的活物倾出。那只猪正饿得急，又是乱叫。岳奉杰将揣在怀里的饼子塞进它嘴巴，这吃货立时安静了许多。再看被捆绑着手脚的日本孩子，竟仍是双目紧闭，不声不响。岳奉杰心里紧了一下，只怕瞌睡药喂多了，夺了小鬼崽子的性命，伸手到鼻下试了试，见喘息均匀，心内稍安。

这般一阵折腾，岳奉杰只觉自己也饥渴起来，虽说怀里还有饼子，但过一阵这个日本羔子醒来，也必是要寻吃喝。想一想，他将壳郎重装进麻袋，背上身，进了孙家沟村。见村街上走过一妇人，便喊大嫂，并将麻袋敞开口让她看，说我有急事要办，没工夫把猪送回家，就把这壳郎便宜些卖给你如何？妇人看了猪，又翻眼看卖猪人，撇嘴说这猪不是从好道儿上来的吧？岳奉杰赔笑道，进了谁家圈，就是谁家猪，养上几个月杀了，保准膘肥肉厚，咋吃咋香。妇人迟疑了一阵，说我回家看看，也不知有没有现钱。将有一袋烟的时辰，妇人回来了，亮出攥在手心里的几个小钱儿。岳奉杰笑说，大嫂不是在打发要饭的吧？这几个钱儿，只怕连个猪膀蹄也买不到。妇人说，我在家里也就翻出这么多，你要嫌少，就等我家爷们们回来再说。岳奉杰担心夜长梦多，说那就这样，这个时辰，大嫂家里肯定不缺现成的饼子什么的，给我带上一些，再在园子里给我揪上几根黄瓜、西红柿，哦，对了，用家里的瓶子罐子，给我灌上满满的凉水，这个大壳郎就是大嫂的了。妇人这回没推搪，说了声好办，高高兴兴地跑回家去了。

五

龟岛义雄是傍黑时分醒过来的，初时，还眯缝着两眼，懵懵懂懂，慢慢地，药劲渐去，见自己的手脚都被捆绑着，四周都是庄稼地，身上的衣裤满是猪屎尿的骚臭气，便瞪着蹲在旁边的岳奉杰哭起来，一边哭还一边骂，八格牙路，大坏蛋。岳奉杰冷笑，说小鬼崽子，我让你哭，也让你骂，反正这里是庄稼地，你哭破天也屁用不顶，不会有人来救你。小义雄哭骂了一阵，似乎也明白了眼下的处境，便安静了些。岳奉杰说，骂累了吧？那好，我把你的手松开，也该吃点东西了。等天黑透了，咱爷儿俩还得赶路呢。那小东西一天一夜没吃喝，确是饿急了，见了锅贴的棒子面饼子和西红柿，抓起就吃，一边吃还一边咕咚咕咚喝水。岳奉杰看着他吃，又说，从今往后，你就是我儿子，得叫我爹。小东西听提起了爹娘，又哭起来，说我有爸爸，也有妈妈，我才不要你这个臭爹。岳奉杰说，你的爸妈顾不着你了，我要带你去很远很远的地方，你就把他们忘了吧。小东西说，我才不忘。我爸是皇军，管警察，哪天把你抓到，死啦死啦的。岳奉杰笑道，是局长怎么样，管着警察又怎么样，他的宝贝儿子还不是在老子手里。我跟你说，从今往后，你要是乖乖顺顺的，我保你饿不着冻不着，可你要是想跑，那你得小心别被我抓回来，就是警察逼到跟前了，我也会大手一使劲，先捏死你，这你信吧？小东西惊恐地瞪圆了两只眼，吓得不敢说话，好一阵，才又问，这满天下，到处都有小孩子，你为什么非抓我？岳奉杰笑说，因为我恨日本人呀。你的爹，你的妈，还有许许多多的小鬼子兵，本来有自己的国家，却非得跑到中国来欺负人。我们中国人早就恨透了你们！小东西梗着脖子说，不对，我爸爸说，"满洲国"是我们日本的。岳奉杰说，那大灰狼说小山羊吃了它的青草，所以小山羊就该被它吃，你也信呀？你给我记牢实了，一会儿走出这片庄稼地，不管到了哪儿，也不管遇到谁，你都不准说自己是日本孩子，也不准说日本话。小心中国人一脚窝死你，那你就真死啦死啦的了。这话龟岛义雄信了，低下头好一阵没吭声。

岳奉杰看日本孩子吃饱了喝足了，夜色渐浓，不敢再逗留，将绳索一头拴在小义雄腰上，另一头抓在自己手上，开始上路北行。那一年，义雄已过了四周岁，得益于日本人伙食好，父母又怂恿他从小奔跑蹦跳，长得皮实，跟在岳奉杰身后，竟没觉是个多大的拖累，再加上这小东西从小在中国长大，早说得一口地道的东北话，有时和岳奉杰一起站在中国人面前，丝毫不露破绽。那天在路上，岳奉杰再叮嘱，说我姓王，叫王四棒，往后你也姓王，大号王丘山，小名山子，记住了吗？义雄不再争辩，算是应了。叫王四棒也不是岳奉杰一时胡诌，他到虎林后，孙姐帮他办良民证，他不敢暴露真实姓名，才起了这么个名字。张王李赵遍地刘，改姓王，好混。至于那个四棒，则是将"奉杰"两字拆开重新组合，含了坐不更名之意。而给这个小东西取名丘山，则是他坐在庄稼地里等孩子醒来时动了好一番脑筋想出的。丘和山两字放在一起，是个岳字，这回齐了，也算对得起出过岳武穆岳飞这普天之下头等大英雄的岳氏列祖列宗了。

六

从这天起，岳奉杰带着小义雄昼伏夜出，一路北去。他知道，若是踏着铁路的道肩走，最是便捷，先到哈尔滨，再一路向

东，保准一步也走不了冤枉路。但他不敢。上了道肩跟坐进车厢
没什么两样，日本人看得紧，不时就要盘查，任何一个小小的意
外，便万事皆休。不光不能沾铁路的边，连平展展的公路都不能
走。最保险的便是隐在庄稼地里的蜿蜒小径，盯住高天上的北斗
七星，当东方天际露白时，两人便伏在庄稼地深处歇息。最初几
天，岳奉杰一直将绳子拴在小义雄腰间。义雄说，叔，不绑不行
吗，我跟着你，不乱跑。岳奉杰不放心，仍是绑。那小东西也是
精怪，只喊叔，不喊爸。岳奉杰想一想，叫叔也行，随着他。走
了几日，岳奉杰也感觉抓条绳子走路确是个麻烦，这小东西的两
条腿才有多长，能跟上大人的跋涉，已难为他了，自己多加些小
心也就是了。松开了绳索的小义雄像条小狗一样紧跟着他，很少
叫苦叫累，神情也似与岳奉杰亲近了许多。岳奉杰打心里喜爱起
这个孩子来，看孩子走累了，就背上一程，不时想，日后自己娶
了媳妇，也生养这么一个骨血，该有多美。

　　时已入夏，天气一天热似一天，大白天的后晌，庄稼地里已
觉闷热难耐。夜里，庄稼叶子又不时像刀锋一样刮割裸露的肉
体。岳奉杰抚着小义雄身上的血道子，问疼吗，义雄答，叔不
疼我就不疼。说得岳奉杰不由心动，真怕自己柔肠一软，就把这
孩子放了。至于果腹充饥，这时节也好解决。大点的地瓜已有鸡
蛋大小，早熟的玉米已在抽穗灌浆，可以连蕊子一块嚼了。最难
挨的是变天，六月天，孩子脸，天空中突然涌过黑云，紧随其后
的常是劈头盖脸的一顿暴淋。岳奉杰只怕把孩子浇出病来，看要
下雨，便急拉义雄奔了靠近的村落，找农户求告，只说带孩子赶

路，但求避雨。农户看孩子可怜，多生恻隐之心，不光济以汤饭，有时还让他们睡到热炕上去。岳奉杰对汤饭不拒，却不肯带孩子睡炕，他怕自己一时贪梦，孩子趁机脱逃，那就坏了大事。他说，我们爷儿俩身上太脏，能在柴房避避雨就非常感谢了。在柴房里，小义雄见岳奉杰一直大睁着两眼守在自己身边，便说，叔，你也睡，我不跑。岳奉杰摇头一笑，仍是坐在那里。小义雄又说，那叔就再把我绑上，绑得死死的。岳奉杰心生感动，把小义雄揽在怀里，眼看着孩子甜甜睡去。

不能不提的便是岳奉杰带着小义雄照相一事。自从逃出北口县城，岳奉杰便记挂着二姐的叮嘱，想着给小义雄照张相寄回去，只是虑于进了城区，人多眼杂，恐生事变。但二姐有话，又不能不办。那一日，见一县城距之不远，岳奉杰暗给自己壮壮胆气，趁中午人们歇晌躲热的时候，领着义雄进了城，先给义雄买了一身凉薄衣衫，换了，这才进了一家照相馆。岳奉杰问，取相片得几天？师傅说七天。再问，能不能快一点？我要得急。答，三天，但要加钱。问，再快呢？答，那我就得连夜单独给你洗印，再加钱。岳奉杰交了票子，让小义雄坐到照相机前让人家咔嚓了一下，又领孩子去街面上转，两眼却在四处撒寻。很快，他在邮局对面树荫下找到一位代写书信的穷秀才，此时正伏在小桌上打瞌睡。岳奉杰拨醒他，将取照片的凭据递上，说我刚带孩子照完相，明天一早你替我取出照片，装进信封，邮出去就行了。代笔人问，要是照的不可心，还寄不寄？岳奉杰将孩子往桌前推了推，说只要照的是他就行。要是实在不成样子，等过几天我回来，再找他算账。这话也相当于一警告，我花钱你办事，若是没办利索，我也找你算账。

大事办毕，两人重回城外。过晌那一阵，城街上行人虽少，但也还是有些。正巧有两位日本女人穿着和服，趿着木屐走过，手上还拉着一个跟义雄年纪相仿的小姑娘。很快，又见两辆警用摩托呼啸而过。小义雄伫下脚步，拧身眼巴巴追望，眼里还噙了泪水。岳奉杰心中暗叫不好，抓着孩子的手不由加了力气，嘴上却说，快帮叔找找，看哪里有卖锅贴或火勺的，叔给你解解馋。好些日子没见荤腥的孩子听说要给他买好吃的，自然收了心性，说我想吃烧鸡。岳奉杰忙点头应道，好，烧鸡。

那天午后，坐在潮湿闷热的庄稼地里，小义雄津津有味地啃咂烧鸡，岳奉杰却有意将目光避开，低头清点已所剩无几的票子。小义雄将一只鸡腿送到岳奉杰嘴边，说叔也吃，可香呢。岳奉杰推开，说叔不爱吃鸡，你吃吧。小义雄说，叔才不是不爱吃，叔想让我多吃一点，对吧？岳奉杰拍拍孩子脑袋，说等到了家，叔带你去林子里套山鸡野兔，炖上蘑菇，比烧鸡好吃多了。小义雄问，山鸡和野兔，很多吗？岳奉杰点头说，多，有时还能打到野猪。小义雄问，也能打到狐狸和老虎吗？岳奉杰说，我看有人打到过狐狸，但林子里有没有老虎，我就不知道了。小义雄说，我听过狐假虎威的故事，是妈妈讲给我的。岳奉杰怕孩子在妈妈的话题上纠缠，忙说，等你长大了，就跟叔叔一起去找老虎，叔叔怕自己一个人斗不过它。

两个半月后，岳奉杰带着小义雄到了虎林。他是等入夜后才进的孙姐的家门。孙姐看岳奉杰又黑又瘦，一身褴褛污秽，身后还跟着一个孩子，自是吃惊不小，问，好长的日子，你跑哪儿去了呀？你上班的那家木材厂都打发人来家问过两三回了。我有心写信问问你二姐，没敢，只怕再搅起你以前的那档子事。岳奉杰苦笑说，我哥上山打石头，滚了砬子，把命丢了。我急着赶回去，没来得及告诉姐一声，真是对不起了。这不，我哥年轻轻突然没了，我那嫂子看样子也不想在家长守，这边刚下葬，那边已鬼鬼祟祟地去见了说合人。我怕这孩子日后当了带葫芦（拖油瓶），就把这孩子带了过来。孙姐又问，咱老家离虎林虽说有两三千里的路程，可好歹通着火车，你怎么才回来？岳奉杰长叹一口气，又说，人要该着倒霉，喝口凉水都塞牙。也不是没坐票车，在沈阳换车时，才发现连车票带钱包都叫损贼偷走了，只好顺着铁道线一路架步量。唉，丢死人啦，当了两个多月叫花子。

这番说辞，都是一路上编排好的，腹稿打了无数遍，进门前，又再三叮嘱小义雄不要说话。经过一个多月的日夜相伴，小义雄早把自己的命运维系在这位叔叔身上，自是点头应承。孙姐张罗生火做饭，先让两人舀水清洗身子，又找出些男人和小孩子的衣裳换上，又问，歇过几天，你是想重回木材厂拉大锯，还是另有打算？这个孩子要是不好安排，那就扔在姐儿儿，好在这儿也有俩孩子，正好跟他一起玩。岳奉杰说，我也在愁这个事。姐仗义，没的说。可添一个孩子，就添不少乱，三天五天好将就，时间长了，终是让兄弟心不安。我的意思，就不回木材厂了。我怕白天干活时，孩子没人照看，真要被圆木砸了，或者被电锯伤了，那就把这孩子坑了。姐看这样行不行，让姐夫帮我在城外林子里找块地方，我开开荒，再挖一个地窖子，让这孩子白天晚上都跟着我，等过个三两年，送进学堂念书再说。孙姐点头赞许，说你姐夫正好有个哥们儿当护林员，先试试看，撑不下去再说。

且说这位孙氏姐妹，也算得一位女中丈夫。她见岳奉杰突然离开虎林，又带回一个孩子，必存蹊跷。两年前来时，隐姓埋名，已是藏着蹊跷。人家既不说破，那又何必追问。当下乱世，装些糊涂，也没什么不好。

七

岳金莲在税务局局长家当了三年奶妈。到了第四年头上，何凤娴说，该给孩子断奶了吧？岳金莲说，早该断了。小孩子早吃五谷杂粮，更硬实。可断奶也得慢慢来，冷丁一下子就断，小孩子容易上火犯病。岳金莲断奶的办法先是在乳头上偷偷抹辣椒，那个招法灵是灵，可大人跟着遭罪。辣椒灼乳头呀，火烧火燎的。岳金莲又偷着抹臭豆腐，这一招虽然奏效，但家里人也跟着捂鼻子。这般过了半月，孩子们不喊吃咂了，夜里却仍缠着跟大姨睡。何凤娴说，那我就把家里的保姆辞掉，她的活计你也熟悉，工钱不变，可好？岳金莲虽惦记家，但女主人既这般说，又跟孩子厮滚出了感情，也只好如此。

岳金莲回到乡下是在1945年春节前。进了家门，岳金莲便觉出了诸多的不适，摸摸哪儿都是尘土，就连蹲院角的旱厕，也很快冻麻了屁股。再看两个挨肩的孩子，竟都怯怯地躲着她。以前，赶上过年或中秋，何凤娴总是让她回家住上三五天。想想在城里生活的诸般安适，岳金莲暗骂自己矫情，忘了根本，城里怎么好也不是自己的家，局长家的孩子咋亲也是别人的，狗肉终贴不到羊身上，还是赶快收心过自己的庄稼院日子要紧。

　　说话间，正月过了，院里的南墙根下，已钻出嫩绿的草芽。一天深夜，突听屯里的狗叫得厉害，又听院门有人拍摇。男人披衣起身，带回屋内的竟是税务局局长家的年轻女人。何凤娴裹着乡间女人的棉袄，满脸的惊慌。岳金莲急急起身，问，咋了，不会是孩子出了什么毛病吧？女人使劲摇头，将岳金莲扯到厨间，低声说，姐，龟岛家的那个孩子你是不是知道在哪儿？你要是真知道，就赶快走人，躲得越远越好，落到日本人手里可就啥都完了。岳金莲大惊，但还故作镇静，笑说，东家不是说笑话吧？我一个小脚女人，这年月能活下来就烧高香了，还敢招惹日本人？那个日本孩子的事都过去好几年了，你是从哪儿听来的闲话呀？何凤娴说，你就别问了。没有最好。但姐务必加些小心，预备着日本人找到你时也好有个应对。我跟你说，眼下小鬼子跟疯狗差不多，见着谁都往死里咬。听我男人说，就是前两天，美国人已炸到日本东京去了，飞机一去就是几百架，黑老鸹似的，铺天盖地，炸死的人海了去了。咱们眼见的是关东军也正整列车整列车地往小日本撤。姐想想看，是不是越到这时候，日本人越疯狂。那个龟岛巴不得一时就把儿子找到，好带回国去。岳金莲说，不管日本人会不会来找我，大妹子放下东家的尊贵，顶着又冷又硬倒春寒的风，跑这么远的路来告诉我，姐都真心谢谢你。快回屋到火炕上烙烙腿吧，有话慢慢说。何凤娴说，姐说哪里话。眼看小鬼子祸害咱中国人，其实我也是满肚子的气愤，只恨自己是个女人，没力气，也没办法。我是打心眼里佩服姐的，虽说都是女人，可姐就有办法，不显山不露水就狠狠教训了日本人一下，让他们多少也收敛了一点。姐就是女人中的丈夫，巾帼英雄。行了，不说了，我得往回赶了。一听说日本人要找姐的麻烦，我恨不得长翅膀儿飞到姐这儿来。我是跟先生撒谎出来的，只说孩子姥爷得了病。我爸家的大车还在村头候着呢，说好的马上就回去。

送走何凤娴，重回屋里，看着两个正酣睡的孩子，岳金莲好一阵发呆。何凤娴连夜送来的消息，肯定是碌碡砸在碾子上——实（石）打实（石），有来头，不会有假。虽说当着何凤娴的面怕中了人家试探的圈套，自己不敢认账，但小鬼子家孩子那事，也就自己和奉杰两人清楚，莫不是奉杰那边露了马脚？不会吧，奉杰真要有个山高水低，孙姐总会想办法给自己报个消息。若非如此，那又是哪里出了毛病呢？转而，心里又暗自庆幸，幸亏小叔子在毕业前，突然没了踪影。国高同时失踪的还有几个同学和一位老师。岳金莲得知消息，急去打探，有学生小声告诉她，说别找了，听说跟老师去了关里，那个老师八成是共产党。岳金莲庆幸小叔子躲得早，不然，这一次，最先遭殃的十有八九会是他。

男人见岳金莲痴痴怔怔的模样，问，东家女人黑灯瞎火地跑家来，不会是有什么事吧？岳金莲搪塞说，她家的孩子离了我，整天哭闹，两口子哄不住，想让我回去。男人性子虽懦弱，却不傻，冷笑道，蒙谁呢。要真是这事，进屋大大方方地明说多好，还用得着两人鬼魔眼障地躲到外屋去曲咕？不会是你这个岳二姐在城里做下了什么捅破天的事吧？岳金莲心里正焦躁，听此言，噗地吹熄油灯，说快睡你的觉，就是惹下天大的事，也由我自个儿扛着，不关你的事。

男人叫岳金莲岳二姐，也是有来历的。当年，结婚迎娶岳金莲时，屯中的姐妹拦在门口刁难新郎，问，结婚后，你给俺们姐叫啥？新郎红头涨脸，说刚结婚叫媳妇，有了孩子就叫孩他妈呗。姐妹们说，那不行，得叫岳二姐，现在就得叫。新郎为难地说，她比俺小两岁，怎能叫姐。姐妹们说，水泊梁山里，孙二娘、扈三娘、顾大嫂，女英雄个个没个正经名字，都是这般叫。还没让你喊岳二娘岳二姨呢。新郎无奈，只得叫了，众人大笑，说别看二姐脚小，往后你要敢跟岳家姑奶奶耍驴，小心打得你满地找牙。

屯里的公鸡叫了第二遍，起夜风了，掠得屋檐鬼哭狼嚎。思前想后了大半宿的岳金莲蹬醒了男人，说别睡了，起来，走！

男人揉着眼睛说，离天亮还早呢，你作什么妖？

岳金莲说，我一直没合眼，脑子清醒着呢。小鬼子说来就来，真让他们抓了去，咱们一家子谁也得不了好。别磨叽了，快起来穿衣裳，把两个孩子也拨醒，惹不起就得躲，走！

男人一轱辘爬起身，问，你到底惹了什么事？

岳金莲说，别问，知道了就是同案犯，不知情兴许还保条命。

男人听了听窗外的风声，说等天亮，天头好点不行吗？

岳金莲说，不行。这时辰，村道上没人，正好走人。

咱们是去哪？

我也不知道。出了屯子，两个孩子，你带一个，我带一个，分头走，越远越好，越让小鬼子想不到的地方越好。

男人说，一家人好不容易才又聚一起，咋还要分开？

总比让一勺烩了强。

那咱这个家就不要了呀？

废话，没了命要家有屁用！

看男人哭叽叽似的要落泪的样子，岳金莲心也软了，安慰道，听东家话里的意思，小鬼子也没几天蹦跶了，兴许咱们出去躲几天就回来了。别磨叽，快收拾东西，把值点钱又不绊手绊脚的东西带上就行。这家你就放心吧，用不上一两天，孩子奶奶看家里没人，就替咱守上了。

八

那一夜，夫妇二人各扯一个孩子，出了屯子，就各奔了东西。男人把手上的钱基本都给了岳金莲，说给我买张火车票的钱就行，我奔关里走，听人说，开滦矿上用人多，肯舍命就收。岳金莲拉着儿子的手，说你舍了命我儿子指靠谁？等一家团圆时，咱谁也不能缺。男人说，要不，咱一家子还是在一块吧？岳金莲坚决摇头说，不，一定要分开。你往西，那我就往北。我一个小脚女人，又拉着一个小丫头，要饭也比你好张口。一家人这般生离死别的，临分手，男人又问，你好歹给我交个底，你惹下了多大的事？岳金莲说，小鬼子要是把我抓去，八成连大狼狗都不用，就把我活嚼了，你说多大事？

岳金莲带着女儿，一路北去，并不是想去虎林投奔孙姐，而是心中另有方向。虎林是东北，她却选西北，奔科尔沁草原，她听说那里地广人稀，小鬼子虽也时有骚扰，但多是如风掠过。又听说放羊牧马的蒙古人憨实厚道，不存心机。她采取的行进方式则与几年前岳奉杰带小义雄一路北去的方式大同小异，也是避开铁路公路，只走乡间小径。毕竟女人不比男人，入夜，她不敢带女儿躲在漫荒野地，只能走进村庄，对借宿的人家说男人死了，身上的票子也花光了，她是带闺女去北边投靠亲戚的。乡人们看母女可怜，便留住一宿，走时，还给递上两块饼子。

好在这样的日子也就煎熬了几个月。立秋后的一天，在扎鲁特旗附近的一个营子，突见人们一个个喜气洋洋，营子里还炸起了炮仗，一打听，才知是小鬼子投降了。那些日子，岳金莲正带着女儿留在一个养奶牛的人家，白天挤牛奶，夜里住蒙古包，还可得些工钱。听了消息，岳金莲大喜，拉着女儿就要奔火车站。养牛户问，你先前不是说去投亲吗，怎么又要回家？岳金莲说，先前哪敢说真话，我们娘儿俩是为了躲小鬼子才跑出来的。这回小鬼子完犊子了，咱还怕个啥。

回到家里，才知男人带着儿子已先两天归了家门。一家人抱在一起，又哭又笑。岳金莲问婆婆，小鬼子和警察没来家里找麻烦？婆婆说，还能少来，隔三岔五就骑屁驴子跑来一趟，还留人住进了村公所，吆喝张家人谁也不许离开屯子。也多亏你们把两个孩子都带走了，不然，孩子不让他们祸害死，也得吓死。婆婆又说，听说你把小鬼子家的孩子藏起来了，真看不出，你这胆子，晒干巴了，也足有倭瓜大！

岳金莲在家歇息了半月有余，对男人说，咱家大难不死，平平安安，多亏了以前的东家。咱总该去看看人家，道声感谢。男人说，你还敢进城？听说日本人虽说投降了，但还没滚蛋呢。岳金莲冷笑道，他还敢！以前小鬼子横行霸道，也怪咱中国人心不齐，不然，就是一人一把土，也把他们活埋了。我空着两手去串门总不好，你去屯里谁家借上两只鸡，也算咱们的一点心意。

岳金莲重新走进八大户院子，眼前竟是一片冷清狼藉。八幢房子的玻璃所剩无几，差不多都被砸光了，窗子上用以遮风挡雨的多是床单或毡毯。税务局局长家的门关得死死的，岳金莲上前敲，一遍又一遍，总算有了女主人怯怯的询问，岳金莲答了，何凤娴慌慌开了房门。看屋里，也是被洗劫一空的模样，只剩了床上的两卷行李，还有灶台上的几只碗筷。何凤娴苦笑说，骂我们是汉奸，抢了，抢光了。岳金莲问，孩子呢？何凤娴说，让我爸接乡下去了，能走一个是一个吧。岳金莲问，那你怎么不走？何凤娴说，重庆政府的人还没到，政令却先来了，命令原先的公职人员必须坚持职守，擅自逃离者，将一律以通敌罪严惩不贷。我家先生哪敢走，他不走，我就得陪着。岳金莲再问，那个龟岛一郎呢？何凤娴冷笑道，他，走了，而且这一走可走得远，回不来了。何凤娴的这几声"走"，一声比一声重，明显含了别一种味道。岳金莲问，莫不是他先回了日本？何凤娴撇嘴道，回日本？下辈子吧。北口县城里的中国人，最恨的小鬼子是谁，就是他。日本人宣布投降当晚，中国人就把他家围上了。他打电话喊警察，可没人来，他又抓着枪耀武扬威，还打伤了两个人，中国人一声喊，冲进他家，下脚跺，用棒打，摔石头砸，龟岛死得那叫个惨，最后就成了一摊肉泥。岳金莲问，那他老婆呢？就是珍子，也死了吗？何凤娴说，珍子没像龟岛那么犟，见人们围上她的家，就钻进防空洞，从通向外面的洞口跑出去了。岳金莲再问，那她人呢，躲哪儿去了？何凤娴的目光避闪起来，迟疑地说，只知跑出去了，谁知呀。岳金莲急切地问，知道你就跟我说嘛，我想跟她说说孩子的事。何凤娴说，那就等天黑吧，我去找找看。

岳金莲这次进城来，一是要表达感激之情，这个心意是实实在在的，那叫救命之恩呀，大恩不言报，但总得表达出来。另一个想法，就是想见一见珍子。珍子家孩子的下落自己知道，现在小鬼子投降了，过不了多久肯定都要滚回日本去。珍子家只那么一个孩子，杀人不过头点地，大人回去时，肯定巴望着把孩子也带回去，人之常情啊。当然，离开家时，这个想法岳金莲跟谁都没说，刚才听何凤娴如此一讲，知道龟岛命已归西遭了报应，又听说珍子时下也惶惶然如丧家之犬，心中越发动了恻隐之情。说实话，岳金莲对珍子并没多大恶感，只是恨她不该带孩子跑到中国来。好在珍子到了中国后，还存着温良和善的品性，不光很少对中国人吹胡子瞪眼，就是对自家男人的所作所为也多有想法。听说，她在家里没少跟龟岛生气，劝说不动，只好烧香念佛，求神灵宽恕男人，保佑孩子。

入夜时分，珍子跟在何凤娴后面来了。半年多未见，珍子已完全没了先前的细致，连那头发，都学中国女人，挽成了鬓髻在脑后，整个人显得落魄憔悴。见了岳金莲，隔着老远，珍子就扑通一声跪下，以膝前行，直到岳金莲脚下，然后就脑门贴地，长久地跪伏在那里。

珍子哭着说，谢谢菩萨见我一面。

岳金莲说，我不是菩萨，我只是一个中国女人，满大街都是，稀松平常。

珍子说，不，你就是菩萨，救苦救难大慈大悲的菩萨。你跟别人不一样。

岳金莲说，你没说真话。你知是我弄走了你的孩子，心里不定怎样恨我。

珍子说，要说恨，那是以前，真的恨过。可日本国一宣布战败，我就不恨了。如果义雄在这里，不一定能活到今天，也许就跟他的父亲一块去了。

岳金莲说，那你男人死了，你恨中国人吗？

珍子说，寻思来寻思去，为什么要恨中国人。如果龟岛不来中国，中国人会去日本国杀死他吗？如果他不那样凶煞似的祸害人，中国人会那么恨他吗？神明在上，苍天有眼，善恶有报，一切都是自作自受，活该。

自从义雄丢失后，珍子几乎每天都走出八大户院子，去大街小巷，去阡陌村屯，拿着照片去打听孩子的消息，几年间，早已说得一口流利的中国话。说这些话时，珍子一直跪伏于地，目光也一直低垂着，泪水淋落了一地。想想以前多么清高孤傲的一个人，一朝之间竟似经了霜的茄子，颓丧至此。岳金莲眼窝里也汪了泪花。她弯腰拉珍子的胳膊，说你起来，咱们坐着说话。

珍子站起身，却不敢坐，站着，两眼仍一直盯着地面。岳金莲叹了口气，说义雄去了哪儿，我也只是知个大致的方位，但眼下怎么样，我也说不准。这样吧，你容我几天时间，去帮你找找看。若是找到了，我把他给你带回来。

扑通，珍子又跪下来，说谢谢恩人，谢谢菩萨，我跟你一块去，行吗？

岳金莲坚决地摇头，说你要去，就自己去。我不想带着一个日本人一块走。

珍子说，没谁看得出我是日本人。我给你当用人。

站在旁边的何凤娴说，岳大姐说的是，你不好跟她走的。听说中国政府已下了通令，所有日籍人员必须原地待命，政府将统一遣送你们回国。擅自行动者，后果自负。

珍子见此路不通，忙又解开衣襟，从怀里摸出一个只有扑克牌大小的蓝底印花的布口袋，从口袋里取出一只戒指，双手呈递，送到岳金莲面前，说菩萨，现在我手上，也只有这个还值点钱了。你一路要吃要喝，还要坐车买票，到了地方，对收养了义雄的人家也要表示感谢，就请把这个带上吧。

这个戒指，岳金莲以前见过，是珍子带孩子到院里玩时，她和中国女人们说话时见的。中国有钱的女人戴镏子，但黄澄澄多是金的，或在上面镶上或蓝或绿的宝石。但珍子的这颗不一样，在日光下，闪烁的是别一类炫目的光芒。珍子说是钻石，足有一克拉。人们不知克拉是什么，再问这镏子到底值多少钱？珍子莞尔一笑，不再作答。

岳金莲和何凤娴对望一眼，将戒指推回，再次坚决摇头，说我记得你说过，这个镏子是你结婚时，娘家奶奶戴给你的，那你留着。至于我怎样去找孩子，你不用操心，我自己想办法就是。

珍子再三感谢着，离去了。岳金莲端坐床心未动，是何凤娴送出去的。何凤娴回屋时，发现那个蓝色的小布袋留在了门口的鞋柜上，便交到岳金莲手上，说我问过我家先生，这个钻戒正经值些钱呢，起码能换上十亩八亩旱涝保收的好地。她既是真心实意给你，你也别客气，权当盘缠吧。一个戒指若能换回她的儿子，她还是大赚。要说小鬼子欠咱中国人的，一座金山也不止。岳金莲长叹了一口气，没再说什么，把那个小布袋攥在了手里。

当夜，岳金莲和何凤娴同睡一床，又说起半年前何凤娴月夜送信一事，问她到底是怎么得来的消息。何凤娴说，警察局的侦探也不是白吃饭的，几年前，收到义雄的照片后，他们便给龟岛出主意，说绑匪既然不是图赎金，那就极可能再往北口寄照片。警察局应表面上声色不动，暗地里可派人员密查所有进出北口县的邮件，只要查出收信人，便是破案的关键线索。这事关键是要沉住气稳住神，从长计议。侦探的这一计果然奏效，今年春节后，**警察局**终于查获一封寄有小义雄照片的来信，收信人是县国高一个姓张的学生，只是那个学生毕业前突然下落不明。龟岛不死心，顺蔓再查，就查出了在八大院当过奶妈的你是那个学生的嫂子，这正与当初侦探分析说绑匪定与住在大院里的人有牵连相契合。依着龟岛的性子，就要立即抓你，可珍子不同意，认为这样绑匪极可能撕票，不如暗中盯牢了你，得知义雄的准确下落并确保孩子的安全后再实行抓捕。两个侦探支持珍子的意见，龟岛这才答应放长线，并派人去了虎林，听说去虎林是看的邮戳。我知这个消息，还是珍子家的保姆偷偷告诉我的，她怕我也牵扯进去，让我多加小心。当初，珍子家找保姆，要求会些日本话，是我把她介绍过去的，她一直念着这个情。唉，半年前我哪敢跟你说这些，我怕把她卷进去，那我也得跟着遭殃了。岳金莲闻言，不由心惊肉跳，心里暗怪兄弟奉杰轻举妄动，没有二姐的话，你可寄什么照片呀？转而，又暗骂自己不应该。过年前，她去街上找人代写书信，是写给虎林孙姐的，并请孙姐转交奉杰一信，说自己不再当奶妈回老家了，千不该万不该的，不该在信的末尾又问上一句，孩子可好？兴许，奉杰的误解就在这句话上，才又把义雄的照片寄了过来。要不是正赶上日本人投降，鬼精鬼精的小鬼子顺蔓摸瓜，那就太悬了。

九

几天后，岳金莲到了虎林。时局仍是很乱，但比起几年前岳奉杰带着小义雄凭着两条腿风餐露宿千里跋涉，岳金莲此行还是顺利了许多，能坐火车坐火车，火车不通的地方坐大板车。乡下人淳厚心善，看小脚女人赶路，常会主动捎上一程。到了虎林的第二天，孙姐便将岳奉杰找到家里来了。

二姐岳金莲的突然到来，令岳奉杰很吃惊。虽说早知道日本人已宣布战败，可他还是加着百倍的小心，是自己跑来的，把小义雄留在了林间。

趁孙姐张罗饭菜时，岳奉杰低声埋怨，说大老远的二姐突然就来了，怎么也不先给个信？岳金莲笑说，小鬼子眼看都滚犊子了，咱还怕个什么？不知二姐心里惦记你，也惦着那个孩子呀。岳奉杰嘘了口气，笑说，放心吧，活蹦乱跳地活着呢。那个孩子，只怕二姐见到他，都认不出来了。

因心里都惦记着小义雄，那顿久别重逢的丰盛饭菜，姐弟二人都只是匆匆了事。面对结拜姐妹的一再盛情，岳金莲说，先去看看我家大侄子，过一两天，我带孩子一块过来，不和姐姐待够不走。

小义雄终于站在面前。四年过去，八岁的义雄黑壮敦实，面对岳金莲，眼里闪出的只是家里来了生人的新奇。岳金莲拉起孩子的手，说义雄，你还认识姨吗？义雄将手抽出来，说我叫丘山，王丘山。岳金莲说，你再好好看看姨，是八大户院子里的姨。义雄退后一步，凝目再看岳金莲，眼里流露的满是迷茫与疑惑，好一阵，两眼落在岳金莲的两只小脚上，这才迟迟疑疑地问，你是姓岳吗？

在地窖外烧水的岳奉杰急跑进来，说二姐，别跟山子啥都说。岳金莲苦苦一笑说，我想试试，孩子是不是还记得以前的事情。在来地窖子的路上，岳奉杰已一再叮嘱，说自从来到虎林，自己已改姓王，对外，他则说媳妇生病死了，家里穷得地无一垄，他便带儿子来北边山林里谋生。好不容易，孩子已渐渐忘却了过去的事情，切切不可再将他记忆中的浑水搅起来。

但岳奉杰的阻止似乎还是晚了些，义雄已缠住岳金莲问，你是从我妈妈身边来的吗？我妈妈为什么不来？离开母亲时，义雄四岁。四岁的孩子，正是人生记忆的最初形成期，记得快，忘得也快。岳金莲的出现，无疑唤醒了孩子记忆深处的一些东西。到虎林后，岳奉杰带着义雄先是挖掘建起了可栖身的地窖子，接着就是开荒种地。到了冬天，岳奉杰则带小义雄去附近山林里打猎，但也不敢走得太远，毕竟孩子太小，所以打来的不过是些野鸡、山兔之类，偶尔也打到过狍子和野猪羔子。小义雄对种庄稼兴趣不大，却对打猎情有独钟，整天盼着老天快下雪。因这打猎，他也对岳奉杰越来越依赖亲密，口口声声喊着爹而不叫叔了。

岳奉杰只怕岳金莲再对孩子说什么，急将岳金莲推出地窖子，直扯到义雄再听不到两人说话的地方，才问，二姐，你跟我说实话，这次来虎林，你到底是为的啥？

岳金莲沉吟一下，说跟自家兄弟，我也用不着藏着掖着，我想带这孩子回去。

岳奉杰说，二姐家里有自己生养的儿子，还有闺女，哪缺了这一个。山子是我的心肝宝贝，虽说不是亲生的，但比亲生的也差不到哪儿去。别说是个孩子，就是条小狗，跟了我好几年，也不能让人说领走就领走吧，二姐说是不是这么个理儿？

岳金莲叹了口气，说兄弟呀，你眼下也是奔三十的人了，还是光身一人，二姐有时夜里睡不着，常想这事，直想得心里疼。要说怪，就怪当年二姐一时性急，不该把你拖进这泥坑里来。二姐是想，若是把这孩子带走，兄弟抓紧娶上媳妇，用不上两三年，你亲生的儿女就会喊爸了。以前小鬼子横行霸道，我不敢把孩子带回去，可眼下小鬼子瘪犊子了，咱就不能不算计往后的日子怎么过了，是这么个理儿吧？

岳奉杰倔哼哼地说，以前怎么过，以后还怎么过。前两年，山子小，我都撑过来了，往后山子都能成帮手了，我还怕什么。一辈子就这么过下去，我看也没啥了不得。

岳金莲说，兄弟这就是犟了。到虎林后，我听孙姐说，连她都为你着急，五次三番地给你保媒，可一听说你带着个半大的孩子，一个个都打了退堂鼓。二姐这话没带谎吧？

岳奉杰说，咱就这一堆一块，她愿意进门当妈，我敬着供着，人家不愿意，我也犯不上求着拜着。我还怕娶进个心地歹毒不善的，俺家山子日后受气呢。

岳金莲又试探地问，要是有人家愿意收养这孩子，答应给你置办几亩好地，还能帮建起几间砖瓦房，你看……

拉倒拉倒赶快拉倒，他敢找上门来，小心我立马啐出他八里远。我岳奉杰这辈子不管穷到哪一步，也绝不做卖儿卖女的事。

这话一出口，岳奉杰立时警觉起来，又说，听二姐这话的意思，不是还想把孩子还给日本人吧？我记得当年二姐跟我说整走孩子时，我说大不了捏死他，你立马就翻脸了。

岳金莲忙笑着掩饰，说这孩子哪还有亲爹亲妈。北口县城的人早恨得日本人牙根直，小鬼子一宣布投降，那俩东西就被砸成烂泥了。中了中了，这事就说到这儿吧，你不愿意拉倒，反正二姐已把话说到这儿了，日后你别怪罪二姐就成。

岳金莲适时缄口，本是久谋在心。在前来虎林的火车上，她一遍又一遍地思谋带走孩子的事，设想过各种可能。以她对岳奉杰性格的了解，她估摸想顺顺当当地带走孩子肯定有难度，不好强攻，那就只能智取。话若说多了，把岳奉杰心里的那根筋绷起来，只会对下一步行动自添难度。

岳金莲率先往地窨子走，说听孙姐说，这几年，你可没少往她家送山鸡野兔什么的，家里还有现成的没，好歹也让二姐尝尝野味。岳奉杰的思绪仍沉浸于刚才的对话中，嘟哝说，反正往后山子这孩子去哪儿，我也跟到哪儿。二姐一定要带他回去，我就跟你一块回去。

岳金莲说，那可不成。前几年你打残的那货，到现今还栽栽歪歪走不利索呢，人家的爹又在镇里打么（吃得开），你回去了，还不是自个儿往虎狼圈里跳呀。算了吧，你愿带孩子过，那就过，等老家那边消停些再说。

那天的晚餐挺丰盛。岳奉杰去山林间转，提回一只山鸡，是套子挂的，还扑腾着翅膀。岳奉杰说，等大雪封山，林子里的野物才肥呢。这季节，就将就吧。岳奉杰又从河泡子提回几条拃来长的鲫鱼。山里人用荆条编成口大脖细的篓子，下到日夜奔流的河道里，小鱼小虾顺水而下，落入篓子，便再难逃窜。饭菜端上桌，岳金莲拧开一瓶白酒，那白酒叫烧刀子，听着名号就烈性吓人。酒是离开孙家时，孙姐塞进包裹里的，孙姐说，山里不缺嚼货，却难找白酒。刚才你们都没喝，那就带上。此酒正中下怀，岳金莲心中窃喜，便不推辞。两只粗瓷碗斟满，岳金莲说，想一想，咱姐弟俩可是有年头没坐在一块吃顿饭了，今儿，咱也学学梁山好汉，大碗喝酒，大块吃肉。坐在一旁的义雄瞪圆了两只黑亮的眼睛，只觉这个从天而降的女人又熟悉又陌生。

那顿酒，岳奉杰因听了二姐不再打算带义雄走的话，便放松了警惕，没少喝，喝了足有近一瓶，一斤啊！岳金莲也没少喝，可她是装出样子喝，那酒是只入口不落肚，在抓毛巾擦脸擦嘴的时候，便将噙在嘴巴里的酒吐了出去。烈酒醉人，没等炕桌撤下，岳奉杰已歪靠在行李卷上酣酣入睡。岳金莲帮他躺平身子，又安顿小义雄在他身旁睡下，自己也歪在了小炕上。但她睡不着，也不敢睡，尽管身子很累很乏。夜到三更时，岳金莲拨醒了小义雄，说山子，起来，快起来，跟姨走。小义雄揉着眼睛问，姨要带我去哪里？岳金莲说，姨带你去找妈妈呀。听说找妈妈，小义雄立时精神了，望着仍在呼呼大睡的岳奉杰问，那俺爹呢？岳金莲说，你爹跟姨商量好了，他随后也去，但要晚上两天，让姨带你先走。家里总要留个人收拾收拾，对不？

那天临出门，岳金莲把手伸进怀里，摸出那只蓝布小口袋，放在了岳奉杰枕旁。可走到地窖子门旁，她犹豫有顷，踅回身，重将小口袋抓回手中。小义雄问，姨，是什么？岳金莲说，不当紧的小玩意儿，还是姨带在身上吧，你爹心粗，我怕他弄丢了。

两人上路了。正是月黑夜，眼前一片漆黑，根本看不清脚下崎岖的山路。小义雄懂事地扶住岳金莲的胳膊，说我和爹去林子里打猎时，没少走这样的夜路，有我呢，别怕。岳金莲听孩子这样说，心里发热，她问，你知道在哪儿能找到大车吗？把咱们送到虎林火车站就成。小义雄说，拐过前面的山脚，有三四户人家，那里就养着马，还有大车。我没少跟那几家的孩子玩，兴许不要钱。

天亮前，岳金莲带着孩子坐进了车厢。火车长鸣，徐徐启动。望着车窗外缓缓向后退去的空旷站台，岳金莲的心里满是愧疚。奉杰此时八成还在睡梦里，就是醒来，顶多也就追到这里，他的两条腿再快，也快不过火车轮子。短时间内，估计奉杰也不会追回老家去，老家有仇人，且正当道，自己给他留下的信息，虚实参半，奉杰不会完全不管不顾。况且，自己带义雄并不是奔着老家，奉杰真要追回去，也够他找上一阵了。兄弟，留在虎林这边娶个媳妇，成个家，安安稳稳过日子，二姐对不住啦。

十

岳金莲带着小义雄重新回到北口县城，已是半月以后了。

迟归的原因其实也简单。那天，两人乘坐的火车只开到哈尔滨，再要前行，只能换乘。但偏偏不巧的是，由哈尔滨开往北口方向的列车因需紧急运送归国的日本侨民，已全部停止售票。以前只知小鬼子占了咱大半个中国，没想竟会有那么多的人，除了军人、工程技术人员、商人，还有那么多携妻带子倾家而动的开拓团人，塞得满登登的火车开走一列又一列，从四面八方涌进候车大厅和站前广场的人仍是缕缕行行。听说日本人是奔往辽西的葫芦岛港，再在那里上船漂洋过海滚回老家。

火车坐不上，那就只能乘汽车，坐大车。乡间的农民得此商机，早把骡马车、老牛车、小驴车候在了大路旁，只是顿失了先前的大方与豪爽，不先交足盘缠绝不容许占得一席，你是皇帝老儿的三姑四姨也没用。如此这般，岳金莲带着小义雄数番周折一路颠簸，总算重回了北口县城。远远地见了八大户的院子，小义雄关于家的记忆似乎被彻底激活，他扔下岳金莲，奔跑着径向大院扑去，一边跑一边大声喊妈妈。但八大户的院门不再向他开放，大门前重又站立了全副武装的军警，那些军警头顶上的帽徽变成了青天白日满地红，院子里的主人已换成了中国政府的接收大员。军警人员黑着脸，对站在大门前的岳金莲和小义雄说，走开，这里严禁喧哗。岳金莲赔着笑脸说，我带孩子只想找一找以前住在这里的一个女人，长官开开恩吧。军警人员仍黑着脸，说日伪时期住在这里的除了日本人，就是通敌奸逆，想找他们，去问警察局。

无奈，岳金莲只好去向与大院相邻的沿街店家打听。店家说，只知道前几年的局长都被抓进局子了，那几家的老婆孩子哪敢再留城里，有亲的投亲，没亲的靠友，都跑到乡下躲起来了。

岳金莲再问，那个日本女人珍子呢？店家说，前几天，还见过那个日本娘儿们，完全是中国女人的打扮，可怜兮兮地在这街上转，也不知转个什么。这两天就没见了。

岳金莲依稀还记得何凤娴说过娘家的地址，便一路打听找去。何家在镇子里有个很气派的院落，高墙，铁门，墙头上还立着铁蒺藜，看着让人发瘆。岳金莲上前敲门，院子里回应的是一声高似一声的狗的狂吠。好一阵，一个用人模样的中年妇女才隔门盘问，岳金莲一一答了，大铁门这才吱吱嘎嘎地打开。迎出房门的何凤娴见面先做解释，说这一阵，大门都不敢开，只怕乡下也闹起砸抢来，吓死人了。又将小义雄揽在怀里，说这就是那个孩子吧？没想兵荒马乱的，还真让你找回来了！又对岳金莲说，珍子自打从大院被撵出后，无处可去，也跟我来这里住过几天。那几天，天一亮，珍子就去县城，恨不得一时一刻就把你们等回来。可前几天，日本方面下了通告，要求所有日本人必须立刻赶往葫芦岛，拖延滞留者后果自负。珍子是最后一个被拉上去葫芦岛的大卡车的，走时那个哭呀喊呀。唉，谁知她现在是不是已经上船走了呀。

那时，岳金莲已下定了带小义雄再追往葫芦岛的决心。她对何凤娴说，跟东家我就不客气了。家里若是有现成的馒头或饼子什么的，就多给我们带上一些。再有，也不知家里可有合我脚的鞋？我脚下的这双，这些天磨破了，鞋窠子里都踩出了血。何凤娴为难地说，吃的好说，家里没现成的，我这就去街上买。只是你的鞋，却是难了。小脚之人，一人裹出一个样，别说鞋铺里很少有卖，就是有，怕是也很难合上你的脚。你以前在我家时，没事时没少做鞋，说你的脚弓背高，不好买到现成的。要不这样吧，你从我的鞋子里挑上一双，再多带些棉花，鞋子大就多榰一些。我再帮你在镇上雇辆小驴车。就你这双脚，还能走出多远呀。

又是一段艰难的行程，昼夜兼程，直累得小毛驴都趴在地上不肯效力了。三天后，岳金莲带着小义雄到了葫芦岛。日本人大撤迁的行动已近尾声，但通往码头的大路上仍密集涌动着提箱背包的人流。大路两侧，最外一层是荷枪实弹的中国士兵，三五步一岗，都黑煞着脸，一律面朝外。而背对着中国士兵的第二层，则是日本的纠察人员，统一的白衣白裤，不时地检查队伍里某人的证件。岳金莲拉着小义雄欲上前打听珍子，中国士兵毫不客气地呵斥，退开，远远退开，退到五十步以外去!

五十步外是坡岗。这个时节，除了红若焰火的枫叶，便是遍地的枯黄。岳金莲瘫坐在草地上，哪还顾得砢碜好看，急将鞋子打开，让那又肿又胀血糊糊的三寸金莲见见太阳，吹吹凉风。她对小义雄说，要盯住大路上的每一个人，看到和我年龄差不多的女人，你就大声喊妈妈喊龟岛珍子，扬手里的毛巾，一定要让她看到你。小义雄喊了一次又一次，从清晨喊到天黑，喊得嗓子都哑了。夜里，岳金莲带小义雄住到附近村庄的农户家去，小义雄趴在滚热的火炕上，呜呜哭起来。岳金莲问他哭什么，小义雄说，我爹怎么还不找我们来，他是在林子里打野兔还是在收庄稼? 我爹要是在这里，他一定有办法。岳金莲知道孩子是想岳奉杰了，心里再一次酸痛起来。她安慰说，也许他正往这里赶，说不定明天就找到我们了。岳金莲一直在回避着小义雄的生身之父是日本人的事实，更不想告诉他龟岛已经叫中国人打死了。孩子还小，中国人为什么那么憎恨小鬼子，日本人又为什么要滚出中国去，这个话题太大太长太复杂，跟一个八岁的孩子能说得明白吗？

到了第三天，大道上的人流已愈见稀疏，连道路上被踏起的黄尘也渐渐落定。过了中午，先是日本纠察队撤走，然后只听一声哨响，中国士兵集合到一起，迈着整齐的步子向着码头方向走去。岳金莲和小义雄站在坡岗上，远望着一艘艘大船缓缓离开码头，直向大海深处驶去。岳金莲说，这是走完了，咱们别找也别等了。从今天起，我就是你的妈，不管谁问，都这么说，听明白了吗？小义雄又一次哭起来，说那我们回虎林吧，我要找我爹。岳金莲说，你爹不在虎林了，妈妈这就带你回家。家里有哥哥有妹妹，还有你的新爸爸。往后，咱们就是一家人了，咱家姓张。

那一年，龟岛义雄八岁。八岁的孩子虽还弄不懂世界上的风云变幻沧海桑田，但是，发生在他身边的这诸多事情，一桩桩，一件件，却足以让他铭记在心，永生难忘。他也多少懂得了一些这身世间的秘密，为了存活，他必须听这位中国妈妈的，深藏在心里，谁也不能告诉。

十一

龟岛义雄在岳金莲家里生活了二十八年。暑往寒来，时光荏苒，二十八年算不得短暂的一瞬。

初回屯里时，张家突然多了个七八岁的男孩子，村人的目光自然有些惊异。岳金莲与男人订立攻守同盟，对外说这个孩子本是家里的老二，出生时因与老大只差了一岁多，间隔太密，怕养不活，只好像间苗似的舍弃一个，正巧县城里有户人家婚后数年不育，便给了出去。没想那户收养的人家自从这孩子进门，女人竟突然开怀，并一发而不可收，反视这个收养的成了累赘。岳金莲在城里当奶妈时得了消息，便重把老二带回身边。

这个说法虽有破绽，好在乡民们没人计较。那个年月，讲究多子多福，谁家的孩子不是滴里嘟噜，人家两口子说是亲生的，那就是自家骨肉，外人何须多言。只是有一点，却让村人们好生疑惑，那就是义雄与哥哥的体态和相貌，说是一奶同胞，却委实让人难以信服。哥哥是高挑的个子，俊鼻亮眼，爱说爱笑，弟弟却是敦实如盘，沉静寡言，那方型大脸也透着与年龄不甚相符的刚毅。有人私下嘀咕，说是同一窑烧成的砖八成不假，但是不是同一个工匠托制的坯可就难说了。这话难免传进岳金莲男人的耳朵，男人便有了哑巴吃黄连的憋屈。男人说给妻子，岳金莲笑道，白捡了一个那么大的儿子，你就偷着乐吧。听蝲蝲蛄叫，你还不种地啦？果然，那些话像风一样，吹过一些日子，就悄然无痕了。

再值一叙的便是给义雄娶媳妇的事了。义雄和哥哥二十三四岁时，都还光身未娶。生产队穷，壮劳力挣上一天的工分还不够买一张八分钱的邮票，大河没水小河自然要干，没有姑娘愿嫁到穷窝来。岳金莲和男人心里急，夜里难眠不知商量过多少回。男人说，我看老二和咱家丫头倒是有说有笑情投意合的，要不，就咱老两口做主，让他们俩成了一家子，正好肥水不流外人田。岳金莲坚决摇头，说咱俩倒是心里一清二楚，可对外人怎么讲？家丫配家小，不怕让外人的唾沫星子淹死你？男人说，大不了，把实情说出去嘛。岳金莲说，怎么讲？老二的亲爹亲妈可都是日本人，这个老底真要是翻出来，谁知往后咱家会摊上什么倒霉事。男人闻言，唉声叹气，不再吭声。岳金莲又安慰道，耐住性子等等看，老天爷不会饿死瞎家雀。

那一年，已在河南当了一县之长的小叔子突然来家了。岳金莲踮着小脚，在屋地心不住转圈子，愁着怎样招待很少回老家来的亲人。小叔子说，嫂子，你不用愁，我在家坐一坐就走。实话跟嫂子说，我这次来，有公务。我们那个县遭了灾，不少老百姓已揭不开锅了。我带人来老家，是想请求咱这个产粮大县伸伸援手。可看来，我是奢望了，北口比我们强点也有限，有限的余粮早被上级调拨走了。不过，嫂子放心，有客从远方来，一碗稀粥，两个窝头，县里总是要招待的。听此言，岳金莲难免心酸，说也没见大旱大涝，这个灾怎么闹得这么大呀？小叔子苦笑，不言，却悄声问，我看咱家的二侄，不会就是当年嫂子千方百计叫你娘家兄弟弄走的那一个吧？岳金莲重重点头，承认了。小叔子又说，这个底细，哥嫂千万不可说出去。我的意思嫂子应该是懂的。

小叔子给哥嫂留下一百元钱，走了。但很快，小叔子说的灾荒就好比破堤的水，不可阻挡地漫延过来。听说铁道线上常有关内的灾民顺着道肩往北走，只求能找到一口下肚的嚼货。岳金莲得此消息，先还是稳坐家中，突然有一天，竟让闺女扶着，颠着两只小脚，往返一二十里，一次次跑到铁道线上去。家里男人问，你这是要干啥呀，魔怔啦？岳金莲斥道，少问，我愿意。半月后，岳金莲领回家一个姑娘，河南口音，说是驻马店的。姑娘面庞清秀，只是饿得太狠，已快抗不住一阵风了。男人虽是看懂了岳金莲的打算，还是嘟哝说，一天三顿都是端碗去生产队食堂打饭，一人一份，多一勺都不给，家里又多了这么一个饿急眼的，可怎么好？岳金莲说，咱家人多，一人少吃一口，就把这姑娘救了。只要挺过眼下青黄不接这一阵，庄稼院的日子，好打发。男人说，家里那几个年轻的都正能吃，还让省一口？岳金莲说，可我来，你也帮一把，这行吧？男人又嘀咕，你带回一个，家里盼媳妇的却是两个，咱给谁？岳金莲叹息说，我真想一块带回家两个，可哪敢。再说，这事又哪是咱老两口说了算的，且走一步看一步吧。

此一策，果然不仅救活了一个人，还为家里迎进了一位肯吃苦也能干的儿媳妇。俩月后，家里田里的玉米灌浆了，土豆也可扣出门豆充饥了，岳金莲将一家人聚到一起，对姑娘说，你来家时咱娘儿俩就把话说妥了，这个家你也都看在了眼里，现在，你若反悔还不迟。姑娘回道，我不反悔。岳金莲又说，我的两个儿子都站在这儿，你相中了哪个，就指一指。婚姻大事，大主意还是你自个儿拿，老爸老妈才不乱点鸳鸯谱。姑娘脸红成了秋后的山楂，深深地垂下去，手指却匆匆地指向了老二。岳金莲说，好，那就这么定了。明天，你们小两口带上户口本，去公社把结婚证领了。在家的人也别闲着，抓紧把西屋收拾收拾，给他们做洞房。至于婚礼，就先免了吧，等以后年成好些，老爸老妈说话算数，一定给你们补办。

翌日，义雄和姑娘领过结婚证，走在回家的路上。义雄问，我哥长得比我高大，相貌也比我受看，要说庄稼院里的活计，也样样强于我，我以为你一定会指咱哥呢。姑娘迟疑有顷，说，现在咱俩是两口子了，有句话，我只能跟你说，你可再不要说给外人。让我指你，是妈的主意。在之前，咱妈已叮嘱我好几回了，说别看咱哥外表长得好，可小时候得过病，是腰子上的病，大夫说，只怕婚后难生育。义雄闻言，大怔，呆呆地站在路边好一阵，望望天空的彩云，又望望正耀眼的大太阳，突然蹲下身去，抱头哭起来。姑娘问他哭什么，义雄却不答，直到快进家门时才说，往后，不管日子有多难，咱们都得好好孝敬老妈老爸呀！

义雄新婚那一夜，大儿子和女儿另去屯中亲友家找宿。在东屋，男人的话里竟有了些不忍和责怪的意思，抹着眼角说，这回老二倒是称心了，可你知道咱亲生亲养的老大心里是啥滋味？一整天都没说上几句话。岳金莲却仍是满脸的喜气，说，老大的事你也不用愁。这些天我可没闲着，早打听好了，北边八里地外的野荞沟，就是我二姨表妹家的那个屯子，有户人家跟咱家情况差不多，也是一哥一妹，也都老大不小地单着。为着咱家老大的事，我只说去表妹家串门，那俩孩子我搭过眼了，还都算可心。我让表妹试着递话过去，说不如两家就换了亲。那家没回绝，只说等等看。我估摸着，那家也是要亲眼探探虚实，哪能剜到筐里就是菜。那就来嘛，咱这家除了穷点，还怕他们探啊？男人仍是愁，说老大娶媳妇，总不能连间睡觉的房子都没有。岳金莲说，咱家房后不是还有两棵杨树吗，放倒，挨着西房山盖间耳房，那就是咱们老两口老来的窝了。这东屋给老大，老大居东，老二占西，自古以来，天下百姓都是这么安置。男人恨道，你个小脚老太太，怎么啥事都有个主意呀？岳金莲笑说，我小脚怎么了？没拉着你往泥坑里踩吧。别说了，睡觉。

平凡的日子好比日出日落草青草黄，没有什么好做描述。不觉又是十余年过去，义雄已是两个孩子的父亲，岳老太老两口膝下已奔跑着一大帮孙辈幼童。悬在房梁上的戏匣子突然连天在讲美国总统访华，紧接着，日本首相也跑来中国。对于国与国之间发生的这些大事，家里的男人并不怎么关心，只觉还不如家里的小菜园准不准许种点经济作物来得实惠。但小脚老太岳金莲却春江水暖鸭先知，并感觉到了深深的忧虑和不安。夜里，在那间逼仄的小耳房里，岳金莲说，就好比两家过日子，好几十年大门紧闭谁也不搭理谁，现在是两家大人串起门子来了，你说，界壁子（邻居）会不会要求把一直住在邻家的孩子领回去？张老汉听明白了岳金莲话里的意思，也是一惊，说他想要就要得回去呀！咱就说，从没见过他的孩子，不信他还敢来咱家抢。岳金莲把窝在心里的话说出来，说我带老二去葫芦岛追他日本妈的时候，老二已经八岁了，八岁的孩子什么记不得？再说，他妈一辈子也就生他一个，到老来孤苦伶仃的，出来找找自己的亲生儿子，也是人之常情。人心都是肉长的，将心比心吧。

一切都依着岳老太的估算进行。不久，先是县政府的人来家，还带着国家外交部批转过来的文件，里面有龟岛珍子请求帮助寻找儿子的信函。县里人把来意说完，又要讲中国政府的态度与相关政策，岳金莲摆摆手，打断来人的话，说我家确是有一个当年的日本孩子，大号龟岛义雄。他亲妈龟岛珍子要是还活着，就让她来吧。至于义雄愿不愿意跟他亲妈走，那得由他自己拿主意，毕竟有老婆有孩子，三十多岁的人了。

很快，珍子来中国了，身边还跟着一男一女两个年轻人，是珍子夫家和娘家的侄男甥女。县政府派人派车一直将日本客人送到家门口，并在来之前跟公社打了招呼，公社送到家里一角猪肉和半片肥羊。岳金莲说，这是公家的。咱家再咋穷，也不能丢了国家的脸面。把正下蛋的那两只鸡杀了，小火炖上。

听到汽车响，岳金莲打开房门，端然而立。珍子扑上前，又要跪，被岳金莲架住了。那一刻，义雄一手拉一个自己的儿女，远远站立，眼里端详着这位来自异国的生身母亲，脑海里则在努力搜寻着关于母亲的记忆。

珍子坚持着先去看了老公母俩住的耳房，还在那铺小火炕上坐了坐，然后才走进义雄一家的房间。珍子又流泪了，扑簌簌地流，难止难息。两张大圆桌摆在了东屋地心，那是岳老太的主张，一言九鼎，没有异议。丰盛的菜肴布满了桌面，岳老太让当家人先举杯敬酒。张老汉哪见过这般阵仗，嘴巴越发地拙了，只是说，大老远来的，不容易。吃吧，都别客气。说完就暗揪岳金莲的袖子，说还是你说吧。岳老太却望定义雄，镇静吩咐，说老二，带上你的媳妇孩子，给你们的嫡亲妈妈嫡亲奶奶跪下，敬酒。那一声"嫡亲"有点绉绉，让众人感觉虽准确却陌生，一个大字不识的乡间老太太嘴里哪吐得出这等雅致的莲花。大家哪知，岳老太为搜寻这个词儿，在珍子到来前，可是好动了一番脑筋的。她努力搜寻记忆中佟先生的评书，再搜寻前些年在戏匣子里听过的新评书《烈火金刚》和《薛丁山与樊梨花》，觉得只有用"嫡亲"二字才能表达出义雄和珍子的血脉关系，并可含而不露地说明两人亲而不近的距离。在评书里，好像只要亮出这个词语，故事里的人物就多有身世之谜，生与养，养与教，其中的恩情哪个更亲哪个更重，岂是三言两语能说得清楚的。

在照相机闪光灯的不断闪烁中，酒宴进行得隆重有序却难以热烈。也难怪，说是家宴，却是国与国之间的交往，况且两国之间，还有着那么一段不堪回首的兵戎交加的历史。在人们的矜持与拘谨中，岳老太站起身再吩咐，老二，把妈的凳子放到炕上去。义雄惊诧，不知母亲要干什么，但还是把木凳放到了火炕上。随后，岳老太一骗腿，上了炕，并在众人惊异的目光下，手扶窗框，站到了木凳上。义雄急跳到炕上，问，妈，你老要干什么？我来。岳老太不答，将手指伸向屋顶，在用高粱秸编就的房箔间抠摸，直抠得尘土飘飘淋落。那一年，岳老太年近六旬，身子已不那么灵活，虽有义雄扶助，但在木凳上跷起的两只小脚仍在明显颤抖。大儿子见状，也跳到炕上去，两个儿子的四只大手牢牢地护住了老人的腰身。终于，岳老太的手放下来，掌心里多了个蓝色的小布袋。她下了炕，重回桌前，先将小布袋在衣襟上重重地擦了擦，然后才放到一直目瞪口呆的龟岛珍子面前，说这是你的，收好吧。珍子忙往回推，说老姐姐，这个我不能收，我早说过，它早属于老姐姐。岳老太说，中国老辈人有句常说的话，君子不夺人之美。这个东西，当年我就说过不要，你就不要推让了。你没来中国之前，我心里一直念叨，也不知我今生今世，还能不能见上你一面。若是见不到，闭眼前，这个东西我也是一定要交到义雄手上的。要是一定想给我留点念想，那就把这个小布口袋留给我，估摸是你亲手缝补，对吧？又是在众目睽睽之下，岳老太将重闪光芒的钻石戒指取出来，放到珍子掌心，只将那蓝莹莹的小布口袋放在了自己面前。珍子再次双手合十，两眼含泪，不住地祷念，菩萨，我的活菩萨，让我怎么感谢你！

　　傍晚时分，面包车载着日本客人回县招待所去了，说县领导明天另有宴请，到时会有汽车来接送诸位家人。在火红晚霞的辉映中，岳老太独坐在院门前，眼望长空，终于忍不住，老泪长流。老人接待了一天客人，一直刚强着，没抹过一滴眼泪。义雄慌慌地跑到母亲身边，说妈，你别哭嘛。她来了，也就来了，待两天，总得走。我不跟她走，你的孙子孙女都不走。岳老太说，傻儿子，往后再别说这样的话。人生大道理，伦常不可丢。别看你那个日本妈今儿一整天都没说出一句要带你去日本的话，可她有句话，却是反复说了好几遍。她说，我真羡慕老姐姐，有这么两个孝顺的好儿子，还有闺女当贴身小棉袄。都是当妈的，她心里怎样想，妈一清二楚。从你四岁起，她就四处找你。回日本这些年，她孤零零一个人，能活到今天已是不容易。你去日本陪陪她也是人情大道理，应该应分，我这边不是还有你哥你妹嘛。再说，啥时想老妈老爸了，就回来，听说天上的飞机老快了，也就半天一晌的时辰，就飞回家了。我已问过县里人了，关于日本遗孤亲属移……哟，移什么来着？对，移民，关于移民的事，中国和日本政府都有政策，慢慢来……

当夜，临睡前，男人问，你给日本老太太的那个镏子是什么时候藏进房箔里的呀？岳老太说，这可有年头了。把老二带回家那年，就塞在那里了。男人说，你这嘴巴可真严，看样子，那镏子也值些钱吧？岳老太说，听我当年那个女东家说，总能换上十亩八亩好地。男人吃了一惊，说怪不得挨饿那几年，家里人一个个饿得直晃，也没见你怎么着急上火，原来是你心里有底呀。岳老太说，我的底就是，该是咱的就是咱的，不该是咱的，别说一个镏子，就是再值钱的东西，我也不会动一下念头。

十二

岳老太的葬礼很隆重。一村的人，只要能动的，都来了。邻近村屯的人也来了许多，再加乡里的，县里的。送葬的队伍足有万人。

墓地是乡里选的。本来，各级政府早有规定，逝者不论何人，遗体一律火化。但乡里又有土政策，若逝者家属肯支付一定费用，在不占用耕地损害植被的前提下，经批准，亦可适当安排在山林深处实行土葬。就在家人们商量派谁去找乡里请示的时候，乡长亲自来家吊唁了。乡长说，考虑到岳金莲老人生前曾为抵御外辱表现出来的大无畏民族气节，以及后来数十年间为维护中日之间的民间友谊所奉献出来的人道主义精神，经请示上级同意，乡里已为岳金莲老人的遗体安葬选出一址，墓地是在人造松林间的一片空地上。如果家属没什么意见，现在就可派人去打墓了。

送葬的鼓乐堪称一流。得知岳老太辞世的消息，远近八方的鼓乐班不请自到，纷纷找上门来，均称愿意无偿为老人送上一程。无私奉献可嘉，却也不可失之过多而无序，就在诸班主相争不下的局面下，一班主举起大纛，说我们将为老人吹奏全套的《百鸟朝凤》。这个曲子，我们也有好几年没吹奏过了，不是缺少丧家肯出重酬，而是我们另有献奏的原则，此曲只吹奏给德高望重，堪享此曲之人。一声《百鸟朝凤》，诸班主立时偃旗息鼓，悄然退下，都知那一曲，堪比唢呐演奏中的珠穆朗玛，没有超常的技艺，寻常鼓乐人是不敢比试的。那些退下的鼓乐人却又不离去，而是心甘情愿地变成了送葬队伍中的一员。

在唢呐高拔凄婉的吹奏中，松涛不再吟啸，林中的鸟儿也停止了啼鸣。就在棺木缓缓落入墓穴的那一刻，山脚下传来汽车的轰鸣，接着便见一队披戴重孝的送葬者循着山路，直奔墓地而来。走在前面的是位白发苍苍的年迈妇人，那妇人由两个年轻女子一路携扶。其他人虽不甚相识，但这个年迈妇人村人们却都熟知。数十年前，她是一个逃饥荒的"盲流"姑娘，被岳老太从铁道边接回家里，后来嫁给了岳老太的日本儿子，再后来，只要龟岛义雄回家探母，她都跟在身旁。

面对着刚刚落入墓穴的棺木，一行人匍匐跪地，叩首痛哭。义雄的妻子说，妈，你儿子义雄一年前就走了，怕你老人家伤心，不让告诉你。义雄走前说，他愿意先走，他说他要先去那个世界，为妈妈安顿好早晚也要去的地方。妈，我是前天夜里得到的消息，是义雄给我托了梦，说你老人家已经上路，要我务必快回家来。你再好好看一眼，你孙子来了，重孙也来了，我都带回家给你老人家送行……

鼓乐再起，天地动容。高天之上，大片的云彩悄然聚合，天宫间滚动起隆隆的雷声。突然，有人说，中间那片云，多像咱们的老祖宗，还对咱们抿嘴笑呢，快看啊！人们齐齐仰面望去，那片宛若岳老太笑靥的云彩，在人们的惊叹礼拜中，无声无息地退去，隐没在了刺破云隙而出的万道阳光之中。

筷子扎根

一

当年，我插队的那个地方农民们形容某片田地肥沃，常用一个非常形象的比喻，说插根筷子都能生根。这我不信，绝对不信。我虽然没有多少土壤学和植物学方面的专业知识，但好歹也读过几年书，这个比喻也有点太不着边际太不靠谱太夸张了吧。不管土地有多肥沃，也不管当地气候如何湿润温暖，可筷子无论是木质的还是竹子的，肯定已经彻底失去了任何生命机能，那它还怎么生根发芽？那个年月，若有塑料筷子，就更不可能。能发芽的不能称为筷子，而是还没彻底晒干巴的小树棍或竹棍。这可用当年我们经常引用的一段论述来说明，一定的温度可使鸡蛋变成小鸡，却绝不能让石头变成小鸡，外因是变化的条件，内因才是变化的根据。这就涉及哲学方面的命题了，绝非抬杠。

可我万没料到的是，后来，有一根筷子真的生根了，而且一扎几十年，直到今日，还滋生出两枝很茁壮的枝杈。

这根筷子叫张海俊，我从小要好的朋友，初中时的同班同学。

二

我和张海俊下乡时都是十八岁，去的地方离家不远，坐火车也就两个小时的行程。这似乎跟按学校按班级的统一调派有关，铁路职工子弟中学嘛，总得找个能听得到火车叫的地方。听说为争取这一点，铁路局尽了很大的努力，包括答应可给安置知青的县城和公社优先调派车皮。这一近，就给我们这些铁路子弟们经常回家提供了便利。至于火车票嘛，家长和知青心中早达成了共识，都是铁路家的孩子嘛，都是响应伟大号召去大有作为的，还买什么票呢，就好像回家敲门，太外道了吧。

但这好日子并没维持多久。铁路局来了军代表，他在坐火车巡察一番后拍了桌子，"这叫牛筷子拉车，乱套！一帮小毛孩子，还没王法了呢！不管是谁，想坐车，都买票！"

这些背景资料是我从爸爸口里知道的，我所亲身感受到的气氛则是严防死守如临大敌。那天，已是暮色垂临，我和张海俊跨出车门，下车的旅客不少，其实多数是知青，不下百人。落脚之地是三等小站，几组铁道线路，不长的站台，横空一道天桥，那是出站的唯一通道。知青们很少有人按规矩行事，顺着铁道，或向前，或向后，或跨过对面的铁道，便直奔了广阔天地。可那天的情况特殊，站台对面停着一列货车，与站台这侧的客车夹成一条狭长的走廊。下车人一下都拥在站台上不动了，因为站台的前方和后方站满了身穿草绿色军装的士兵，一个个笔挺威严，密层层封堵了昔日可自由往来的去路。有车站工作人员拿着电动喇叭喊："下车的旅客请经由天桥出站。没买票的旅客在出站口补票。"

这好比瓮中捉鳖，四面围堵，只留那么一个出口，插翅难逃了。少数买了票的往天桥走，大批的知青们则拥在站台上不动，低声的议论与咒骂嗡嗡嘤嘤。我对张海俊说，今天要倒霉了。张海俊问，怎么说？我说，花钱补票呗。张海俊冷笑，不嫌窝囊？我说，看来今天得认了。张海俊说，愿认你认，顺着腚沟子流大汗一天挣不到两毛钱，显你趁啊？他说的是实情，别看我们插队的地方交通还算便利，但生产队的分值却低得可怜，年终能不能兑现还得另说。我嘟哝说，那可咋好？张海俊前后看了看，低声说，把你的大棉袄脱下来给我。我问，啥意思？张海俊说，少废话，快脱，别让当兵的看见。

站台上的人挤成一团，乱糟糟，高挑在头顶的路灯也昏昏不明，想不让执勤士兵看到我脱大衣很容易。我身上的棉大衣是我爸前些年在工务段当养路工时发的工装，我下乡时便给了我，大衣左胸上印着路徽和安全生产的字样。这一点，张海俊就没法跟我比了，他爸爸是餐车上的厨师，厨师不发棉大衣。

张海俊穿上了我的棉工装，吩咐："随大溜儿，要快。"

我没听明白他的话，更不知大溜儿将怎么行动，可眼见着张海俊已拨开身边的人，大步向着列车尾部而去，走出没几步，又听他扯开嗓门喊："还发什么呆！赶快经天桥出站，没买票的抓紧补票，都给我听好了，今天谁也别想捡国家的便宜！"

张海俊他要干什么？疯啦？可站台上的知青们却以为他是车站上的工作人员，便避瘟神似的四下躲闪，任由他一路直冲冲往前走。

张海俊继续喊："不许钻车！知不知道钻车危险？敢钻车的加倍罚款！"

知青们怔了一下，立即就明白了，这响彻站台的吆喝无异于提醒，眼下的唯一逃脱之路就是钻车，从对面的货车或身旁的客车底下钻过去。人们好像炸了圈的羔羊，呼地一下散开，各寻了遁身的去处。执勤士兵的哨子尖厉地叫起来，随即就是奔跑而来的脚步声。那一刻，我呆了一下，就在一个士兵要抓住我胳膊时，一缩身，急闪到货车轮下，由于慌急，脑袋还被底梁重重地撞了一下。

哪还顾得上疼不疼，钻过车轮我就往插队的方向跑，身前身后还跑着几个陌生的知青。我一边跑一边往后看，不知张海俊是不是也跑出来了。没想，张海俊突然从铁道旁一根电线杆子后闪出来，哈哈地笑："还跑什么，一帮惊枪的兔子！"

我喘息着，问："你也跑出来啦？"

张海俊得意地笑："我可没跑，咱哥们儿是从他们眼皮子底下走出来的，大摇大摆。"

我说："他们没问你呀？"

张海俊说："问我什么？我是李向阳啊。就咱这扮相，正儿八经的铁路工作人员，《平原游击队》白看啦？"

看他那得意的样子，我可以想见他经过那些执勤官兵身边时的样子。这个张海俊，胆大心细，遇事不慌，真是生错年代啦！

三

我在乡下干了三年，抽工回城后去的单位是铁路局管下的木材加工厂，开大卡车。木材厂占地面积大，在市郊，厂里给住在城里的职工每人发了一张通勤票，有了这张票就了不得啦，进出站晃一晃，一路放行，没人细看。

可张海俊却远没有我幸运了，他留在了乡下，而且极可能一辈子留下去，究其原因，则完全怪他自己，怨不得别人。

我们下乡时是深秋时节，大地光溜溜，剩下的庄稼活儿基本在场院。第二年，忙过春播和夏日里的三铲三趟，等着的就是秋忙了。可就在等秋收的日子里，张海俊出事了。

事情出在护秋上。玉米开始结棒时，生产队长挑出几个男知青，说庄稼有些成色，该护秋了。以前，村里的青壮年护秋，有人监守自盗，还有人抓到偷秋的人抹不开脸，都是乡亲嘛，睁一眼闭一眼也正常。这回你们城里的小伙子来了，太好了。你们两眼一抹黑，不管抓到谁，都给我往生产队带，立功有奖，我给你们加工分！护秋员的任务关键在夜里，两条腿得一刻不停地走，眼睛更得像夜猫子一样圆瞪着，工分加厚，一天十五分，不低了吧？关于护秋的地块，村东主要是花生和大豆，这时节花生和大豆正好烀了吃；南头那片地瓜也让人眼馋，大点的已把地皮拱出缝了，又正贴着进村的路，也不可不防；护秋最当紧的是村北和西边的苞米地，人一钻进去，立时没个影。尤其是村西那片，贴着公社的砖瓦窑，窑上没黑没白不熄火，窑工们夜里饿了，常溜进地里掰苞米，那窑眼蹿出的火苗子又正好烤苞米，哪年那片地都不少丢庄稼。

有人嘟哝，知道丢，还在那儿种，不是缺心眼吧？

生产队长姓佟，但村里人都喊他大魔，是魔鬼的魔。听了种地缺心眼的话，大魔黑脸斥道："别刚来乡下没几天就充大尾巴狼，你咋知道队上没种过别的？"

青年们开始抢任务了，东南北三面立时有人报名。我起手慢了点，抢到的是村北。那时，只有村西还没人投标，也只有张海俊一直没吭声，众人便把目光盯向了他。

张海俊翻翻白眼说："瞅我干啥？俏活儿都叫你们抢去了，凭啥剩下的一块臭石头非得让我搬？大不了，我不挣那十五分，随大溜儿一块收秋去。"

大魔说："看村西确实不容易。那就二十分，一天顶两天，这总行吧？"

张海俊冷冷一笑："拉倒吧，谁还稀罕那几分，秋后兑现吗？"

人们一时无言。队长低头卷老旱烟，点燃，才慢悠悠地说："我听说，张海俊常把自己比作李向阳，智勇双全，天下无敌。

今儿一看，也是吹牛不上税。中了，今儿的会就到这吧，大不了，我再另想办法，没有谁，你看地球转不转？"

人们散去。张海俊端坐在炕沿上不动，一副不尴不尬的样子。我不好也走，眼看着队长也快走出房门了，张海俊突然大声说："队长，你还没说，村西那片地去年到底丢了多少呢？"

队长立住脚步："我估摸，最少也得两千棒吧。"

张海俊说："我不要一天二十工分，也是十五分吧。今年收秋时你去数，那片地要是丢的苞米超过一百棒，我连十五分都不要！"

队长说："好，就凭海俊这句话，明儿晌午，我让你婶子杀一只鸡，炒上两个菜，我陪你一醉方休。"

其他人还等在窗外，哄嚷起来，齐喊见人下菜碟，不公平。队长便又说："那就都去，可我把话放在这儿，别人去都是多个人多双筷，我请的可只是张海俊。"

大魔不愧是大魔，说笑之间，就用激将法将一块最难啃的骨头丢给了争强好胜的张海俊。过后，我把这话说给海俊，他却哈哈笑，说你以为我真像傻李逵似的一激就上火呀？我玩这么一下，不过是让大魔别小看咱们青年。其实，那天我是第一个到的队部，进屋就看队长将几张已裁好的纸条塞进了口袋，他的打算是万一活计不好往下派，那就抓阄。可我偏不让他抓，所以你们抢地块时我才一直没吭声。不就是看一片地吗，多大的事，我还想落得自由自在呢。

护秋的队伍上阵了。东南北三面都跟鬼子进庄似的，悄悄地进行，出动静的不要。唯有西面的张海俊闹得很张扬。他从老农手里借来一件蓑衣，手里还提了一把镰刀，那镰刀加了一米多长的木柄，顶部又揳进一根拃来长的大铁钉，那就不光是农具，还是武器了，有点类似于古时的戈或钩镰枪。而蓑衣则是乡人雨衣的过去式，那东西笨重，还须配上草帽似的雨笠，哪有小帆布粘胶的雨衣轻便又实用。当然，蓑衣的长处也非寻常雨衣可比，蓑草有很强的隔潮功能，所以蓑衣披在身上不仅可遮风挡雨，铺在地上还可充做床铺，湿冷不忌。那天，响晴的天，午后偏晌的时候，张海俊拉上我，出现在村西地头，那里距砖瓦窑也就一箭之遥，与窑上劳作的人彼此可见，视力好的甚至能辨鼻眼。他将蓑衣披挂在肩，手里张扬着那把长柄镰刀，在苞米地头来来去去，唯恐窑上的人没看到，扯开公鸭嗓唱苏联歌曲《三套车》和当时正流行的歌曲，一遍又一遍，翻来覆去，张海俊唱得声嘶力竭，逗得窑上的人冲着这边喊，野狼嚎，拉倒吧！

跟在张海俊身旁，看他脑门上滚下的汗水，我都替他热得慌。节令已立秋，秋老虎开始发威了。我说："想吓唬家雀，还不如立一个稻草人呢。你想捂出痱子呀？"

张海俊说："饿死鬼是人，不是家雀。"

我说："你玩这一出，是想敲铜盆吓耗子还是唱空城计？"

张海俊说："耗子们也这么想。"

我说："你也不用担心海口夸大了，村北和你这片儿垄挨垄，你过不来时，喊上我一声就是了。"

张海俊撇嘴："这点事就搬援兵，我还敢自吹是李向阳？"

那晚，青年点的伙房刚揭锅，张海俊抓上两块饼子就走了，我猜他必是去了村西。夜半时分，他果然押回两个低头耷脑的乡下小伙子，两人脖颈上各挂了两根苞米棒子，他还用大喇叭喊来大魔队长，引得青年们都去队部看热闹。队长进屋就黑着脸问那两人姓甚名谁。砖窑是公社开的，毕竟按月开饷，所以能来砖窑干活的基本都是各大队的干部家属，起码也是贫下中农。队长说，那你们自个儿选，认罚呢，一人十元；舍不得呢，我这儿备着现成的铜盆，绕着全村喊一圈敲一圈，就拉倒了。两人晓得敲铜盆的后果，都认罚，说身上没带钱，明天天一亮送来。因为丢庄稼的事，生产队曾经一次又一次找砖窑，甚至找过公社，于是公社便下了死命令，凡偷秋者，一律开除。队长阴着脸说，明儿你们要是不来呢，我可没工夫去找你们要小账。这样吧，都把裤带抽下来，明儿交罚款时再拿回去。那两人苦着脸，说我们回去还得推坯码砖，提着裤子还怎么干活？队长说，你们要早想到这一层，就不偷庄稼了。提着裤子回去，搓根草绳当腰带，怎么就干不了活？再说，那窑里比澡堂子还热呢，进去的人哪个不是只穿裤头？这事蒙不住我，不认罚就敲铜盆。

两人提着裤子灰溜溜地离去，看热闹的人忍不住笑出声，队长脸上总算现出笑模样。自从大魔来到小队部后，张海俊就闪了出去，他去牲口棚中抓来一把大豆，从厨间锅灶下扒出灶灰，将豆子丢进去。看来，从傍晚到半夜，两块饼子真是撑不住，他也想垫补垫补。见队长放走了偷青贼，张海俊说："我爬冰卧雪的，把贼给你抓来了，这就拉倒了？"

队长仍是笑："什么爬冰卧雪？眼下刚立秋，出伏后还有四十天热天呢。"

张海俊说："可伏天趴庄稼地里，蚊子和小咬叮起人来更邪乎，这队长大人也知道吧？你看看我身上的这些包包，都快成丘陵了。"

队长说："我知道你能把这帮小子抓现行，肯定不容易。都是南北二屯的，细论起来，兴许还和我家拐带着什么亲戚，他们不是答应明天送罚金来嘛。"

张海俊又臭又硬地说："好人你当，挨骂的王八蛋留给我们做，这点鬼子溜儿别以为谁看不明白。"

我怕海俊再说什么，急拉他出了小队部。

四

那年秋天，大魔带人收割城西那片苞米地时，有人在开镰前特意数了数面临砖窑那一面缺失棒子的棵数，张海俊没吹牛，数额的确没超过百棵。作为张海俊最要好的朋友，我知道他除了肯吃苦，还小试牛刀地把玩了许多战法。海俊喜欢看书，看得最上瘾的是《三国演义》和《水浒传》，还有《孙子兵法》，他能把三十六计倒背如流并配以古往今来的经典战例。而我就没出息了，专爱看《安娜·卡列尼娜》和《三言二拍》什么的，那里有不少情爱的故事。那天，有人将只丢八十九棒苞米的战绩报告给队长时，大魔嘴巴里只吐出三个字："这小子。"我听得出，那口气里透露的满是惊讶和赞许。

当然，也只有我知道，那一秋，张海俊的青苞米也没少吃。他不在他的那片地掰，却去北边我负责的那片地寻摸，而且专挑金皇后，掰完还拉我去砖窑烤。在窑上看窑眼的女工说，你们看地的还偷青呀？张海俊撇嘴说，请瞪大眼睛看准了，我烤的是金皇后，黄粒，我看的那片地一码大马牙，白粒。我这是去社员家买的。每次，张海俊还会折断一棒分给帮忙烘烤的女工，以示感谢。私下里，我对他说，想烤想炸，哪儿不行，非得去窑上呀？海俊说，这你就不懂了，兵者，诡道也。我这是让窑上人摸不清楚我在哪儿，又什么时候现身，他们胆虚了，就只好忍着饿肚皮了。这一点我信，在护青的日子，他经常几天不见踪影，有时又整日整夜地和我在一起扯淡。

神出鬼没的张海俊却突然让我们傻眼了。那是霜降后的一天，青年点突然来了一个乡下姑娘，说是找张海俊。留家做饭的女同学问你是谁，姑娘坦率地说我是他对象。女同学大惊，张海俊有对象啦？这是新闻啊！便急解下围裙奔场院。正在扬晒高粱的张海俊一听女同学吵儿巴火地叫他快回青年点见对象，瞪眼睛斥道，什么对象，胡说八道！女同学哈哈笑，人家自己说是你对象嘛，好事，挺漂亮的，就是黑点，掉煤堆里可能不太好找。在场院干活的社员闻此，登时笑翻了天。

那天，张海俊一回青年点就把那个姑娘扯进了男生宿舍，不仅关了门，还上了闩。我们收工回来时，做饭的女同学挤眉弄眼地指门示意，可房门推不开，我们只好扒窗户。姑娘背对着窗户坐在炕沿上，垂着头，看不太清爽，但从侧影看，确是挺丰满。

姑娘可能在哭，不住地抹眼睛。张海俊则站在地心，挥手让我们快滚蛋，看情景真像和搞对象有关。

姑娘是傍黑时离去的。那晚，张海俊和我坐在场院谷堆上，好一阵不说话，一副失神落魄的模样。

我问："你真搞对象啦？"

张海俊嘟哝说："那天，我也就是随口一说，没想她还当真了。"

我追问："哪天？"

张海俊说："就是护青时候的一天呗，记不清了。"

我恨道："连搞对象你都记不清？"

海俊再嘟哝："谁搞对象啦，不是糊里糊涂，就把砢碜事做下了嘛。"

原来那天夜里，海俊又悄然潜进那片苞米地，忍着闷热与蚊虫的叮咬，蜷伏在蓑衣上。夜半时分，突然听到有小心翼翼掰拧苞米的声音，他循声而去，突然抓牢那人的手腕。那人猛往下蹲，张皇失措地说，大哥大哥，我解手，解手呢，你快松手。海俊这才从声音听出，原来是个女人。但他不松手，说少废话，带上苞米棒子跟我去生产队。那女人抱牢海俊的一条腿，仍是求告，于是就把年纪轻轻的张海俊拖进了那个年月可谓万劫不复的人生陷阱。

确是难听进耳朵的砢碜事。我挖苦道："哼，李向阳挺快活呗。"

张海俊耷拉着脑袋说："快活个屁！还不如跑马（梦遗）呢，丢死人了。可那天，她抓着我的手往她身上摸，我一时就蒙了，没忍住……求你了，可别再臊我了。"

我问："那以后，你是不是又去砖窑找过那个人？"

海俊把脑袋夹在两腿间，说："哪还有那个脸，我连那片地都很少去了。"

我想想，确是。护青的后半程，海俊真的很少再去烤苞米，就是有时肚子饿得受不了，我张罗去砖窑，他也说吃够了，还不如吃煮花生和炓毛豆呢。

我问："那这事怎么收场？"

海俊长长叹口气，说："听天由命吧。"好一阵，又说："同学们要是问起，你就说是扯淡的话，只是句玩笑。这事可跟谁都不能说呀。"

又过半月，女人再次光临，进门就大声自报名号叫袁玲。这次来的不只袁玲一人，还跟了她的父亲和两个乡下小伙子，都铁塔般黝黑精壮，每人手里还都提着锹镐，那锹板打磨得光洁雪亮宛若镜面，在晚霞中辉映出血一样的光彩。张海俊一见来人这般模样，立即变了脸色，连说话都结巴了，急拉袁玲进屋子。那几个乡下汉子不说话，也不跟随，只是横成一排站在青年点院子里，手里扣着锹镐，死盯房门的目光里透着鱼死网破的杀气。我看大事不好，慌忙召集所有男知青，每人也抓了一把锹镐，都蹲在墙根下，装作刮擦锹镐上的泥巴，又派一女同学快去叫大魔队长。其他女同学则一个个花容失色，连大气都不敢出了。

一顿饭的工夫，袁玲独自走了出来，脸上挂着泪痕，又隐着笑意。她走到父亲跟前，低声说，爸，回去吧，海俊答应一个月后结婚。她的声音不大，但很清晰，满院子的人都听到了。她父亲闻言，用鼻子哼了一声，把镐往肩上一搭，带着两个小伙子转身而去。走到院门口，袁玲的父亲扭过脸，脸上换上了大获全胜的笑模样，大声说："我家玲子和张海俊结婚时，你们都来喝喜酒，我就不——请啦！"

袁家四口离去不久，正巧女同学领着大魔匆匆赶来，见了垂头丧气的海俊便说："这么大的事，你就二上定下来了？"

"二上"是我们那地方的方言，含有没跟主事人商量、擅自做主的意思。海俊低头嗯了一声，算作应答。

队长又问："跟你爸你妈商量了吗？"

海俊用脚使劲蹭地上的泥巴，嘟哝说："自己把屎拉进了裤兜子，就自己收拾吧。"

我万没想到，队长闻听此言，在院心转了两个圈子，突然就吼起来，我从来没听他那样吼过，那样愤怒："你他妈的早干什么去了？但凡早一天跟我说，我也不会让你走出这步臭棋！屁，还李向阳呢！"吼过，他转身往外走，临出院门时，又说，"真要是个啥仙女下凡也中。急着想娶媳妇，不嫌弃乡下的，跟我说呀，咱村的姑奶奶哪个差啦，明媒正娶，总比这光彩！"

大魔的这番话，知青们都听到了。那一夜，青年们半宿没睡着，议论纷纷。我对大魔的话也画魂儿，他怎么就知袁玲长相一般般，他又为什么磨蹭了那么长时间才赶来？我疑惑地问去找大魔的女同学，女同学说，白天，队长去大队开会，刚回家门就被我拉来了。路上，大魔跟袁家人走了个碰面，是她告诉的队长。

海俊要和袁玲结婚，这是秃子头上的虱壳郎——明摆着，没什么可说的了。但大魔的话又是什么意思呢？他也是替张海俊憋屈吧，那他责怪海俊"你早干什么去了"又是什么意思呢？海俊若是早跟他说了，他还另有什么好办法不成？

后来，我听说，原来女同学彻夜不眠的议论中还有另外一层意思，就是张海俊想找对象，若在女同学中设立目标，也不是多大的难事，听说那天夜里还有女生捂在被子里抹了眼泪。细想想，也是。海俊一米八的个头，高大帅气，一表人才，再加为人仗义，脑子灵活，书又读得多，当初在学校时，成绩一直中等偏上。可现在蒸下的馒头已经揭锅了，后悔又有什么意思呢。

五

海俊结婚前的那几夜，我常陪他坐在场院的谷堆上，仰望夜空中的繁星，他不说话，我也闷着。时已深秋，夜风很凉，草窠里的秋虫叫得有气无力半死不活。海俊突然开始学抽烟了，而且抽得挺凶，老旱烟卷了一支又一支。我拦阻他，说别抽了，小心把场院点着。张海俊总算憋出一个臭屁，说真把我烧死倒好了，省心啦。

我们知青下乡离家时，老爸老妈们拎着耳朵叮嘱最多的话就是不能搞对象，搞对象就回不了城了！此后每次回家，爹妈们也经常不放心地询问，没搞对象吧？知青们在这个问题上，几乎都和父母们达成了惊人的一致，大家都未卜先知地估量出了搞对象可能付出的代价，搞对象就叫扎根，休想再回城。所以直到数年后知识青年大回城，有些老知青在乡下已干了十来年，三十来岁了，独身孤守的仍不在少数。我和海俊从小要好，下乡前那一阵，我没事就去他家，他爸的饭菜做得好，我连着蹭几顿的事都有。张婶叮嘱不许搞对象的话不光对海俊说，也没少对我说，说不光海俊不许搞，你也不许。他要敢动了那个心，你一定回家告诉我，听到没！我一再郑重点头，只有海俊的妹妹俊波在一旁捂嘴笑，说我亲爱的妈妈呀，你就放心吧，就他们俩那样的，谁跟呀？可现在，下乡不到两年，海俊不仅有人愿跟，还是人家提着锹镐逼着走进洞房的，这话可让我怎么跟张婶说。一捆筷子齐整整，偏偏出了这么一根，海俊吃的这个亏到底有多大，怎么估量也不为大呀！

海俊和袁玲的婚礼是在我们磨盘湾村举行的。原本袁家要在他家办，答应腾出两间西厢房，但事到临头，大魔挡了横，并亮出一家之主的姿态，说张海俊是我们队的知青，结婚也得来磨盘湾村。他爸他妈不在这儿，那就应该由我来当这个家。袁玲父亲让海俊拿主意，海俊在这事上没犹豫，说我答应和袁玲结婚，但我可从没说过去袁家沟当上门女婿。海俊的心思我明白，糊涂事做下了，丢人现眼也在原处吧，总比再去袁家沟让人指手画脚强。那个年月，上门女婿是个贬义词，让人轻看，况且，前一阵袁家人露面时，是凶神恶煞的形象，而这边，大魔队长又一副大义凛然有所担当的父兄姿态，海俊不站到大魔这边才是怪事。袁玲父亲说，既是你这边操办，我家的猪就不赶过来了。大魔队长冷笑道，大老爷们儿说这话，我都替你臊不起，原来拉出去的

屎，还可以缩回去。也好，磨盘湾生产队虽然穷，但豁出我大魔
这张脸，不信一口猪还杀不起。

虽说大魔一力担承说婚礼由村里操办，但正日子的前两天，
袁家还是赶过来一头猪，半大，百来斤，正长骨架，俗称壳郎。
原本是准备过年时杀的。后来听海俊说，为了这头猪，袁玲还跟
家里狠狠打了一架，又是哭又是闹，甚至要跳井。她说那头猪自
从抓进圈，就一直是她养，一把野菜一瓢泔水的，当初当着众
人的面红口白牙应下的，怎么到了事上还不认账了，以后还让她
怎么在磨盘湾见人！大魔队长则在村里赊了几只鸡，当年鸡，挺
肥，肉汤里浮了厚厚一层黄油，刚抢了秋膘嘛。

婚礼还算热闹，地点选在场院。肠胃里少见油水的村里人基
本都来了。袁家人来得更齐整，三姑六姨都到了，还带来了暖壶
洗脸盆之类的贺礼，新郎是城里人嘛，袁家人很骄傲。青年点的
男知青也挺踊跃，没差谁，让人不解的是女同学们也不知是谁撺
掇的，集体缺席，还传出话，说嫌丢人。到底是谁丢人，丢了谁
的人，语焉不详，不究也罢。

海俊家里却谁也没来，只说都在忙，脱不开身。但婚礼上宣
读了他爸他妈寄来的贺信，信写得热情洋溢，祝贺儿子儿媳幸福
美满，在知识青年扎根农村干革命的康庄大道上携手共进。当然，
这事只有我知道，那封信是由我捉刀代笔，再塞进邮筒寄来的。
关于婚礼上的事，是我和海俊躺在谷堆上一一商量好的，主要是
怎么瞒住家里人，还有海俊父母总不会对儿子结婚这样的大事，
写封信就拉倒，起码得送上两套新被褥吧。这事由我和男同学们

合谋办，建议同学们的贺仪统统以货币的方式呈献，我还一再喊，韩信点兵——多多益善。我拿那不多的票子跑了两趟县城，买回被褥的里面，还有弹好的棉花。原打算求女同学帮忙，可女同学真是不开面儿，都摇头说不会。当然，这也算不得什么了不得的大事，村里不乏热心的婶嫂，说笑间就把这点活计接过去了。

新房自然是头等大事，其实大魔主动把婚礼从袁家手里抢过来时，心里已有了主意。村里原有一位五保户，我们插队前就过世了，房子一直空闲着，只是风雨飘摇，透风漏雨。大魔派上几个能工巧匠，认真修缮一番，再刷一层白灰，新房立时有了模样。大魔对海俊说，听说公社已向上级申请木材指标和宅基地，等批下来，你继续享受知青待遇。

婚后，海俊搬出去与袁玲单过，青年点每月将他的粮油单独称出去，不够的部分，自然由袁家贴补。说句厚脸皮的话，那一阵，我和男知青们刻意注意的是袁玲的肚皮。我私下问海俊，你啥时候当爹呀？老同学们可都替你把孩子的名字起下了，叫六月。海俊怔了一下，随即给了我重重一拳，骂我滚筷子，又说袁玲根本就没怀孕，我他妈的就是个头号大傻X，活活叫人家诓了。这回轮到我发呆发傻了。袁玲第一次到青年点，不是说自己已有孕在身，海俊也认账了吗？但事涉隐私，我也不好多问。

那年冬天，造大寨田的时候，有一天歇崩儿（工间休息），身边只有大魔，我便把心中的疑惑说给了他，大魔气得摔镐头，说这事怪也只能怪海俊，那天在青年点，我不是把话说给他了吗，为啥不早点把话说给我。我问，说给了你，你又有什么办法？大魔毫不犹豫地说，铁嘴钢牙不认账，我不信她能拿出什么真凭实据。第一次，为啥是袁玲自个儿一人来，她八成是连亲爹亲妈都没敢告诉呢。男人坚决晃脑袋，女人也只能把这事咽进肚子，她还敢破马张飞地满村子喊呀，那她往后还嫁不嫁人？就是因为海俊认下了，第二次她家才出马了一帮爷们儿，手里还操起了家什儿。在这种事上，乡下人比你们城里人鬼得多，别看他整天把李向阳挂在嘴上，屁用没有！我说，那也不是他想不认就不认的事，古人断案不是还有滴血辨亲那一说吗？大魔呸了一口，说那你也信？诸葛亮和吴用都自吹神机妙算，不也没少装神弄鬼吗，蒙人呗！

袁玲生孩子是第二年快入伏时的事，女孩。知青们的共识还是叫她六月，因为按阴历算，那时正是六月。但这名字的深层次含义却透着无聊知青的刻薄。当地有一个玉米品种叫六月鲜，早熟，却低产，因秧棵矮，乡下人又称其为老母猪跷脚，意思是猪一跷脚就能吃到棒子。每年阴历六月，乡间青黄不接最害粮荒，这六月鲜正可解农人的一时急迫，所以虽低产，农民们还是要种一些。当然，知青们的这点刻薄，海俊心知肚明。孩子百天后，他跑到公社给孩子落户口，回来后，他抱孩子来到青年点，手里还拿着户口本，笑哈哈地说，叔叔姑姑们快来看，以后还请多多关照小六月。我心一惊，急抓过户口本，那孩子的名字不是张六月又是什么。同学们一时哑了嘴巴，窘促得不知说什么好。我捅了一下海俊，低声说，你这是何苦，同学们不过是开开玩笑。海俊仍是哈哈笑，说叫六月，不错，真的不错，有纪念意义嘛。可大家都看到了，海俊的眼眶里，漩动着苦涩的泪意。那一刻，一直不大理他的女同学都红着眼圈转过身去了。

六月出生前的那几个月，海俊还是跟知青们一样，每隔一段时间就跑回城里，看看爸妈，也补充一下肚里的油水。跟以前小有不同的是，他回家的次数少了，每次也只待上一两天，给家里的理由也充分，生产队忙，不给假。好在袁玲在这事上，自知理亏，从不跟他计较。及至袁玲的身子渐显笨重时，海俊又和我商量未雨绸缪的主意。家里多了个小人儿，总不好扔下不管，长时间不回家，跟爸妈又怎么说？我给他出的主意是撒谎，就说征兵政策放宽，去当兵了，按这个谎下来，他起码可以两年不回家。可海俊不同意，说征兵政策全国一盘棋，这个蒙不住人。再说，让我两三年不回家见见我爸我妈，我撑不住。而且，当兵不能不给家里写信吧，听说当兵的信封都是专用的，我怎么写？又去哪儿寄？一个邮戳怕就露馅儿了。我爸我妈跟我要照片又怎么办？

我给的撒谎之计虽没被采用，却打开了海俊的思路。再回家时，他便先下毛毛雨，说国家在我们县的大山里勘探出一个矿，跟铁路相似，半军事化管理，但保密程度更严格，保健待遇也更优厚，他打算报名。他爸妈听了挺高兴。可没有半个月，海俊就收到一封家信，且是加急的，他妹妹张海波以他爸他妈的口气，措辞很是急切严厉地说，那个保密矿千万不能去，妈妈向明白人打听了，那个矿污染严重，在那里待久了的人结婚后可能生不出孩子。张家就你一个传宗接代的，给什么待遇咱也不去。海俊接到信，立即给了我两项紧急任务，一是马上回北口，当面呈报，说海俊已经去矿上报到，退职的事只能慢慢想办法；二是通报到青年点的每个同学，拜托各位以后回城，谁也不要再去海俊家串门，小心说漏了嘴巴。

对第一项任务，我颇为难，虽说撒谎的主意是我出的，但出主意和具体实施是两码事。我说，不如你再抽时间回家一趟，就说去矿上的事已定下来了，很难再抽身而退。至于第二个任务，我却很乐意完成，还说，以后家里有什么事，可以让海波直接写给我，你手懒，或有什么话不好说，都由我给你当秘书。海俊为难地说，不是我不愿意回家，可眼下，袁玲真是离不了人，昨天，我陪她去公社卫生院，大夫还说她有早产先兆呢。兄弟，这事你就别推了，受累吧。

海波后来果然成了我的妻子。张婶年轻时当列车员，后来当列车长，因长得漂亮，追求的人自然不少。张叔年轻时也很帅气，加之在同一列车上当厨师长，近水楼台，便抢先摘得芳心。我这样一说，各位就都明白了，父母的基因好，孩子也差不到哪儿去。我从小常去张家找海俊玩，也带海波玩，长大娶海波当媳妇，是我少年时就生出的雄心，或曰野心。几年后，我和海波结婚，有人调侃我，问你是不是早就存下了这贼心呀？我不答，哈哈大笑，心里的得意尽在那笑声里。

六

自从有了女儿，张海俊开始不好好在生产队挣工分了，常常天不亮就不见了踪影，入夜后才回家门。可每次海俊回来，他的小家就飘出烀头蹄下水的香气，招惹得满村的猫儿狗儿都去他家门外撕咬徘徊。有时我忍不住口水，也溜过去，总能共享一顿口福。须知，那年月，要想荤腥落肚，得等过年啊。海俊给村里人和知青们的说法是，老爸老妈听说儿媳有了身孕，自己舍不得吃，攒下了副食票。我却知海俊必是发挥铁路子弟的优势，去跑车板串市场了，从甲地去乙地，再从乙地奔丙地，省的是车票钱，赚的是价差。一个人要顾三张嘴，颠簸出多少辛苦与劳累，他知我知，理解万岁吧。

隔年秋天，我抽工回城。那次抽工的幅度不小，我们青年点就走了八个。在人欢马叫的欢送中，海俊却没来，我特意跑去他家，见门上挂着铁锁，冷冷冰冰。我猜想得到海俊的心情，唉，我早替他悔青了肠子啊。

回到城里的头两年，我每隔一两个月，总要利用星期天跑回磨盘湾，看看乡亲，看看青年点的同学，主要还是惦念着海俊，那将是我未来的大舅哥呀。俗话说，一个谎，百个圆。前两年，说海俊去了保密矿的那个谎既是从我口中说出去的，那下面的谎就还需我来圆。回到北口后，自然要去张家报到。张婶看到我，就哭了，说海俊那个傻狗子，但凡听家里一句话，不过在乡下多吃一两年苦，不是也回到城里来了？我说，我去过那个矿，挺好的，不光工资比我们高，保健津贴让人眼馋，吃住的地方更没法比。张婶说，那我和他爸要去矿上看看，为啥他总不让？我说，不是说了是保密矿吗？张婶说，我们不到矿里去，只站在围墙或者铁丝网外边看看还不行？我说，矿上防着有人暗中拍照，连往外写封信都得经过严格审查。张婶说，那他给你写信怎么就行了呢？我被问住了，吭哧好一阵才说，那是……他进矿时留下的唯一联系地址，只有寄那个地址的书信才好通过审查。张婶叹息说，唉，你再给他写信，就告诉他，抓紧娶媳妇，生个孩子吧，就是乡下姑娘，家里也不管啦。不能绝了后呀。

我先回乡下的那几次，总是买些糖果糕点或小衣小裤之类的带给六月，有时没买什么，就塞给袁玲几元钱，让她给小侄女买点什么。可一来二去的，海俊不让了，他把我从青年点的饭桌上扯下来，拉进他家去，进屋就喊上酒，那酒菜就不是一穷二白的青年点可比的啦，有时还上大对虾，六个头儿一斤的，按时下的行市看，那可就是纯野生的海中极品啦！

海俊一边斟酒一边说："兄弟，你的心意我们两口子领啦，可你一个月挣那俩工资也不容易，千万别再勒肠刮肚的啦。我跟你碌碡打在碾子上——实（石）打实（石）地说，我眼下想方设法划拉到手的，一个月下来，虽比不得你们回城的八个人加一块那么多，但也少不到哪里去，这你不能不信吧？"

袁玲打他一下："咋没等喝就吹起来了？"

海俊说："我吹了吗？我一个礼拜出去两趟，哪次回家交你手上的少了五十啦？你问问他们的工资是多少，一个月也就一百九十大毛，学徒工，都这价，三年后才是三十八块六，这没错吧？"

那次在海俊家，也许是借着酒力，也许确是想说服我以后再不要往小六月身上花钱，海俊把我们抽工回城后他的一些想法和光辉业绩都说了。他痛苦过，绝望过，甚至和袁玲商量过假离婚，说把孩子判给袁玲，等他回城后再复婚。但他后来咨询过政策，说只要是结过婚的，尤其一方是在乡青年或还乡青年，且已有子女的知青，抽工时都不在考虑范畴，防的就是造假。海俊找到的心理平衡点就是赚钱，"你们回城当工人老大哥，有政治地位，那我这屯老二就争取个经济地位吧，我不能没了政治地位再让老婆孩子吃不好穿不暖是不是？"那段时间，他把时间与精力基本都用在跑车板上，比如他发现靠海的小镇虾皮很便宜，一元钱一斤，他买上十斤二十斤，带到火车上，再用旧报纸分成小包，每包二两，串到车厢里卖。虾皮那东西腥咸适度，老少咸宜，在火车上可随口下饭，带回家还可烹饪调味，况且他分成小包后出手便宜，一元钱就可买两包，每次都轻松出手。至于坐火车，他当然还是不买票，能蒙就蒙，能躲就躲，实在蒙躲不开，那虾皮也可做糖衣炮弹，乘务人员得些好处，面对的又是正宗的铁路子弟，也就枪口抬高一寸，放他一马。别看这虾皮一包只挣两三毛钱，利润却几近百分之百，集腋成裘，就让他的腰包渐渐鼓了起来。

海俊倒卖的再一项东西是猪肉。他跑乡间的集市，专买那种白亮亮状如豆腐的肥膘，带到城里去，颇受婶婶大娘的欢迎。那是个缺少油脂的年代，家庭主妇们急需肥肉熬油，海俊对症下药，"贼"不走空，从城市回来时，手上则带回工人老大哥的各种劳动保护用品，比如皮革手套、线织手套、套袖，各种劳动鞋……海俊不说买，而说换，用那些老大哥家积攒多了的物品换取乡间的肥猪肉，让老大哥感觉废物利用，很捡便宜，也让屯老二感觉物有所值，两者利润都相当可观。

慢慢地，我感觉到，自从那次被袁家逼婚又被大魔吼过骂过之后，海俊再不自诩李向阳了，有时我遇到什么麻缠事找他讨主意，拿李向阳激他或夸他，每每他都沉下脸子回斥："有事说事，少扯淡！"这种变化说明了什么呢，是痛悔前虚，还是内心里转向了务实？在农村扎根，让一个人的心理变化，真有那么大吗？

几年后的深秋，我再去青年点。刚进村，就有晒墙根的大爷告诉我，哟，赶得早不如赶得巧，你哥们儿正挨批呢，老地方。

生产队里已挤满了人，火炕上坐的是上了岁数的爷们儿，地心或站或坐的是小伙子，窗外还围着抱着孩子看热闹的农妇。海俊背靠东墙而立，再看海俊的表情，我绷紧的心总算松驰下来。他一副嬉皮笑脸的模样，很没把批判会当回事。有老农问，海俊，给大伙说说，你在外面是怎么把钱抓挠到腰包里的？海俊说，咱没偷没抢，而是光明正大。乡下有人愿卖，咱买了；等进了城，又有人愿意买，咱也就卖了。彼此都愿意，两好见一好，就像大丫头小伙子搞对象，咱帮着搓和搓和，有什么毛病吗？又一老农说，你既有这本事，何苦做贼似的自个儿在外面耍单蹦儿，干脆，大伙选你当副队长，专管副业生产，带着大伙一块干，大家多少跟着挣点儿，总比一个个都憋得登登的强吧？

人们轰地笑起来，笑得窗外的妇女羞红了脸。有泼辣大嫂骂，开会呢，少胡说八道，回家跟你老婆登登去！乡间的笑话，都有点黄，意到为止，不可多想。

等笑声落下，海俊扭头问坐在炕头的大魔："队长，这可是贫下中农的呼声，我要是真能当上一官半职，一定使出牛马之力，多少让乡亲们的腰包鼓溜起一些。"

大魔绷着脸说："你严肃点，别嘴巴唧唧的（东北方言，嘴上不严肃，巧令诡辩）。这回你还是深刻认识吧，不然公社不能让你过了这道关。"

海俊垂下头，如遭瘟的鸡似的耷下两个膀子，做沉痛反思状："是，我错了，对不起人民对不起党，死有余辜。但我不能辜负了大家的期望，我真想在死之前再为广大贫下中农做点贡献，哪怕咱队上每人手里多揣进一元票子呢。我罪该万死，但眼下也不能去死，家里还有老婆孩子呢，我那败家娘儿们干啥啥不行吃啥啥没够，孩子也小，还不能当天换地的铁姑娘，所以我还得死皮赖脸地活着，总不能再把那娘儿俩扔下拖累大家吧？为了表达我真诚悔过的决心，我给诸位叔叔大爷大哥大嫂大妹子大兄弟敬一支烟吧。"

海俊说着，便从衣袋里摸出两盒香烟，那烟盒红亮亮，是牡丹牌。他撕开，一人一支递送。那老农们接烟在手，横在鼻子下使劲嗅，又拿在眼前仔细地瞧。有人喊，省中华，市牡丹，海俊你牛 X 啊！

海俊应道："今儿个就拜托大伙说一声张海俊检讨深刻，就中啦！"

海俊散烟散到门口，与我四目相对，他怔了一怔，随即笑骂："德行，大伙吃个蚂蚱也落不下你！好，你来的正是时候，快替我写检讨，这回可不愁通不过了！"

那天，挨批的海俊拉我回家，进了屋就喊袁玲快备酒菜，还从炕橱里摸出一瓶酒。我的天，茅台呀！我急按海俊开瓶的手，说留着留着，我回去时带给张叔喝。海俊说，我爸我妈的我早备下了，这一瓶是专等你来喝的。我说，不喝这酒我也替你写检讨。海俊的嘴巴喷喷起来，说看你说的，好像我真想拿这酒换你几个破字儿似的。实话跟你说，我才不交那狗屁检讨呢。天还不至于塌下来吧，就是塌下来，咱哥们儿大嘎秃子打立正，一手擎着！人家南方自由买卖比咱们这边做得大多了，哼，也就咱东北吧，还抱着死教条当经书！

那天，我正和海俊喝得酣畅，大魔突然推门进来，脸上早没了刚才开批斗会时的冰冷。我忙起身让座，说："队长，不是酒香把你引来的吧？"

队长说："屁，不就茅台嘛，海俊连洋酒，什么欧，对，还有人头马，都孝敬过我了。这些年，我大魔最可心最敢拍胸脯的事情就是，当年，我没把海俊让给袁家沟。海俊知恩图报，这也是我最中意他的地方。"

我将一杯酒呈送到大魔面前。队长不接酒，却说："海俊，你今儿在会上说过的话，还作不作数？"

海俊问："开会时我净装孙子了，我说什么了？"

大魔说："你说要是给你个一官半职，你如何如何。"

海俊忙又将酒杯送到队长手上，赔笑道："那不是话赶话嘛。

队长大叔息怒，千万别多想，小侄真是一丁一点抢班夺权的想法都没有。"

我心里陡地一惊，原来症结在这里！怪不得大魔队长又提当年把他留在磨盘湾的往事，还说知恩图报的话，这是不是在扒短儿并提醒海俊不可有非分之想呀？

队长脸沉下来，将酒杯在炕桌上重重一蹾，正色道："我可没把那当话赶话。今儿咱爷儿俩就把话说在这儿，从今往后，生产队副业这一块就全归你管起来。打个比方，就是俩人唱双簧，我坐在前面，你藏在后面。我对你的要求也不多，就是多少能叫乡亲们的腰包鼓溜起来一些。"

海俊却犹豫了，说："这……能行吗？"

大魔说："这年月，这不行那不行的事多了，干熬着受穷的事就行啦？你小子也不用怕这怕那的，遇事，不是还有我挡在前面吗？真要出了事，不过坐大牢，挨枪子儿，都由我一个人担着。"

海俊说："就凭大魔叔这句话，无论走到哪一步，我张海俊都一路相随，何惧生死。"

大魔摇头："不行不行，你年轻，家里还有老婆孩子呢。"

海俊说："媳妇随她改嫁，不能耽误了人家。孩子嘛，有我妹子妹夫，亏不了。"

大魔问："你妹夫是谁？"

海俊溜了我一眼，说："这你都没看出来？"

大魔在我肩上拍了一掌，笑说："怪不得，这些年，你们哥俩一直这么好。"

我不打自招地说:"我俩好,是投缘,跟他妹子可没关系。"

海俊笑道:"你要这么说,我就让我爸我妈抓紧给海波找婆家。德行,就你那点小算计,还想躲得过我的火眼金睛。"

那是海俊第一次在别人面前称我为妹夫,我心里委实很高兴。

大魔又回正题:"只是眼下,这队长副队长的虚名我还不能给你,依我看,你也不会太在意这个吧。"

七

海俊给大魔出的第一个主意是在村西废弃的砖窑上做文章。两年前,公社已决定放弃那个砖窑,理由极简单,砖窑附近的土质已不适宜托坯烧砖,必须从远处运来沙质土掺拌。财务人员一计算成本,还不如另开建一片窑场呢,所以公社一声令下,曾经热闹了二三十年的砖窑立马冷清下来。

旧砖窑那片地,由于多年取土制坯,适宜耕种的表土层早已不见了踪影,要想重新恢复,总得用五六年时间来休养改造。大魔说要重新耕种那片土地,公社大喜过望。大魔又提出改良土壤,不能没些资金投入,公社理应给些补偿和支持。这个理由也是海俊给出的,公社无言以对,研究了几天,答应减免磨盘湾生产队农业税若干,连续十年。社员们闻之大喜,说砖窑那片地被公社占用了那么多年,从来没个说法,大魔果然有魔道,这一手玩得好呀!

其实,在大魔跑公社的那些天,砖窑那片地已经热闹起来。

社员们拆掉窑体上的废砖，又砌垒在曾经的晾坯场和存砖场上，而且还抹上厚厚的泥巴，一律五六十米长，东西走向，一人来高。社员不解，问大魔，咱们这是在干啥？不是怕社员猫冬赌小钱儿，哄咱们玩蚂蚁搬蛋吧？大魔不解释，说出水才见两脚泥，叫你干你就干。紧接着，大魔命令社员往新砌起来的砖土墙南侧移运优质熟土，贴墙铺平，宽不过三米，半拃厚。再往下，便是往熟土上铺粪肥，清一色只要牛马羊粪，本村不够，便派人去外村兑换，一对一，以发酵过的人猪粪尿换。社员们似乎一下醒悟过来，看来是要在这地方种什么了。可种什么呢，死冷的冬天，那新砌起来的砖土墙虽能挡风寒，可冻死狗的数九天怎么办？

谁也没料到的是，大魔要种韭菜。韭菜是两茬生，中间必须移栽一次，过年时想吃鲜嫩无比的头茬韭菜，一般都是晚秋时种下，这时节，绒细的韭苗已有寸多高，早该移栽到家里炕头上了。没想，大魔对此也有算计，他组织社员们去邻近村屯去讨去要，讨不来便赊，赊韭苗的价钱是你估算出你家上炕韭菜过年时的产量，我到时如数奉上头刀韭菜就是。种韭人细心估算，合算，这一冬免去辛苦，又大可不必担心各种病虫害，所以，不少人家干脆将韭苗尽数赊让了出来。

韭苗刚刚移栽齐整，我的大卡车也如期驾到，车上拉着塑料膜，还有满登登的竹竿，是从山东寿光那边拉回来的。押车人是海俊。他说利用星期天，让我陪他跑一趟山东。我说卡车是公家的，我说了不算。海俊说，来往的油钱由我出，你带我去找说了算的人。我说，星期天，谁说了算也支派不了我。海俊呸了一声，说少跟我玩这套，小心我给海波女士写信，让她从此不理你。人家都把话说到这个份儿上了，可谓撒手锏，我还敢不听驱使吗？至于海俊见我们厂长时是怎么说的，又使的什么手段，我就不得而知了。那天，我坐在车里等候，他一个人进了厂长家。反正从那天起，厂长跟他，比跟我还亲热，只要用车，他只需一个电话，厂长很少不答应，除非那天汽车真不得闲。

那天，汽车径直开到砖窑地，大魔吆喝人往下卸东西，并立即张罗架塑料棚，说节令不等人，只怕老天爷变脸。那些天，海俊一直在外面跑，社员早习以为常。这次见海俊闪亮登场，立刻明白过来，人们边干边说，怪不得这一阵大魔嗓门高，原来背后有高人呀！又有会溜须的人说，能用得动高人的那才是高人，比如三国时的刘皇叔。这话大魔爱听，立马春光焕发，说有愿意夜里来韭菜棚里打更的没有，自己报名，在家里侍候过炕头韭菜的优先。过两天，棚里要砌火炉。韭菜娇气，冷不得，也热不得呀！

那年春节前，大棚韭菜喜获丰收。除了发社员每家一捆，再支付几月前赊韭苗欠下的债务，余下的还有一万多斤，海俊让全部放进我的后车厢，下面铺褥子，上面盖被子，一家伙全拉进北口市区。也不需跑市场，他只带我去了几家大企业的工会，韭菜捆往工会领导桌上一摆，鲜嫩气立时满屋飘荡。海俊说，年关已近，时下这种鲜菜市场上好不好暂且不论，我只说价钱，比市场价再减一折。我的要求只一条，一手钱一手货，我们乡下人等钱过年呢。那天，我们只跑了三家大厂，一万多斤韭菜便告罄了。

重坐回驾驶室，海俊背着鼓囊囊的大挎包说，开车送我去火车站，你就留下休息吧。我说，都回城了，你就不回家看看你爸你妈？海俊拍拍挎包，说今天是腊月二十八，离二十九的集市还有半天，我得把票子送回去，乡亲们可都多少年没拿过生产队的现钱啦。我仍不踩油门，很没出息地说，这几个月我跟你跑南跑北的，心（辛）苦肝苦且不论，那韭菜我不白拿，我自己花钱，给我爸我妈还有我未来的老丈人老丈母娘买两斤行不？海俊一脸坏笑地掀开座位上的皮革垫，让我看下面的小箱子，说睁大鼠目看清楚，没亏你吧？你家一捆，我家一捆。我问，还有一捆给谁？海俊说，那是你自己的呀。我可把话说明白了，大年初二，你肯定去我家蹭好饭，那你最少把这一捆分出一半带上，便宜事不能都让你占去。

海俊的话说得越来越明白，北方习俗，大年初二，是女婿给老丈人拜年的日子。

我设想过千百种生产队分红的热闹场面。多年间，社员们从春到秋，冬天也不得闲，都是十个指头白挠，从没见过红利呀。我特别理解海俊急着赶回去参加分红的心情，那几乎是新媳妇掀盖头——头一遭呀。

开春以后，我又回磨盘湾，有意找晒墙根的老年人，问可见了年前分红的场面。老人们立刻兴奋起来，扯着生怕别人听不见的大嗓门说，那还能不参加，全村老少，除了病在炕上动不了的，差不多都去了。我问，一家分了多少钱呀？老人们说，反正拢共分下五千多元，平均一家一百多吧。十元一张，都是嘎嘎新的，拿在手里也是一沓呢。我心里沉了一下，一万多斤韭菜，就卖了五千多元？便再问，乡亲们可都满意？老人们说，刚开始，也有人想不通，说年前这一阵，市场上的韭菜少说也卖一元钱一斤，咱们队上的韭菜，就算批发，也不该只这俩钱就给打发了，不会是耍秤杆子的蒙人吧？大魔说，海俊就是怕挨蒙，才在家里先过的秤，一捆一斤，一共装车一万六千零三捆。海俊说，这三捆不算，我另有用。他交回队上的钱是一万四千四百元，九毛钱一斤卖的，批发价能给七毛八毛就不错了。现在队上留下九千元，我另有安排。过两个月，二刀韭菜下来，票子到手也还这么支派，三七开吧，三分分红度春荒，七分另做大安排。大家听大魔掰开饽饽说馅，便只剩了点头的份儿。我又问，那大魔和会计又分了多少？老人们说，老规矩，满勤工分加二成，一年到头，起早贪黑的，应该。两人到手的都是一百三十多元。有老人接话，说最亏的也就张海俊了，他拿到手才三十多元。可全队谁心里没杆秤，这些年队上头次分红，还不是全靠海俊出主意想办法。我也不说应该怎样奖励功臣了，就让他和队长会计一样拿总不为过吧？这话一落地，屋里屋外的人立马一片声地喊：同意！大魔也说，其实，喊大家来之前，我们队委会先开了个小会，也是这个意见，可张海俊不同意呀。哎，海俊，你钻哪儿去了，快出来，跟大家说句话。那个时候，张海俊又蹲外屋灶坑边烧苞米吃，听大家喊，才亮出黄狼子似的黑嘴巴说，按全年工分分红，这是早定下来的规矩呀，没规矩不成方圆，对吧。今年上半年，我基本没好好出工，要说正经为队上办点事，也就是秋后这几个月，所以能拿到这些红利，我已是非常感谢。明年我一定争取多出勤。这三十多元钱呢，过年给孩子买炮仗迎财神，足够了。谢谢大伙美意，谢谢了。不信你问问海俊，正月里那一阵，哪天没有社员请他到家吃饭，还得带上老婆孩子，那种待遇，全村谁有过呀？

这个我信，海俊过年回家时对我说过。他还说，其实人这一辈子，活的图个啥呀，还不是让人敬着，高看一眼。这话没头没尾的，张叔张婶听不大明白，可我由衷为他高兴。

八

二月二龙抬头那天，我将载着几十台电动缝纫机的大卡车开进磨盘湾，凡家中有中青年女社员的，每家一台，所出资金就是生产队卖韭菜节余下的钱。驾驶室里还坐着缝纫机厂派来的师傅，挨台安装调试。星期日，我又陪海波来到磨盘湾，她的任务是教会所有女社员操作缝纫机，又是小队部，满满一屋子女人。海波说，缝纫是熟练工，技术含量不高，关键是上机操作和熟练的过程。回家后，大家可用家里废弃的旧衣物或被褥单子练习，一周后，我再来，我将裁剪完的衣料分发下去，大家就进入实战阶段了。有人说，缝纫机我家有，我早会，我用我家那台不行吗？海波说，你家的那台是脚踏的吧？脚踏机一天最多可加工五套衣裤，电动的却可生产二十套，甚至更多，我们是计件付酬，哪个合算，你们自己算，我不强求。

那时候，我是海波的老板，站在队部外和大魔说闲话。我也是演双簧，真正的后台老板是海俊，但海俊不露面，因为他还不敢将已在乡下娶妻并生有一女的事暴露给亲妹妹。唉，当年撒谎的时候哪想得到此后的圆谎竟是这等漫长而麻烦呀！

因为家中已有一人下乡，海波初中毕业后便留在了城里，被安排到街道办的服装厂，干的就是缝纫。海俊善于利用一切可借用的力量，这一点谁都得服气。派我带海波来乡下当教练，既为我俩创造相聚的机会，还可让我俩有点额外收入，一举两得，好事。因为是哥哥下过乡的村庄，午间休息时，海波便拉我去各处走走，好在知青们前两年都已一把抓回城了，我大可不必担心露馅。不过为防意外，我还是要再加一层迷彩服，在来时的路上，我郑重提醒海波，说到了村里，无论跟谁，都不要说你是张海俊的妹妹。海波问为什么，我再编谎，说当初你哥来村里，看中他的女孩子不少，争着托人说媒，一来二去的，你哥烦了，就说出了很伤众的臭话，那话传出去，当初的喜欢就变成了憎恨。海波问，我哥说什么了？我说，你哥说，磨盘湾村的姑奶奶一个个猪八戒他妹子似的，我宁可打一辈子光棍，也不在这儿搞对象。到了磨盘湾后，海波见到了村里几乎所有的妇女，便私下问我，说这个村风水不错呀，不说女人个个漂亮，但配得上我哥的还不少。我只好再圆谎，说你哥不是刻骨铭记并坚决执行不许在乡下搞对象的最高指示嘛。

再一周，大卡车不仅拉来了大批布料，还带来了海波和保全、剪裁师傅。保全和剪裁师傅是海波从她们街办厂里挑选出来的，技术好，人品可靠，听说可有工资外的收入，都巴不得来。

大魔又选一勤快精明的妇女做海波的助理，说小张同志不在村里时，缝纫管理上的事统统由助理负责。助理找了一家有大炕面的人家，剪裁师傅便将布匹铺展开去，不过两支烟的工夫，首批裁剪好的衣料已分送到家家户户去了。

小村庄忙碌热闹了起来，家家户户的机器都在嗡嗡作响，计件工资嘛，当日结算，那不由得让穷怕了的女人们争分夺秒。热闹的是家里的老人和孩子，不好把他们留在家里，便由老人们带出去，聚到一起玩耍。早有人家发现了商机，忙着烙饼蒸糕擀面条，总不能让小宝贝和忙得抬不起头来的大人们饿着呀。

那两年，海俊带着社员们挣钱的办法是带料加工。他在市里联系某家服装厂，谈好价格，让我拉回布料，加工后再送回服装厂，所谓见利就走，旱涝保收。比如一套衣裤只挣一元钱，三毛给女工发工资，再花两毛钱支付人吃马嚼，生产队便可稳赚五毛。那年，秋后算账，磨盘湾生产队因有了大棚韭菜和缝纫加工两条进钱的渠道，分值已将近两元，收入已超过城里的工人了。本来还可更高，可大魔说，有肉也得埋在锅底，不可张扬。我曾不止一次问海俊，为啥非得带料加工，白白让别人剥去一层皮？咱们有钱有工人又有设备，自己办厂不行吗？海俊说，可政策呢？好比刚开春的天气，不定哪天来个倒春寒，不可不防啊。

那是1980年，国家的政策确是还让人拿捏不准呀。

我和海波是1981年春天结的婚，我三十，海波二十五，怎么算，也符合晚婚标准了。嫡亲妹妹大婚，当哥哥的不能不露面。那天，他穿着崭新的保密矿的员工服闪亮登场。那身衣服是他特意跑矿山买来的，褐灰色，改造得很合体帅气。海俊将厚厚一沓钞票呈到老爸老妈面前表示祝福，钞票是四位伟人像的百元钞，硬刮刮，崭崭新，流通不久。张婶却将票子淡淡地拨到一边，抹着泪水说，海俊，你都多大了？我们老两口不看重你的票子，我们只盼你快点把媳妇领家来，我们想抱孙子啦。海俊学着电影里的台词笑说，儿媳妇会有的，孙子也会有的，只是别急，心急吃不了热豆腐。

婚礼前，我曾几次跟海俊商量，不如趁着我和海波的喜兴，把袁玲和两个孩子领家来，两喜变一喜，估计二老看在孙子孙女的面上，也说不出什么了。那时候，海俊的儿子已经五岁了，顺着六月的名字，叫十月，倒也应景。可海俊不同意，说我爸可能问题不大，关键是我老妈，心气太高，儿子娶媳妇这么大的事都瞒着她，而且一瞒十几年，她肯定想不通，千万别给喜事添堵了。我说，以前是他儿子的朋友帮着圆谎，以后就是女婿撒大谎，我不光怕挨骂，还怕挨打呢。海波说，打就打吧，不会真打，有海波拦着，疼不到哪儿去。

婚礼过后，海俊悄悄将一串钥匙和房产证塞到我手上，说这个房子在老城区吉祥胡同的一个四合院里，两间半，里面已经装修配置妥当，就算我的祝福吧。本来想买离爸妈家近点的，可铁路居宅是公房，不许买卖。蜜月期间，你和海波或住你爸你妈家，或住我爸我妈家，都挺好。可日子长了，小两口还是单住好，都方便。这个事你知道就行了，也别告诉海波，只说是租的吧。我对海俊的美意自是深切感谢，可我心里还是咯噔了一下。

我说，我知道你神通大，办法多，为我和海波考虑得周到，但买房子可不是小开销，村子里的副业都靠你撑着呢，这于公于私，可来不得半点糊涂。海俊笑说，德行，门缝里瞧风景，也太把人看扁了吧。你放心，生产队的账，都由队上的会计掌着，我只管事，不沾钱。你以为我没黑没白地在外面跑，只跑生产队里的事呀？

1984年，生产队解体了，人民公社重又改为乡政府。选举村委会主任时，村民们一片声地喊张海俊。磨盘湾是个小村，大村叫白虎岭，只有大村才有村委会，海俊的名声早已响遍白虎岭。可海俊坚决不同意，他说，乡亲们的信任，我感谢。可我这个人，是个骡子，只配拉套，掌握轻重缓急和方向的，还得大魔，他驾辕，我保证绷紧套不松劲。我呢，也有个想法，说出来请村领导和乡亲们拿主意。咱们白虎岭村可否成立两个公司，一个是农副产品产销公司，以后不光种菜种粮食，还要种水果养淡水鱼，反正啥挣钱就干啥；另一个就是正式成立服装公司，正儿八经地建起厂房。这个公司呢，我自荐当经理，我给乡亲们的承诺还是尽快让白虎岭村村民的钱包鼓起来，越鼓越好，早日奔小康。

那是个相信能人的年代。张海俊是能人，小村大村达成共识，连附近几个乡都知磨盘湾村有个能人叫张海俊。

九

那几年，我和海波往磨盘湾村跑得少了，一是海波怀孕生子；二是村里成立起服装公司后，盖了厂房，买了汽车，还从城里雇去了不少高手师傅，小村庄鸟枪换炮，连报纸电视都在关注了。

海波生孩子那年，海俊回城看外甥，我和他在老城区的一家小酒店对酌。酒至半酣，海俊说："你给我坐稳当。小心听了我的话，一屁股摔下去，摔碎你的尾巴骨。"

我知道海俊又在开玩笑，便也回敬："不会又是哪个村姑相中你了吧？"

海俊笑说："还真让你说中了。不过这个姑奶奶三十多岁，跟袁玲不光是同村，还是同宗的姐妹，若细论起来，也可算十多年前的老相好了，而且和我的关系极其特殊，不是一般的相中。"

我怔了："什么意思？"

海俊说："这个女人的名字我忘了，我只记得袁玲叫她大丫。半年前，我在外面跑生意，回厂就有人告诉我，说袁家沟有位女人来找过我好几次了。我当时估摸着，南北二屯来找我的，八成都是想在厂里寻份工作，袁家沟是袁玲的娘家，来找也正常，再来时，我就见了。没想，这大丫见了我竟是自来熟的模样，还海俊海俊地叫，我一看这来头，心里就不爽，说你不是想来厂里干点啥吧？对不起，厂里人满了，想来，只能耐心等，兴许过两年会扩大规模。当时我的办公室里只剩了我们两人，大丫突然问我，我知道你忙，可咋忙也不会忘了十多年前苞米地里的事吧？我被说得一愣，问她啥意思。我万没料到这女人脸不红不白地说，其实那天夜里，被你占去便宜的不是袁玲，而是我。那天，袁玲跟我一块去掰苞米，我被你抓了个现行，当时，袁玲就躲在苞米地里，离咱俩不过几步远，虽说天黑看不清，可她肯定啥都听得一清二楚。"

海俊说到这儿，停下来，抓起杯子，将满满一杯啤酒灌下去。我问："不会是来讹你的吧？"

海俊说："当时我也这么想。这几年，找我拉近乎的人不少，但像这种，还是头一遭，确实让人蒙圈。我满脑门子的汗呼地就下来了，好在我很快沉下心来，不冷不热地回道，谁都有年轻的时候，也难免做过一些不着调的事，我叫你一声大姐，往后可别再拿这事羞臊我了。没想，大丫听完我这话，竟起身就走，扔下话，说你要以为我是在羞臊你，那回家问问你老婆去，我过几天再来。"

我问："你回家问了吗？"

海俊恨道："没想我回家一提这事，袁玲张口就骂，说这个不要脸的东西，这种事她也觍着脸说。你别理她，让她有事来找我，看我不骂她个狗血淋头！听袁玲这么一骂，我就知大丫说的是真的了。那次，袁玲骂得兴起，还说，那个大丫，在家当姑娘时就不是个好东西，不管家里摊点什么糟心事，她都拉村里管事的人钻高粱地。呸！当年她但凡要点脸，去砖窑当小工的也轮不到她。不过，你也用不着为这种恶心事闹心，我嫁给你时，可是百分之百的原装大姑娘，到现在，一双儿女都给你生下了，你还熬糟个啥！"

我问："那大丫后来又找你了吗？"

海俊说："哪能不找。再来，我就对她说，你来厂干活的事，眼下女工确是不好安排，不知你男人可有啥技术？大丫说，他当过兵，啥苦都吃得，只求大能人可怜可怜我，我家里两个孩子呢，还有双方老人。我说，那就叫你男人来，先当搬运工，以后干什么，再说。"

那天，我又不由想起当年大魔赶到青年点时说过的那句话，"你为啥不早点把事说给我。"那话说得很忿恼，莫不是，大魔早就看出事情里的磨磨儿？如果海俊当年躲过了逼婚那一劫，是不是后来发生在磨盘湾的故事就完全是另一种版本了呢？

十

白虎岭村自建起服装公司后，海俊回城的次数就更少了，或三月，或半年，回来也是来去匆匆，有时夜半时分到家，天亮前就离去，说是赶火车。当然，回家仍是两手不空，除了给老爸老妈带上各种市场上不大好遇的山珍海味，还有让人看了惊叹的貂皮衣帽，还有产自苏联的厨间刀具，那钢口确实好，剁猪骨鸡骨如削瓜果，不虑卷刃。当然，海俊不论带回什么好嚼货好物件，总不落我和海波一份。有一次，海俊在家多待了两天，一家人总算在一起吃顿饭。我趁着海波跟二老在厨间忙，问他，你这一阵在忙什么？海俊说，忙着服装厂转产呀。总摆弄校服、工装服、牛仔装哪行，眼下这种厂子遍地，竞争激烈，盈利有限。我现在转产的一是皮夹克，二是羽绒大衣。过了黑龙江乌苏里江，老毛子那边天冷，最相中这些衣服。我问，看你带回来的东西，你眼下是不是常往苏联那边跑？海俊点头称是，说我还是两条腿走路，一是保证村里的厂子有钱赚，二是我另成立了一家外贸销售公司。村里生产出来的皮夹克和羽绒大衣我都包下来，到了那边是赚是赔全由我个人独撑。我跟你说，我眼下正张罗着组织一些中国人去苏联那边种菜，西红柿茄子辣椒之类的那边啥都缺，还啥都死贵，可我不要卢布，也不要人民币，我只要木材。咱们国家北边林区的资源早就采伐得没剩啥了，危困得厉害，我只要想办法把上好的木材运过来，那就是大赚。我挪揄道，听说苏联那边的姑娘也好上手，你可得小心点，家里还有老婆孩子呢。海俊摇头道，这个请兄弟放一百个心。经过大丫和袁玲两个女人，我早对女人烦了。女人的心思咱不懂，那就不懂吧，惹不起咱躲得起。我说，眼下的社会处于转型期，还是稳当点好。海俊仰面大笑，回了我一句，德行，想当社会学家呀？

我猜不准海俊关于烦女人的话，是真情还是假意，作为老同学和妹夫，我也只能用这些俗而又俗的武林话，点到为止了。

但海俊还是出事了。那年好记，1991 年，曾经的超级大国解体了，不再叫苏联，重新叫俄罗斯。

天空飘起那年的第一场雪，大魔突然打来电话，说我在北口，无论你多忙，咱爷儿俩也得见个面。我说，我的家你又不是不知道，老城区吉祥胡同，你打个车过来，吃住行我安排。大魔说，还是你到我这儿来吧，城北郊，离看守所不远有个四海旅店，我等你，要快，不见不散。我心里吃了一惊，偌大的城市，怎么偏选了看守所附近，莫不是大魔家或村里的谁出了事吧？大魔说，先别问，见面再说。记住，你来见我的事，先谁也别告诉，特别是你媳妇。

这一说，我的心陡地就揪上来了，真是怕啥来啥，出事的果然是海俊。那几天，正好大卡车被领导借出去了。我打车，大魔已在旅店门口等我，一脸的严肃与沉重，年过花甲的人了，山羊胡已经花白，假牙也没带，说话有点漏风。我问，是谁？大魔说，还有谁，海俊呗。我再问，多大的事？大魔说，不小。他往老毛子那边带白酒，喝死了两个人，就看法院怎么判了。我问，能见到人吗？大魔说，海俊捎出话，天黑后，会有人把你带进去。有些事，你们哥俩见面说吧。

看大魔的神情，他应该已跟海俊见过面，可出了这么大的事，海俊为什么不告诉我而是先找大魔呢？他找我要商量什么事？这些疑惑，大魔似乎都知道，但他不说，我也不好再多问。

天黑透时，我站在一里地外的街道边，上了一辆警车，警车在街道上三盘两绕，当然，最后又踅进了壁垒森严的看守所。在一间小审讯室里，我见到了海俊。海俊神态轻松，看不出大难临头的委顿和落寞，让我稍感心安。一位警员说了声“十五分钟”，就坐到了墙角的椅子上。那是临场监视，一切做得一本正经。

我说：“都说你精明，怎么做那种傻事？”

海俊说：“防不胜防啊。以前去那边，老毛子总是找我要中国白酒，可我的经销项目里又没办下这一项，没办法，都是在货物里掖着藏着带一点，过关时查出来，大不了认没收。可这次，还是以前酒厂的酒，还是那么带，哪承想里面就有了假酒。唉，人心大大的坏了，只怪自己眼瞎，认罚吧！好在我被拘时已过了国境线，回到了咱们这边，不然老毛子还不活嚼了我。唉，时间紧，先说当紧的事。"

我看了坐在墙角的警员一眼，不吭声。

海俊说："我在里面，可能要待上几年，最不放心的就是村里那家服装公司了。大魔可能会请你出任董事长兼总经理，那你就应下，带上海波一块过去挨上几年累。"

来见海俊前，我设想过上百种他要跟我谈的事，唯独没想到这一款。我急摇头："瞎扯。这叫硬赶鸭子上架。"

海俊竟还有心笑："管你是鸭子还是大鹅呢。我不在，那个公司八成要乱套黄摊。村里人都知咱俩铁，眼下你又是我妹夫，再加有大魔力举你，说你一直是我背后的高参和合作者。只有你接手，人心才可能稳下来。就算我求你了，这是火上房的时候，你无论如何不能隔山观火。过一阵，我被判刑收了监，见面会容易些，有事咱俩再商量。"

我说："你家里不还有袁玲嘛，要稳人心，她比我更妥靠。"

海俊摇头："她不行，绝对不行，老袁家人都不行，我信不着。这事不再商量，还是让她在家享清福吧。"

我说："我和海波在城里都有工作呢。"

海俊说："都办停薪留职吧。我以前听海波说过，你们俩的单位，早就半死不活了。我早有心劝你们下海，但想到经商的风险太多，那就一家两制，可我一人造吧。眼下不是事情逼到这儿了吗？"

我问："摊上这么大的事，你得有段时间不能回家，这个谎，怎么圆？"

海俊却胸有成竹地说："跟海波，实话实说，我估摸她想得开，也挺得住。至于老爸老妈，再等等，等我判下来，你和海波带上二老和两个孩子，一块来探监，到时我给二老请罪。"

墙角的警员已站起了身，我知时间已到，急将心头堵着的那块最大最大的忌惮说出来："你不会被……到底是死了人。"

海俊在我肩上拍了拍，笑说："看你想哪去了。放心吧，我心里有数。"

那天，临分手，海俊又叮嘱我一件事，说帮他找几本书，写李嘉诚的，传记、宗谱什么的都要，不怕多，找来给看守所门卫就行。还说，最好弄两套，你也读读。

我这人，虽孤陋寡闻又胸无大志，但那年月，李嘉诚的大名还是知晓的，白手起家，香港首富嘛。海俊移情别恋，由李向阳转向李嘉诚，说明了什么呢？

十一

我和海波很快办了停薪留职，到了磨盘湾。那两年，我原先所在的铁路木材厂虽然背靠着超大型的半军事化企业，但木材加工早已名存实亡，枕木逐渐被灰枕取代，职工居宅和办公楼舍修建所需的木材也被各种钢塑材料取而代之，车间里轮锯、带锯下加工的只剩了防冻害垫板，听说铁路枕木全部改用灰枕后，连垫板也将成为历史。又听说铁路上一些跟大轱辘关系不大的部门都将改革到社会上去，所以我申请停薪留职几乎没遭遇到任何阻碍，只半个月就批下来了，弄得我心里一时还有点委屈和惆怅。海波所在的服装厂原本就是街道办的小厂，俗称小集体，早被雨后春笋般的各种民营企业挤得没了生存空间，获批得比我还痛快。到了村里，大魔早派人将已空闲十余年的青年点收拾得里外三新。我的名头是虚席以待，只是多了个代字。海波则负责厂里的生产业务，也算她的老本行。有了这般安排，骚动一时的公司果然安稳下来，很快恢复了生产与销售。我和海波所担心的只是袁玲和她的娘家人，怕他们跟我玩什么外戚干政，大魔斩钉截铁地告诉我，放心吧，海俊早把手令传了过来，她不敢。

那年底，法院的一审下来，张海俊因犯销售有毒食品致人死亡罪，判处十年徒刑，并处罚金若干。那数字不小，让人听了咋舌。可张海俊当庭表示，服从判决，不上诉。他手里到底有多少钱呀？我和海波的另一个不解是，北口市也有监狱，为什么海俊要被收监到省城的监狱去？押在北口，起码家人探监方便些。为这事，我专程去找辩护律师并求他帮助想办法。律师说，张海俊已明确表示了同意，我哪好再说什么。又说，谁让张海俊是能人呢？听说为争取到他，省内各家监狱都没少花力气。放心吧，张海俊在监狱里也闲不住，食宿条件亏不到他。

为去省城探监，我特意借了一辆面包车。我开车，海波坐副驾驶，后面坐着我的岳父岳母，还有袁玲和她的一双儿女。那年，小六月已是大姑娘，二十出头了，高中读完，没考上一本二本大学，海俊正张罗送她出国读书。十月也十多岁了，挺壮实，一看就随海俊的眉眼。坐进车里后，我和海波没给他们介绍，他们倒也识趣，不问，只是，我的岳父将十月揽在怀里，一路不松手。老岳母则主动拉住六月的手，哑着嗓子说，丫头，坐我老太太旁边。两人一路无言，也一直拉着手。是骨血亲情使然吗？我一次次望海波，她轻轻摇头，也不知。袁玲则一直独坐在车子的最后一排，默声不语。这些年，她手不提，肩不挑，各种保健护肤用品尽情使用，保养得很是到位，看面貌比海波还年轻，确是在享清福啦。

　　到了监狱，我们没坐到隔窗对望的探视室去，而被带进了一间不大的会议室。海俊被带了出来，穿着褚黄色的囚服，却没见他像别的犯人那样被剃了光头，带他来的管教人员也没留在屋子里，而是悄然退到门外，还掩上了屋门。岳母见到儿子就哭了，不住地抹泪。海俊却仍是大大咧咧的模样，脸上还带着笑。他一一扶二老在椅子上坐好，又喊袁玲和一双儿女与他站成一排，下令说："六月、十月，快见过爷爷奶奶。不孝之子海俊和儿媳袁玲给二老问安请罪了。"说着，就率先跪下去。

　　这个海俊，到了这种地方这个时候，竟还有心设置场景斟酌台词，但他跪落尘埃叩首请罪时还是入了戏，泪淋满地了。我的岳母接过海波递上的毛巾，捂住嘴巴不让自己哭出声音。岳父大人也红了眼圈，拉起孙子和孙女，恨恨地说："我孙子孙女没罪，让有罪的跪。"

　　海波上前叫了声嫂子，将袁玲也拉起来。

　　那个时刻，跪在母亲膝前的只有海俊一人了。我上前劝老太太："妈，海俊是你儿子，想打就打，想骂就骂，只是您老别再哭了。你和我爸不是早盼着抱孙子孙女吗，现在都来了，个顶个光溜水滑，聪明伶俐，不用二老操半点心。"

没想，我却招来岳母大人的斥骂："浑球子，你也不是什么好东西，跟着他一块装神弄鬼！你以为我们老两口就能让你们糊弄到死呢？我们去一趟磨盘湾，还什么不明白？等以后我再跟你算账！"

老两口是什么时候去的磨盘湾呢？细想想，应该是我和海波婚后不久吧。我和海俊撒下的谎其实太拙劣，没想想我的岳母大人是什么样的人，铁路上的列车长啊，五行八作，三教九流，什么样的人没见过，又什么样的阵仗没经过。也许，他们知道了真实情况后，自知无力回天，也就佯作不知了。可不是，从那以后，老两口真的就很少再打听海俊的消息，有时海俊半年一载不回家，他们也很少询问了……

十二

我和海波接下海俊留下的摊子，只能说人比人得活着，货比货得留着，守摊吧。那几年，全国的民营企业发展迅猛，群雄逐鹿，磨盘湾服装公司只能勉强维持，车间里的机器还在转，工人的工资也还能每月开，只是数额却越来越跟不上物价的上涨幅度。面对人们期望的目光，我几次去省城，名义上是看望海俊，实质上却是去请示汇报和谋求良策。

再见海俊，既不是探监室，也不是小会议室，而是在高墙内的一幢办公楼内。长长的走廊里，竟然有一间海俊的独立办公

室，与其他房间稍有不同处只是门楣上没有张贴职务或业务范畴
的标牌。进了房间，里面的奢华更让我吃惊，宽大的写字台、全
皮转椅、六件套的大沙发，写字台上有笔记本电脑，戴尔的，正
宗美国货，尤其瞩目的是贴墙的一个大养鱼缸，清湛的水里游动
着不知来自何方水域让人叫不出名字的观赏鱼。我在房间里没找
到床铺，便问，你夜里住哪里？海俊在我面前放好用高档茶具沏
好的大红袍，笑说，回牢房呗，两人一间，也不错。我还想着标
牌的事情，再问，那你在这里算什么？海俊答，服刑犯人兼总经
理助理。谈笑之间，不时有秘书样的人敲门进来，呈上文件，恭
立一旁，当然，都是男秘书，海俊看过，或说签吧，或说放在我
这儿，再等等。其间，还有秘书进来请示，需要安排午饭吗？未
待海俊应答，我忙说，我还有事，坐坐就走。海俊便笑说，那就
主随客便。谁坐在这里，心里都不舒服。

　　我见缝插针，如实向海俊讲述磨盘湾公司的生产与销售情
况，又问这家监狱的工厂在生产什么。海俊说，原先也是以外销
服装为主，但眼下正转产，以后是搞装饰材料。眼下满社会都在
大批量地建造商品房，老百姓有了自己的房子就要装修，不会再
满足于刮刮大白，这个市场大得很。我问，那村里的公司也往装
饰上转一转可好？海俊立即摇头，说我想过，不行。这个转产投
资太大，别说一个村，一个乡也没那么大资金力量。再有就是运
输问题，就说修一条从火车站到村里的公路吧，那得多大投资？
还不算运输车辆的投资。想吃一头牛，总得先掂量掂量自个儿有
多大胃口。

不久后，海俊给我来信，建议将皮装往裘装上转产，可先去浙江海宁那边取取经，请回裘装设计和加工的师傅；又建议增加旅游鞋、运动鞋项目，走轻便舒适的路子，尽快放弃华而不实的皮鞋，这可向浙江温州地区学习。我依着这些思路，形势果然有所改观，不仅守住了摊子，产销规模还有了扩展。

五年后，我不用再专程往省城跑了，因为海俊已获假释，有了相对的自由，可以回北口看望父母，也可以回村里亲自谋划公司发展。不时有村民请他吃饭，但海俊除了大魔家和我家，一概不去，婉拒的理由很直接，说我还是戴罪之身，秽气，再等等。人们不甘，说去大魔家怎么就不怕带去秽气了？海俊说，大魔是村支书兼村主任，我得向组织上汇报重新做人的情况呀。

又五年，海俊刑满出狱。那年，已步入古稀之年的大魔一再以老迈年高的理由请辞，海俊专程回磨盘湾祝贺老人家采菊东篱。家宴上，海俊说，我出狱时，省司法厅有位领导找我谈话，内容有二：一、考虑到我对省司法系统企业的贡献，为解除我出狱后的再就业之忧，决定从出狱之日起，任命我担任省城第一监狱企业的副总经理，执行年薪制酬金；二、为解决我工作和生活的后顾之忧，决定将我及家属的户口，全部转入省城非农业人口……大魔沉吟有顷，问，你怎么回答？海俊说，我当然感谢政府，服从安排和调遣呀。我还说，只是户口问题，就不必了吧。我的户口仍留磨盘湾。大魔闻言，起身，端起酒杯，高声亮嗓地说，好，干杯！

那天酒后，我问海俊，好不容易等来回城的机会，听说想从别的城市把户口转到省城，正经得费些周折，省城已在控制人口数量了。海俊说，我在乡下待上瘾了呀！我不要城市户口，就是等着哪一天，再回到磨盘湾呢。

时已入夜，圆月初起。村边有片新开出来的小场院，新堆起来的谷堆刚从地里拉进来。近些年，温饱不虞，乡下早没人护青了，连场院都不再有人看，海俊一屁股坐下去，摊开四肢，一副回到家里无法无天的样子，还喊我，躺下呀，就不用请了吧！

那夜，繁星闪烁，清风徐徐，场院里飘荡着新谷的清香。我和海俊躺在谷堆上，聊了很久，纵横千年，五湖四海，无边无际……

后 记

这个集子的作品可算作我这一阶段的创作小结。

我是在一个县里挂职告老在家的，原打算退休后集中精力好好把那几年的积累写一写，那两年，也确有几个中篇得到读者朋友的肯定和鼓励，比如《二舅二舅你是谁》《沽婚》《东北军独立一师》等。但突然之间，夫人病了，我跑去北京陪同治疗，然后又陪去三亚休养，这一折腾，就是近两年时光。再坐回电脑前想重温旧梦，却突然感觉创作的激情好比旧式压水井里的水，水位已陡然降下去，很难再恢复昔日的状态，嘎吱嘎吱干压半天井把子，却难见清水涌上来。那一时期，不断有家人安慰我，说年过花甲，服老吧，珍惜一下自己吧，好好休息，颐养天年。也有率真的朋友劝导我，说这些年你没少写，稿费没少挣，见好就收吧，难道还想进文学史不成？话里虽有玩笑，但我体会得到其中的真诚。我不死心，水位落下去，那就慢慢引，一瓢又一瓢，一桶接一桶，近处没水那就跑远处，把看似没用的水引过来，倒进井口。写不出小说那就写随笔和散文，写不出中短篇那就先写微型小说，估计有过乡间生活经历的朋友都会理解我引水时的感受，烦呀，急呀，从没失过眠的我有时也会彻夜难眠。这期间，也曾有人拉我去写电视剧，去写那种为人树碑立传的所谓的纪实文学，价钱给的都让人心动，甚至有人还要把润笔先送上来。我知道，那些东西只要一接手，再荒废两三年，只怕我就再不能写小说了，不是没时间写，而是不会写了。于是，我就以各种理由拒绝，或说年岁不饶人，怕经不起制片人的催逼与折腾，或说已应下稿约，不能挤出时间，总之，我只盼有朝一日，我这口又老又破的压水井得以恢复状态，哪怕只是一半甚至三分之一的水量。终于，总算有了《筷子扎根》，重要的是，这篇作品给了我重振的信心。满头花白不是老，写手难得岁月痕。

　　真诚地感谢中国言实出版社给了我与读者朋友说这些心里话的机会，也真诚地感谢那些不时催促我提交作业的编辑老师们。人没压力轻飘飘，井没压力不出油，真对！

2020 年 6 月于长春光华学院